Do Éden ao divã

SELEÇÃO, ORGANIZAÇÃO E EDIÇÃO
Moacyr Scliar
Patricia Finzi
Eliahu Toker

TRADUÇÃO
Ayala Kalnicki
Natalio Mazar
Suzana Spíndola

Edição revista

COMPANHIA DAS LETRAS

Copyright © 2017 by Patricia Finzi, herdeiros de Moacyr Scliar
e herdeiros de Eliahu Toker
Publicado originalmente no Brasil em 1990 pela editora Shalom.

Grafia atualizada segundo o Acordo Ortográfico da Língua Portuguesa de 1990, que entrou em vigor no Brasil em 2009.

CAPA E PROJETO GRÁFICO
Elisa von Randow

ILUSTRAÇÃO DE CAPA
Daniel Azulay

PREPARAÇÃO
Fernanda Alvares

REVISÃO
Huendel Viana
Clara Diament

Dados Internacionais de Catalogação na Publicação (CIP)
(Câmara Brasileira do Livro, SP, Brasil)

Do Éden ao divã : humor judaico / seleção, organização e edição Moacyr Scliar, Patricia Finzi, Eliahu Toker; tradução Ayala Kalnicki, Natalio Mazar, Suzana Spíndola. — 1ª ed. — São Paulo : Companhia das Letras, 2017.

Bibliografia
ISBN 978-85-359-3010-8

1. Judeus – Humor, sátira etc. I. Scliar, Moacyr. II. Finzi, Patricia III. Toker, Eliahu.

17-08074   CDD-892.47

Índice para catálogo sistemático:
1. Humorismo : Literatura judaica   892.47

[2017]
Todos os direitos desta edição reservados à
EDITORA SCHWARCZ S.A.
Rua Bandeira Paulista, 702, cj. 32
04532-002 — São Paulo — SP
Telefone: (11) 3707-3500
www.companhiadasletras.com.br
www.blogdacompanhia.com.br
facebook.com/companhiadasletras
instagram.com/companhiadasletras
twitter.com/cialetras

Sumário

9	INTRODUÇÃO
13	O sorriso da sabedoria
33	O humorista no telhado
96	Da sopa de galinha ao divã do analista
154	Da Amazônia à Patagônia
182	Os rivais de Cervantes
190	A ironia do intelecto
214	Do pogrom à perestroika
224	Antigo humor, um novo país
238	GLOSSÁRIO
241	REFERÊNCIAS BIBLIOGRÁFICAS
245	AGRADECIMENTOS
247	CRÉDITOS DAS ILUSTRAÇÕES

Este livro é dedicado aos profetas e alfaiates, rabinos e psicanalistas, mães judias e escritores, a todos aqueles, judeus ou não, que sorrindo filosoficamente diante da vida fazem humor judaico mesmo sem o saber.

Introdução: O que é humor judaico

O que vem a ser humor judaico? Para começo de conversa, é o humor que é abertamente judeu em suas preocupações, tipos, definições, linguagem, valores ou símbolos. (Uma piada judaica, reza uma definição, é aquela que nenhum gói pode entender e que todos os judeus dizem já ter ouvido antes.) Mas nem todo humor judaico deriva de fontes judias, assim como nem todo humor criado por judeus é necessariamente judaico. O humor judaico é demasiado rico e diversificado para ser descrito adequadamente por uma simples generalização. Os teólogos judeus costumavam dizer que é mais fácil descrever Deus em termos do que Ele não é. O mesmo processo pode ser útil para a compreensão do humor judaico. Ele não é escapista, não é grosseiro, não é cruel; ao mesmo tempo, também não é polido ou gentil.

O humor judaico geralmente versa sobre temas como: a comida, a família, negócios, o antissemitismo, a riqueza e a pobreza, a saúde e a sobrevivência. Há nele uma fascinação pela lógica; mais precisamente, pelo tênue limite que separa o racional do absurdo.

Na forma de comentário social ou religioso, o humor judaico pode ser sarcástico, queixoso, resignado, provocando não uma gargalhada, mas um sorriso melancólico, um aceno de cabeça, um suspiro. Reações diferentes das que experimentamos em cenas cômicas, em que o riso deriva do infortúnio dos outros.

O humor judaico tende a ser antiautoritário. Ele ridiculariza a grandiosidade e a autoindulgência, a hipocrisia, a pomposidade. Ele é fortemente democrático, enfatizando a dignidade e o valor do cidadão comum, satirizando figuras proeminentes da sociedade em geral e também do mundo judaico, como rabinos, cantores de sinagogas, sábios, intelectuais, professores, doutores, homens de negócios, filantropos. Ele recorre à familiaridade, à intimidade; e nesse sentido dá margem à ternura.

Um aspecto especial do humor judaico é a interação entre figuras proeminentes e as pessoas simples e os inferiores, quando esses últimos frequentemente emergem triunfantes. O humor judaico lida tipicamente com o conflito entre as pessoas e a estrutura do poder, seja esse conflito o do indivíduo judeu em sua comunidade, o do judeu diante do mundo gentio ou da comunidade judaica em relação ao resto da humanidade.

O humor judaico zomba de todos — inclusive de Deus. Muitas vezes satiriza personalidades e instituições religiosas, assim como os rituais e os dogmas. Ao mesmo tempo afirma as práticas e as tradições religiosas, buscando uma nova compreensão das diferenças entre o sagrado e o mundano.

O judeu ri. Mas ri do quê, e por quê? A análise do humor, em geral, que esboçamos acima, permite sugerir uma resposta. O judeu ri de si mesmo e dos outros judeus. Ao rir, o judeu indefeso diante da violência (o humor judeu nasce às vezes dentro do campo de concentração) afirma sua superioridade, seu próprio ego e seu direito a viver sem restrições. E seu riso é profundo porque nasce de uma percepção particularmente aguda do absurdo das limitações a ele impostas por entidades aparentemente dignas do maior respeito: o mundo não judaico e as figuras de proa da sua própria comunidade.

Por outro lado, a posição em que se coloca o que ri alicerça-se, no caso judaico, em elementos positivos do judaísmo, que permaneceram de certa forma imunes à crítica. Se o judeu luta com seu humor contra o ambiente hostil, contra a tradição congelada, contra a defecção dos assimilacionistas, é porque tem em mente o modelo de uma sociedade em que tais pragas não existam mais. O humor não luta só *contra*, ele luta também *por*: por uma ética pessoal isenta dos preceitos restritivos tradicionais, por uma sociedade mais justa e pela liberdade de cada qual ser como é sem temer a ação insidiosa do preconceito. Em todo o ceticismo, em toda a desconfiança, em todo o conhecimento da transitoriedade das coisas "importantes" aos olhos dos homens, ressoam no fundo das melhores piadas judaicas ecos proféticos e messiânicos, ainda que às vezes pálidos e secularizados.

— Fumantes ou não fumantes?

O sorriso da sabedoria

O humor judaico na Bíblia e no Talmud

Em *Jewish Wit* [O humor judaico], Theodor Reik (citando a si mesmo como exemplo) remete à Bíblia e ao Talmud a origem do humor judaico.

Essa opinião de Reik — destacado analista, discípulo e amigo de Freud — difere substancialmente da opinião de outros autores, como Salcia Landmann (*Der jüdische Witz*), para quem os textos bíblicos e talmúdicos seriam tudo, menos humorísticos. Provavelmente, e como sempre ocorre, a verdade está no meio: não resta dúvida de que o humor da Bíblia e do Talmud é diferente do humor judaico da Europa nos últimos séculos: sua função é eminentemente didática. O objetivo principal, ainda que não o único, é ridicularizar o vício e a insensatez; algo inteiramente compreensível dentro das duras condições em que vivia o "povo eleito", sempre enfrentando inimigos internos e externos. O escritor bíblico recorre para isso à ironia, ao sarcasmo, ao jogo de palavras. Exemplos desse humor podem ser encontrados em parábolas e em textos diversos, como nos Provérbios:

> *Anel de ouro em focinho de porco é a mulher formosa sem bom senso.* **(PR 11,22)**
> *Até o estulto, quando se cala, passa por sábio.* **(PR 17,28)**

É também curioso notar que um dos três patriarcas (Isaac) tem um nome que evoca o riso. Quando Deus anunciou à idosa Sara que ela teria um filho, a reação dela foi exatamente esta, rir (*litzchok*; daí vem *Itzchak*, ou Isaac). E Caim dá início ao costume de responder a uma pergunta com outra pergunta quando retruca à interrogação de Deus: "Onde está teu irmão Abel?" com o "Acaso sou eu o guarda de meu irmão?".

Cheia de ironia, e de passagens que poderiam ser consideradas cômicas, é também a história de Jonas. Deus o encarrega de profetizar contra a cidade de Nínive. Em vez de cumprir a determinação divina ele foge, embarcando num navio. O Senhor então lança sobre a nau um terrível vendaval; enquanto a tripulação luta para salvar o barco, Jonas, no porão, dorme a sono solto. Um sorteio identifica-o como o culpado pela fúria dos elementos. Jonas é lançado ao mar; um enorme peixe engole-o, e só depois de muita reza é que o vomita em terra firme. A essa altura, Jonas já não ousa desobedecer; de modo que, quando Jeová de novo lhe ordena que vá a Nínive, ele o faz. Suas advertências assustam os ninivitas e todos se vestem de sacos, colocando-os inclusive nos animais: sem dúvida, uma estranha e grotesca visão, com a qual Deus muda de ideia; já não castigará a cidade. O que deixa Jonas indignado: "Ah, Senhor, não era isto o que eu dizia, quando estava ainda em minha terra?". Em outras palavras: "Por que me tiraste do meu sossego, se tuas ameaças não eram para valer?". E com essas palavras retira-se da cidade, construindo uma cabana na periferia; de lá esperará pelos acontecimentos. A título de indenização, Deus faz crescer uma árvore que lhe dê sombra, com o que o profeta fica muito satisfeito; o calor ali deveria ser terrível. Deus, então, manda uma de suas pragas, que acaba com a árvore (realmente imprevisível o Senhor). Jonas acaba tendo uma insolação. Cansado daquilo tudo, pede para morrer. Deus então explica que, se Jonas achava a árvore importante, muito mais importante deveria considerar a população de Nínive. Não se sabe se Jonas aceita a explicação, porque a história termina aí — mas é duvidoso que ele tivesse forças para continuar uma carreira de profeta.

EVA, A AJUDADORA
Jacó Guinsburg é escritor, editor, tradutor, professor universitário e grande divulgador da literatura judaica no Brasil. Destaca o valor de diferentes formas de literatura bíblica (a parábola, o provérbio, a crônica) como semente de cultura universal. E, no estudo que realiza *Da mulher na Bíblia*, faz emergir o humor e a ironia presentes na narrativa da Bíblia.

Deus fez a Criação e viu que era realmente uma beleza. Tudo funcionava. Ficou tão satisfeito com sua obra-prima que julgou não poder reservar-se a sua contemplação. Afinal de contas, não precisava daquilo para ver, dentro de si, sem sair de sua infinitude, as maravilhas que quisesse. Já que se dera o trabalho, o Artista achou que deveria expor a sua Criação aos olhos de alguém mais: um espectador, uma testemunha. Só assim ela se completaria, adquiriria um sentido específico, um fim. Ora, é claro que este apreciador, para formar uma imagem, para "enxergar" o que fora realizado, precisaria dispor de atributos que só o Criador tinha até então. Por isso Deus disse: "Façamos o homem à nossa imagem, conforme a nossa semelhança". Dito e feito.

Mas quem conhece os caminhos do Criador? Ele dotou a criatura generosamente. Deu-lhe todos os meios de sentir, discernir e mesmo de escolher, por arbítrio próprio. Tornou o homem um contemplador ideal e o instalou no meio das maravilhas do Éden. Mas se pretendia que ele continuasse nesse estado, por que plantou no centro do Jardim a árvore do bem e do mal? E mais ainda: por que achou necessário dar a Adão uma companheira? e permitiu que a serpente viesse a saber o segredo da árvore e da mulher?

Por tudo isso, é bastante provável que alimentasse algum propósito ulterior, e não inteiramente expresso, ao considerar que: "Não é bem que o homem esteja só; far-lhe-ei uma ajudadora que lhe seja idônea" (GN 2,18).

Da costela de Adão, imerso em seu beatífico sono, Deus formou Eva, a ajudadora. Mas no que ia ela ajudar? Ao que tudo leva a crer, em despertar o seu companheiro. Em tirá-lo do estado contemplativo e em passá-lo ao ativo. Em desencadear o seu potencial humano. Em convertê-lo, de projeto de homem, em homem de projeto. Em realizar o homem, de modo que ele, com *seus* próprios olhos, pudesse medir a glória da Criação.

Com efeito, só assim talvez se explique a facilidade com que a serpente pôde sussurrar as suas insídias ao ouvido da mulher e a presteza com que esta as acolheu em sua curiosidade. Pois não houvesse um alto desígnio em mira, nem todas as víboras do mundo seriam capazes de convencer a inocência absoluta de que "aquela árvore era boa para comer, e agradável aos olhos, e árvore desejável para dar entendimento" (GN 3,6). E se Eva deu-se por persuadida, cedeu à tentação e "tomou de seu fruto, e comeu, e deu também a seu marido"

(ID.), foi possivelmente porque a sua ajuda estava providenciada. Havia de contribuir para a queda do homem.

Diz uma velha máxima, que também procede do fundo dos tempos: "A queda contém em si mesma a ressurreição". Se não for consolo pelo que está irremediavelmente perdido, ela talvez soerga uma ponta do véu que envolve a expulsão do Éden. Sob esse aspecto, a missão de Eva não se restringiria a assegurar o mandamento de crescer e multiplicar-se. Seria fácil demais. Sobretudo na pureza paradisíaca. Sem dor nem sofrimento. Mas, escolhida para ajudar nos mais elevados projetos, incumbir-lhe-ia, além da função reprodutiva, uma ação produtiva — gerar o homem na carne e desencadeá-lo no espírito. Ela seria a verdadeira mãe do gênero humano. Ou melhor: a mediadora eleita entre o homem e o homem.

E isto permite resguardar um pouco o orgulho varonil, pois a finalidade da ação continua sendo masculina.

— O.K... Quem é Caim, e quem é Abel?

> Entre os grandes mestres do judaísmo, Jesus de Nazaré deve também ser citado, se não por outra razão, pelo fato de que em sua pregação recorria, como os profetas, à parábola e à metáfora, frequentemente com um componente de humor irônico.

Ele estava ensinando numa das sinagogas aos sábados. E eis que estava lá uma mulher, possuída havia dezoito anos por um espírito que a tornava enferma; estava inteiramente recurvada e não podia de modo algum endireitar-se. Vendo-a, Jesus chamou-a e disse:

— Mulher, estás livre de tua doença — e lhe impôs as mãos.

No mesmo instante, ela se endireitou e glorificava a Deus.

O chefe da sinagoga, porém, ficou indignado por Jesus ter feito uma cura no sábado e, tomando a palavra, disse à multidão:

— Há seis dias nos quais se deve trabalhar; portanto, vinde nesses dias para serdes curados, e não no dia de sábado!

O Senhor, porém, replicou:

— Hipócritas! Cada um de vós, no sábado, não solta seu boi ou seu asno do estábulo para levá-lo a beber? E esta filha de Abraão que Satanás prendeu há dezoito anos, não convinha soltá-la no dia de sábado? (LC 13, 10-16)

■

Certo homem de posição lhe perguntou:

— Bom Mestre, que devo fazer para herdar a vida eterna?

Jesus respondeu:

— Por que me chamas bom? Ninguém é bom, senão só Deus! Conheces os mandamentos: Não cometas adultério, não mates, não roubes, não levantes falso testemunho; honra teu pai e tua mãe.

Ele disse:

— Tudo isso tenho guardado desde a minha juventude.

Ouvindo, Jesus disse-lhe:

— Uma coisa ainda te falta. Vende tudo o que tens, distribui aos pobres e terás um tesouro nos céus; depois vem e segue-me.

Ele, porém, ouvindo isso, ficou cheio de tristeza, pois era muito rico.

Vendo-o assim, Jesus disse:
— Como é difícil aos que têm riquezas entrar no Reino de Deus! Com efeito, é mais fácil o camelo entrar pelo buraco de uma agulha do que o rico entrar no Reino de Deus. (LC 18,18-25)

■

Então, os fariseus foram reunir-se para tramar como apanhá-lo por alguma palavra. E lhe enviaram os seus discípulos, juntamente com os herodianos, para lhe dizerem:
— Mestre, sabemos que és verdadeiro e que, de fato, ensinas o caminho de Deus. Não dás preferência a ninguém, pois não consideras um homem pelas aparências. Dize-nos, pois, que te parece: é lícito pagar imposto a César, ou não?
Jesus, porém, percebendo a sua malícia, disse:
— Hipócritas! Por que me pondes à prova? Mostrai-me a moeda do imposto.
Apresentaram-lhe um denário. Disse ele:
— De quem é esta imagem e a inscrição?
Responderam:
— De César.
Então lhes disse:
— Dai, pois, o que é de César a César, e o que é de Deus a Deus.
(MT 22,15-21)

■

No ano 70 d.C., Jerusalém foi destruída pelos romanos, e os judeus se dispersaram pelo mundo. A sobrevivência da tradição judaica passou a depender dos rabinos e do Talmud por eles criado. O Talmud, uma coleção de preceitos, comentários e narrativas, compreende as vastas antologias da Mishná e da Guemará. Apesar do caráter ético-religioso desses textos, não lhes falta o humor, perceptível ao longo de toda a narrativa. A propósito disso, diz Renato Mezan em *Sigmund Freud* (Brasiliense, 1983):

O raciocínio talmúdico, frequentemente sagaz e intrincado, contribuiu decisivamente para converter a mente do judeu em um instrumento aguçado, capaz de sair airoso das situações mais difíceis. A analogia e a inferência, processos característicos da sutil dialética talmúdica, guardam certa semelhança com uma condensação e ou deslocamento que, segundo Freud, constituem os mecanismos básicos da construção inconsciente. Recordemos que Freud sustenta que o humor, à semelhança dos sonhos e das neuroses, tem origem nestes mecanismos, considerando-os defesas do psiquismo contra tudo que lhes causa temor. A forma tradicional de pensar recebe, assim, novo conteúdo, demonstrando ser adequada para concretizar os objetivos da crítica humorística. Talvez boa parte da profundidade, agudez e ironia pertinentes ao humor judaico provenha da capacidade adquirida pelos judeus através dos séculos no estudo do Talmud, no sentido de encontrar relações entre os fatos e situações mais díspares. Tal procedimento oferece um efeito de surpresa essencial ao desenlace humorístico. O humor judaico tem um sabor de inteligência cultivada, possivelmente proveniente das raízes intelectuais estabelecidas durante os séculos anteriores a seu surgimento.

Nas historietas talmúdicas o humor manifesta-se, em geral, nas respostas rápidas e irônicas através das quais o protagonista, o mais das vezes um rabi, ensina sua lição. (São famosas as histórias de Hillel, que começou a ensinar aproximadamente em 30 a.C., fundando, na Palestina, uma escola que polarizaria a vida judaica por mais de cinco séculos.)

■

Em Roma, idólatras astuciosos interpelaram o rabi Simeão, conhecido como "o muito sábio":
— Se a vosso Deus não agradam os ídolos, por que Ele, sendo Todo-Poderoso, não os destrói?
Respondeu Simeão:
— Se os homens só adorassem coisas inúteis, Deus decerto destruiria os ídolos que as representam. Mas eles veneram o sol, a luz, os planetas. Deveria o Senhor aniquilar o universo por causa dos estultos?
— Neste caso — insistiu um dos idólatras —, por que não destrói

Ele os objetos de culto inúteis, preservando aquilo que é necessário?

— Porque — objetou o sábio — Deus estaria então dando argumentos aos defensores da idolatria, que poderiam dizer: "Vede: o sol, a luz, os planetas são os verdadeiros deuses — já que os falsos foram destruídos".

∎

Rabi Safra tinha uma pedra preciosa e queria vendê-la. Dois mercadores ofereceram-lhe cinco moedas; ele pediu dez. Criado o impasse, a transação não se realizou.

A sós, porém, o rabi pensou melhor e decidiu aceitar a oferta. Os mercadores, por sua vez, acharam que valia a pena insistir. Voltaram à casa de Safra no momento em que este, em silêncio, iniciava suas orações. Do que não se aperceberam os mercadores:

— Senhor, queremos saber se haveis mudado de ideia. Aceitais nossa oferta?

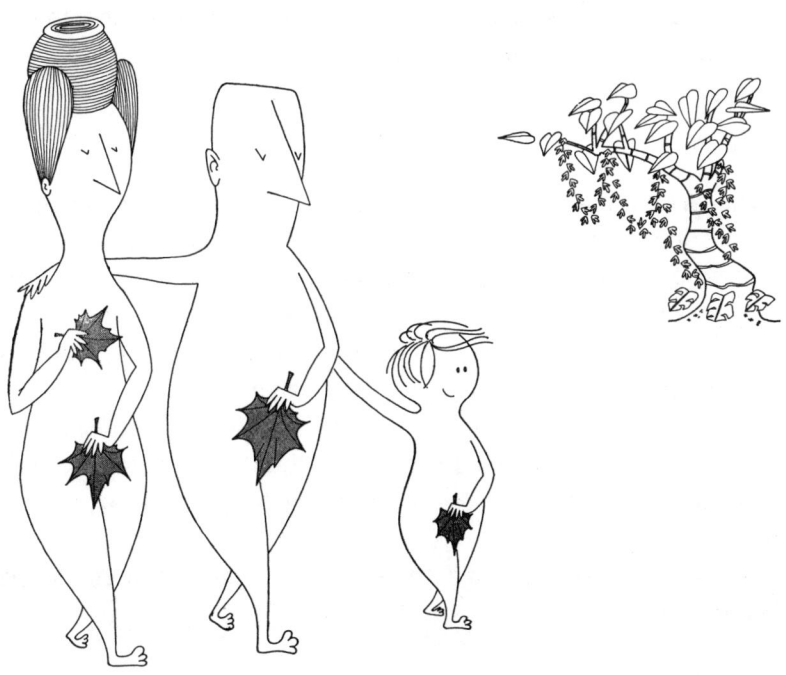

O rabino nada respondeu.

— Senhor, podemos dar mais duas moedas. Aceitais?

O rabino Safra, quieto. Um dos mercadores, impaciente, bradou:

— Está bem! Vamos fechar o negócio por dez moedas. Onde está a pedra?

Nesse momento o rabi Safra terminava a prece e disse:

— Senhores, não quis interromper minha oração, e por isso não respondi, mas já havia decidido vender a pedra pelo preço que me havíeis oferecido. Dai-me, pois, cinco moedas. Mais que isso não posso aceitar.

■

Rabi Hagai e rabi Zaira cruzaram com um lenhador que voltava da mata trazendo um feixe de lenha. Dirigiu-se rabi Zaira ao homem:

— Dá-me, por favor, uma lasca de lenha para palitar os dentes.

Ao que disse rabi Hagai:

— Não faças isso. Se todas as pessoas que este homem encontrar lhe pedirem uma lasca, ele ficará sem a lenha. Àquele que tem pouco, nem mesmo pouco devemos pedir.

■

Um certo Simão recebeu de um homem vinte moedas para guardar por alguns meses. Ao fim desse prazo, solicitado a devolver a quantia, recusou-se, fingindo espanto:

— Mas eu já te devolvi o dinheiro, amigo.

O homem exigiu que ambos fossem à sinagoga e que, diante do rabi, Simão repetisse, sob juramento, a declaração.

No dia marcado, lá compareceram. Simão trazia consigo uma grossa bengala de junco; convidado a proferir o juramento, pediu ao reclamante que segurasse a dita bengala; disse então, em tom solene:

— Juro que entreguei a esse homem o dinheiro que me foi por ele confiado.

Ultrajado, o outro atirou-se a ele, disposto — sacrilégio! — a golpeá-lo em plena casa do Senhor. Mas, antes que o fizesse, partiu-se a bengala, e as moedas, que lá estavam, rolaram pelo chão. Ao que disse o rabino:

— Pega, amigo, as moedas que, pela vontade divina, voltaram às tuas mãos. (CERVANTES PARECE SE TER INSPIRADO NESSA HISTÓRIA PARA UMA PASSAGEM DE *DOM QUIXOTE*!)

∎

No fim da vida, o rabi Nahum ficou cego, paralítico e leproso. Estirado num cubículo imundo, aguardava resignado o dia de sua morte. Os discípulos iam visitá-lo e se afligiam diante de tanto sofrimento. Certo dia, um deles não se conteve e perguntou:

— Como é possível que tantos males atormentem a um santo homem?

— Meu filho — respondeu Nahum —, estou apenas expiando um crime.

E, ante o espanto geral, contou:

— Certa vez, ao chegar em casa com três burros carregados de provisões, encontrei um mendigo que me pediu algo para comer. Espera que eu descarregue os burros, respondi. Mas, antes que eu finalizasse a tarefa, o homem morreu. Pedi então a Deus que cegasse os olhos que não souberam avaliar a miséria alheia, e que ficassem paralisadas as mãos que não souberam ajudar; e, ainda, que a lepra me cobrisse o corpo. Fui, como vedes, atendido.

Ao que disse o discípulo, em prantos:

— Mas é triste, para nós, vermos o nosso mestre nesse estado.

Replicou o rabi Nahum:

— Triste de mim, se não me pudésseis ver neste estado!

∎

Certa ocasião apresentou-se a Hillel um gentio, dizendo:
— Quero converter-me. Mas com uma condição: ficarei imóvel, sobre uma só perna, e terás de ensinar-me a Lei no tempo em que eu aguentar nesta posição.
— "Não faças a teu próximo o que não queres que façam a ti" — respondeu Hillel. — Nisto consiste a Lei. O resto é comentário. Vai e estuda.

■

O rabi Ananias era um homem tão santo que era capaz de fazer milagres. Só para os outros, porém; para si mesmo nada queria. Vivia em extrema pobreza com sua esposa. Tanto que a pobre mulher, para não envergonhar-se diante dos vizinhos, costumava acender o fogo — embora nada houvesse para cozinhar — a fim de que os vizinhos, vendo sair fumaça pela chaminé, não soubessem que eles passavam fome. Mas uma vizinha, mulher perversa, resolveu surpreendê-los, e entrou de inopino na casa, dirigindo-se diretamente ao forno de onde saía a fumaça. Abriu a portinhola, e qual não foi sua surpresa ao ver que lá dentro havia dezenas de pães, dourados e macios.

O milagre deu ideias à mulher de Ananias... E ela passou a insistir com o marido para que ele usasse seus poderes para conseguir riquezas. Tanto insistiu que o santo rabino, embora violentando a si mesmo, orou a Deus, pedindo que o desejo da esposa fosse atendido. Nesse instante, um objeto reluzente caiu do céu. O rabino foi ver: era uma perna de mesa feita de ouro maciço.

Mas aquela noite não conseguia dormir... E quando, por fim, adormeceu, teve um sonho estranho e angustiante. Sonhou que estava no céu, convidado a participar no banquete dos justos. Mas a mesa, carregada de iguarias, vacilava de tal modo que tornava impossível assentar-se a ela. Rabi Ananias foi ver o que acontecia e constatou; faltava à mesa uma perna.

Despertando, rogou a Deus que aceitasse de volta Sua dádiva. Deus aceitou, e desde então Ananias viveu em paz.

MIDRASH
Surgidos também no período talmúdico, os textos do Midrash não são comentários sobre a Lei, mas parábolas utilizadas pelos rabinos em seus sermões com o objetivo de tornar mais claro o sentido de algum trecho da Bíblia ou dos preceitos. Rico em elementos folclóricos, o Midrash é muito apreciado pelas classes populares.

Rabi Abaú e rabi Hia ben Aba chegaram ao mesmo tempo na mesma cidade. Rabi Hia pronunciou um discurso erudito sobre a Lei, enquanto rabi Abaú fazia um sermão midráshico. O povo abandonou rabi Hia para ouvir rabi Abaú.

Rabi Hia ficou profundamente abatido. Seu colega, então, lhe disse:

— Ouve esta parábola: dois homens entraram na mesma cidade; um oferecia pedras preciosas e pérolas, o outro vendia simples bijuterias. Em torno de quem se aglomerou o povo? Com certeza em torno do vendedor de bijuterias, porque era isso o que podiam comprar.

■

Rabi Gamaliel ordenou a seu criado Tobias que fosse ao mercado comprar o que de melhor houvesse. O criado trouxe uma língua. No dia seguinte, rabi Gamaliel o mandou ao mercado para que comprasse o que de pior houvesse, e Tobias voltou a trazer-lhe uma língua. Intimado a dar explicação, disse:

— A boa língua é o que há de melhor no mundo. Mas a má língua é o que há de pior.

■

Enquanto Noé plantava uma vinha, Satanás apareceu e perguntou o que estava semeando. Noé respondeu:

— Um vinhedo.

O espírito maligno fez-se de ingênuo:

— Para que serve?

— Seus frutos são doces, com eles faz-se o vinho que alegra o coração dos mortais.

Disse-lhe então Satanás:
— Vou ajudar-te.
Trouxe um cordeiro, um leão, um porco e um macaco, matou-os e com seu sangue adubou a vinha. É por isso que, antes de beber, o homem é manso como um cordeiro; se bebe o suficiente torna-se forte como um leão; bebendo além da conta comporta-se como um porco; e, quando se embriaga, dança como um macaco, diz bobagens diante de quem quer que seja e não sabe o que faz. (MIDRASH TANCHUMA LVIII)

■

Um pobre cego se aproximou de dois viajantes na estrada. Um deles deu-lhe uma moeda, o outro, nada. O Anjo da Morte aproximou-se, dizendo-lhes:

— Quem deu ao mendigo não tem por que temer-me por cinquenta anos; o outro, em câmbio, morrerá logo.

— Posso retroceder e dar uma esmola ao mendigo? — perguntou o viajante condenado.

— Não — replicou o Anjo da Morte. — A embarcação é inspecionada antes de zarpar, não em alto-mar.

■

Uma pedra caiu sobre o cântaro? Pobre do cântaro! Um cântaro caiu sobre a pedra? Pobre do cântaro!

■

Se alguém te diz "és um burro", não dês importância; se duas pessoas te dizem o mesmo, atrela-te a uma carroça.

■

Dizia rabi Idi: havia em Sídon certa mulher que viveu dez anos com o marido, sem ter filhos. O casal se apresentou então diante do rabi Shimón ben Iochai, solicitando divórcio. O rabi lhes disse: "Vossa união foi celebrada com um banquete; celebrem vossa separação do mesmo modo".

Os esposos aceitaram a recomendação.

Durante o banquete, a mulher fez com que o marido bebesse mais do que de costume, de modo que terminou dormindo. Ela chamou então os criados e lhes ordenou:

— Levem meu marido à casa de meu pai.

No meio da noite, o marido acordou e perguntou à esposa:

— Onde estou?

Ao que ela respondeu:
— Na casa de meu pai.
— Mas por quê? — insistiu ele.
— Não me pediste na noite anterior — replicou ela — que escolhesse o que me parecesse mais precioso de tua casa para levar à casa de meu pai? Pois para mim não há nada mais precioso no mundo do que tu.

Então, o casal voltou a ver rabi Shimón ben Iochai. E este orou pelos cônjuges e o Senhor lhes concedeu um filho. (MIDRASH SHIR HASHIRIM RABÁ 1)

■

Zutra, o Piedoso, estava alojado numa estalagem. Certo dia o dono veio procurá-lo, muito aborrecido:
— Roubaram-me — disse — uma bacia de prata.

Zutra prometeu descobrir o ladrão, e passou a observar os hóspedes.

Depois de alguns dias, disse ao dono da estalagem que reunisse todos os hóspedes. Apontando um homem, disse:
— Eis o que roubou.

Revistaram a bagagem do acusado e, de fato, lá estava a bacia de prata.
— Como o descobriste? — perguntou o dono da estalagem.
— Muito simples — respondeu Zutra. — Verifiquei que esse homem, depois de lavar as mãos, enxugava-as na toalha dos outros. Ora, o que não zela pela propriedade alheia não pode ser um homem honrado. (BABA METZIA, 83B)

■

Um homem possuía um enorme rebanho de cabras. Todos os dias o pastor levava-as à montanha, e à noite trazia-as de volta ao redil. Um dia ele disse ao homem:
— Há uma cabra selvagem que acompanha o rebanho e vem à noite para o redil.

— É desta que deves cuidar — disse o homem.
— Por quê? — perguntou o pastor. — Tencionas ficar com ela?
— Não. Mas devemos ser gratos àquele que renunciou à solidão e juntou-se a nós.

Da mesma forma, deve o povo de Israel gratidão e respeito ao estrangeiro que a ele se une. (SHEMOT RABA 8:2)

■

O senado romano planejou adotar uma lei que proibia a observância do sábado e a prática da circuncisão. Rabi Reuben decidiu enganar os opressores. Disfarçando-se de romano, compareceu ao senado e disse: "Detestais os judeus; entretanto, os ajudareis a enriquecer se os fizerdes trabalhar sete dias ao invés de seis". O senado revogou a primeira parte da proibição. Rabi Reuven continuou: "Se os judeus são detestáveis, quanto menos sobrar deles, melhor". A segunda parte da lei também foi revogada. (MEGUILÁ, 17A)

■

É melhor homenagear um médico do que precisar dele. (TAANIT, 3:5)

■

Por que é mais fácil aplacar o homem do que a mulher?
Porque o primeiro homem foi criado do barro, que é mole, ao passo que a primeira mulher foi tirada de um osso, duro e resistente. (NIDÁ, 31)

■

O que sopra a espuma de seu copo não tem sede. (SANHEDRIM, 100B)

Dizia rabi Iochanan: "Os judeus são como a azeitona. Assim como desta só se extrai o óleo pela pressão, os judeus chegam à sabedoria pelo sofrimento". **(MENAHOT, 53B)**

O humorista no telhado

Europa Oriental

Durante séculos, o Talmud proporcionou ao judaísmo uniformidade cultural sob a égide da lei religiosa. Com as invasões bárbaras e a queda do Império Romano, os judeus dispersaram-se pela Europa, pelo norte da África e pelo Oriente Médio, incorporando, nessa trajetória, elementos das culturas árabe e cristã e o racionalismo grego. Surge o *autor*, uma figura até então desconhecida nas letras judaicas: Saadia, Ibn Gabirol, Maimônides. Na península Ibérica, a lírica sefardi rivaliza com a poesia dos menestréis árabes e castelhanos.

Filosofia, poemas líricos, mas poucos textos humorísticos. No entanto, o contínuo deslocamento dos judeus, resultado sobretudo das perseguições, prossegue. E é assim que, já na Idade Moderna, eles chegam ao Leste Europeu, uma região ainda primitiva e subdesenvolvida.

A Europa Oriental foi o berço do humor judaico, o lugar em que ele deu seus primeiros passos no século XIX, usando a língua ídiche. Podemos buscar seus antecedentes bíblicos, talmúdicos ou de outras épocas, porém ele explodiu verdadeiramente naquele lugar, naquela época e naquele idioma. E não foi por casualidade que seu desenvolvimento seguiu-se ao do chassidismo, esse movimento místico judaico que reivindicou a alegria, a canção e a dança como formas adequadas de entrar em contato com a espiritualidade e a divindade, um movimento popular cujos principais mestres fizeram uma arte a partir dos relatos e das parábolas.

De alguma forma, muitas das características essenciais ao humor judaico são as mesmas do chassidismo, desde a ingenuidade e a ternura até a familiaridade subentendida a todos os judeus; desde uma mentalidade democrática e popular até uma relação de intimidade com Deus.

Devido às singulares características da marginalidade judaica, a de um povo apaixonadamente desprezado e admirado ao mesmo tempo, de um povo eleito para depósito de demônios, mistérios e fantasias ocultas, o humor dos judeus, a partir de sua explosão inicial, se desenvolveu intempestivamente, trazendo em sua corrente uma mistura caótica de origens e sentidos diferentes.

É preciso diferenciar "humor judaico" e "humor sobre os judeus", ou, para dizer de outra forma, é necessário discriminar o humor nascido no meio das massas judias e que serve de testemunha do modo judeu de viver, sentir e raciocinar e aquele outro que — apesar de ter sido criado por judeus ou não judeus — expressa os estereótipos criados contra ele.

Existe uma terceira categoria de "piadas judias" que pertencem ao acervo universal ou ao acervo comum de vários povos. Elas não dão testemunho de algum feito especial de uma cultura determinada e, apenas com a troca de nomes de protagonistas, se transformam em piadas judaicas. Por exemplo:

> Abraham vai visitar seu amigo Moishe e pede emprestado o seu burro:
> — Preciso dele para ir à feira.
> — Sinto muito, Abraham, mas meu burro está no campo. Se estivesse aqui, eu emprestaria, com muito prazer.
> Nem bem terminou essa frase, ouviu-se o zurrar do burro no estábulo ao lado:
> — Curioso... — exclama Abraham. — Teu burro está no campo e vem zurrar aqui!
> — Nunca pensei — responde Moishe, ofendido — que acreditarias mais no burro do que em mim!

A mesma anedota aparece no humor árabe (com outros nomes). Esses textos sofrem mudanças na passagem de um folclore para outro. Vejamos esta anedota, nascida com o aparecimento do telégrafo e da qual Immanuel Olsvanger colheu três versões.

Para explicar o segredo da telegrafia, a *versão árabe* nos convida a "imaginar um cão enorme, cuja cabeça está em Beirute e o rabo em Damasco. Se você puxar seu rabo em Damasco, se ouvirá o latido em Beirute".

Versão russa — Primeiro russo: "Imagine um cavalo, sua cabeça está em Moscou e sua cauda em Tula. Cocem o nariz do cavalo em Moscou, e ele moverá sua cauda em Tula. Assim acontece com a telegrafia". Segundo russo: "Certo, mas como se faz para telegrafar de Tula para Moscou?".

Agora, a *versão judaica*: Primeiro judeu: "Imaginem, ao invés de um fio, um cachorro, cuja cabeça está em Kovno e o rabo em Vilna. Puxem a cauda em Vilna e se ouvirá o latido em Kovno". Segundo judeu: "Mas como funciona o telégrafo sem fio?". Primeiro judeu: "Da mesma forma, porém sem o cão".

O humor judaico que nos interessa é o primeiro, aquele através do qual podemos conhecer (e desconhecer) o judeu, neste caso o da Europa Oriental, através da lente irreverente do sorriso. Não se trata de um humor autoglorificador. Ao contrário, frequentemente o objeto do humor são os próprios judeus, o que reflete uma peculiar visão de mundo. Uma das características particulares do humor judaico é, em geral, o discurso da anedota, o raciocínio que a move. Está intimamente relacionado com o método de estudo analítico-dedutivo que usaram os judeus durante séculos de estudos talmúdicos, conhecido como "*pilpul*", a arte de demonstrar coisas inverossímeis.

Podemos dar como exemplo dessa lógica talmúdica o conto do rabino que perdeu seus óculos e os encontra através de uma longa conversa. A sequência de seu raciocínio, abreviada e traduzida do ídiche, seria a seguinte:

> Já que meus óculos não estão aqui, poderiam ter fugido ou alguém os levou. Como poderiam ter fugido? Ridículo. Não têm pernas. Supondo que alguém os tenha roubado, deve tratar-se de uma pessoa que usa óculos ou de alguém que não usa. Se foi uma pessoa que usa óculos, não teria levado os meus. Se quem os levou não usa óculos, é porque vê sem eles. Se não tivesse lentes e visse, para que necessitaria das minhas? Deve ser

> alguém que não usa óculos, nem vê. Porém, se não tem óculos e não vê, como poderia ter encontrado os meus? Se ninguém os levou, e se não foram sozinhos, pois não têm pernas, os óculos devem estar aqui. Porém, eu vejo que não estão aqui. Disse que vejo? Então eu tenho os óculos. Já que tenho os óculos, eles devem ser meus e não de outra pessoa. Porém, como é possível que os óculos de outra pessoa estejam sobre meu nariz? Se não podem ser óculos alheios, devem ser meus. Aqui estão!

A sucessão de perguntas que o rabino se coloca e responde com perspicácia, aplicando sempre de forma estrita o princípio lógico da terceira possibilidade excluída, conduziu-o finalmente a encontrar sobre o nariz os óculos perdidos. Não é um triunfo da lógica ou do êxito de uma mente engenhosa aquilo que nos faz rir, mas o exagerado esforço intelectual que há por trás dele.

O raciocínio talmúdico tem outras aplicações, como este caso:

> Quando os judeus não podiam viajar para fora da Zona de Residência, sem permissão oficial, um velho rabino de Odessa conseguiu, depois de meses de negociações, viajar a Moscou. Logo na primeira parada, sobe no trem um jovem que se senta à sua frente. O velho o observa, e em seu interior começa o seguinte monólogo: "Não parece um camponês, e se não é camponês, provavelmente vem deste distrito. Se vem deste distrito, deve ser judeu, pois este é um distrito judeu. Porém, se é judeu, para onde vai? Sou o único do distrito com permissão para viajar a Moscou. Para que cidade poderá ele viajar sem licença? Antes de Moscou, existe a aldeia de Mozhaisk e não é necessário permissão para ir até lá. Porém, o que irá fazer em Mozhaisk? Só há duas famílias judias em toda a aldeia, os Linsky e os Grimbaum. Sei que os Linsky são uma família terrível, de modo que ele vai visitar os Grimbaum. Porém, quem faria uma viagem dessas, nesta época do ano, a não ser um parente próximo? Os Grimbaum têm apenas filhas, de modo que pode se tratar de um genro. Porém, se é um dos seus genros, com qual das filhas se casou? Esther se casou com um jovem e brilhante advogado de Budapeste. Como se chamava? Alexander Cohen. Com quem se casou Sara? Com um infeliz, um empregadinho de Zhadomir. Deve ser, pois, Esther. De modo que, se é este o que se casou com Esther, seu nome é Alexander Cohen e vem de Budapeste. Oh! que terrível antissemitismo existe agora lá. Provavelmente tenha trocado de sobrenome. Qual é o correspondente húngaro de Cohen? Kovacs. Porém, se um homem troca de sobrenome de Cohen para Kovacs, revela muita insegurança na vida. Além disso, para trocar seu sobrenome por causa do

MEU SENHOR, O SENHOR ESTÁ ENGANADO. NÃO CONSERTO RELÓGIOS, SOU UM **MOHEL**, FAÇO CIRCUNCISÕES.
ENTÃO POR QUE DIABOS COLOCOU AÍ UM RELÓGIO?
E O QUE O SENHOR QUERIA QUE EU COLOCASSE?

antissemitismo, um homem deve possuir status. Que classe de status pode ter? Um doutorado na universidade".

Nesse ponto, o velho rabino se levanta e cumprimenta o jovem com a pergunta:

— Dr. Alexander Kovacs?
— Sim, claro — responde o jovem. — Porém, como o senhor soube?
— Oh! — responde o velho. — É óbvio.

Esse exercício de agudeza mental tem sua expressão mais delirante nos contos de Chelem, cidade a que se atribuía o máximo da ingenuidade judaica, não por falta de raciocínio, mas por excesso. É o caso do bedel que fica doente e não pode bater nas janelas dos judeus para chamá-los à sinagoga. Após acaloradas discussões, decide-se remover todas as venezianas e levá-las ao bedel para que possa bater nelas, sem sair de casa.

Ou é o caso do rabino que deve visitar um a um de seus adeptos após uma nevada. A neve está tão linda que é uma pena que o rabino a pise. Depois de longas reuniões e polêmicas, decidem erguer o rabino sobre uma mesa para que quatro rapazes da cidade o conduzam.

■

TEVIE, O LEITEIRO
Sholem Rabinovitch (que adotou o pseudônimo de **Sholem Aleichem** — literalmente, "a paz seja convosco") é o mais famoso dos escritores em língua ídiche. Nascido na Ucrânia, em 1859, e falecido em Nova York, em 1916, criou inúmeros personagens que se moviam em shtetls como a mítica Kasríleuke, situada no "Pale", a região onde os judeus viviam sob o regime tsarista. Desses personagens, um sobressai: é Tevie, o leiteiro, otimista e cínico, revoltado e resignado. No trecho ao lado, traduzido por J. Guinsburg, Tevie fala a seu cavalo.

Anda, monstro miserável! Puxa, animal estúpido em forma de cavalo! Não és melhor do que eu. Se é tua sina ser cavalo de Tevie, sofre como Tevie, aprende com Tevie e a sua família a morrer de fome sete vezes num dia e a deitar-te sem jantar. Não está escrito no Livro Sagrado que homens e animais tenham a mesma sorte? Não, não é verdade. Aqui estou eu, falando, e tu és mudo; não podes exprimir a tua dor com palavras. Estou em situação melhor. Porque eu sou humano e judeu; e sei o que tu não sabes. Sei que temos no céu um Deus grande e bom que governa o mundo com sabedoria, misericórdia e clemência, alimentando o faminto, levantando o que tomba, mostrando-se propício a todos os seres vivos. Eu posso abrir-lhe o meu coração, enquanto esses teus queixos estão cerrados, pobre criatura! Confesso, entretanto, que uma palavra sábia não substitui um bom naco de arenque ou um saco de cevada...

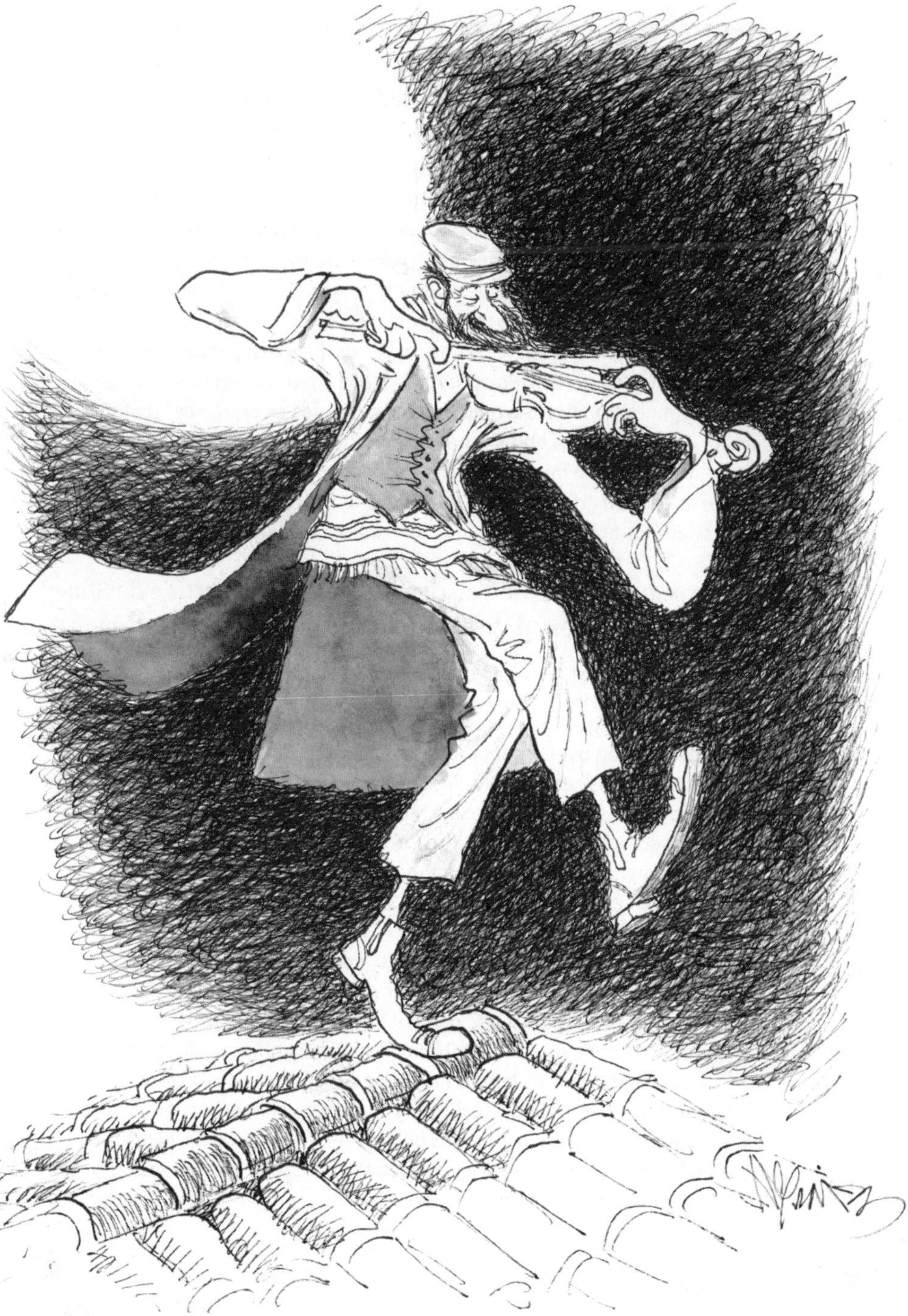

De repente, Tevie percebe que é hora da *Minchá*, a oração vespertina, e apressa-se a rezar as preces prescritas. Mas, enquanto com os lábios vai murmurando devotamente as palavras, de si para si acrescenta-lhes comentários ímpios. Por exemplo:

> "Benditos sejam os que residem na tua casa" (Bem! Mas eu imagino, Senhor, que a tua casa seja mais espaçosa do que a minha choça). "Eu te louvo, meu Deus e Rei" (De que me adiantaria fazer o contrário?...). "Todos os dias te abençoo" (mesmo de estômago vazio...). "O Senhor é bom para todos" (admitindo que esqueça alguém de vez em quando, não tem já muito em que pensar?...). "O Senhor ergue os que caem, levanta os que se abaixam" (Pai do Céu, Pai amoroso, esta é a minha vez; posso acaso afundar mais?...). "Abres a mão e satisfazes todas as criaturas" (então é assim, Pai do Céu: um apanha um soco na cara; outro, um frango assado. Eu, minha mulher e minhas filhas nunca cheiramos um frango assado, desde os dias da criação...). "Ele satisfará os desejos dos que o temem; lhes ouvirá os brados e os salvará" (Mas quando, Senhor? Quando?...).

O trecho seguinte é característico do espírito sarcástico de Sholem Aleichem e também da ironia mordaz dos judeus confinados no gueto.

> Ao dar conta do que lhe sucedeu na feira, o homem deve sempre tomar em consideração os sentimentos do seu próximo. Tenha o cuidado de não melindrar os seus semelhantes judeus e procure estar em harmonia com eles, pois está escrito, na ética dos nossos pais: "Não te apartes da tua comunidade", o que significa, entre outras coisas: "Não digas irrefletida e egoisticamente nada que soe mal aos teus ouvintes...". Unidade em Israel! Nunca esqueças este princípio. Se, por exemplo, eu vou à feira — um modo de dizer, naturalmente, pois nunca fui à feira, exceto em pequeno, com meu pai — e faço negócio, vendo tudo com bom lucro, volto com punhados de dinheiro e o coração pulando de alegria, nunca deixo de dizer aos vizinhos que perdi até o último "copeque" e sou um desgraçado. Assim, folgo eu e folgam os meus vizinhos. Se, pelo contrário, me limparem deveras os bolsos na feira e eu regresso com o coração amargurado e a barriga cheia de fel, garanto aos conhecidos que nunca houve, desde que Deus instituiu as fibras, uma melhor. Compreendeis o que quero dizer? Nesse caso eu venho acabrunhado, mas os meus vizinhos também se ralam de inveja.

■

O MILAGRE DE HOSHANÁ RABÁ

Este conto de **Sholem Aleichem** foi escrito em 1909, quando começava a difundir-se na Europa Oriental o último avanço da revolução tecnológica: o trem. Sholem Aleichem relata a oposição entre o homem e a máquina, a absurda e às vezes cômica contradição entre o humanismo e a tecnologia, tema que em pouco se constituiria na problemática central do século. Dada a sua extensão, selecionamos fragmentos que permitem, sem alterar o fio da narração, conhecer o mundo mágico do escritor.

O milagre de Hoshaná Rabá: esse foi o nome que recebeu o acontecimento. Essa história passou-se, veja você, logo na nossa cidadezinha em Haisín. Quer dizer, não exatamente em Haisín, mas algumas estações adiante, num lugar chamado Sobolevka. O trem, quando chega à estação, para e esquece de ir embora. Não deveria permanecer ali mais de uma hora e trinta minutos, mas, às vezes, fica até por três horas. Tudo depende de quanto tempo levam as "manobras". E o que chamam de "manobras"? Creio que devo explicar. Desengata-se a locomotiva, e a "equipe", quer dizer, o maquinista e o foguista sentam-se junto com o chefe da estação, com o guarda e o telegrafista, e tomam cerveja após cerveja.

O que fazem os passageiros? Aborrecem-se. Um boceja, outro tira uma soneca, e há quem passeie pela *platzform* com as mãos nas costas, cantarolando baixinho.

Aconteceu uma vez em Sobolevka, durante as "manobras", na manhã de Hoshaná Rabá. Parado, com os braços cruzados, diante da locomotiva desengatada estava um homem que não era um passageiro, mas um cidadão de Sobolevka, um judeu comum. Que fazia ali? Nada. Como já havia rezado, e já havia jantado, pegara sua bengala e saíra a passear um pouco até a estação para ver o trem.

Você deve saber que ver o trem já é um costume em nossa terra. É um impulso irresistível este de ir à estação. Você crê, por acaso, que se pode encontrar algo digno de se ver lá? Claro que não, mas vai-se, de qualquer maneira.

Então, esse cidadão de Sobolevka estava olhando a locomotiva (o que a ela locomotiva não fazia muita diferença).

Aconteceu que entre outros passageiros estava um pope (religioso da Igreja ortodoxa russa) de Golovonievsk, uma aldeia não muito longe de Haisín. Também cruzou os braços e começou a passear pela *platzform*. E também se deteve diante da locomotiva e disse ao judeu:

— Escuta-me, Iudko, o que estás olhando?

O judeu responde, incomodado:

— E por que Iudko? Eu não me chamo Iudko. Meu nome é Berco — respondeu sem tirar os olhos da locomotiva.

O pope:

— Que seja Berco. O que estás olhando, Berco?

Responde o judeu:

— Estou olhando esta máquina. É milagrosa. Você puxa uma alavanca aqui, empurra outra ali, e o monstro se põe em movimento.

O pope de novo:

— E como você sabe que se puxa uma alavanca aqui, empurra outra alavanca ali, e esta máquina caminha?

O judeu:

— Se eu não soubesse, como teria dito?

Ao que retruca o pope:

— Tu só sabes como se come um *kuguel*, é isso o que sabes.

Então, o judeu se aborrece (os judeus de Sobolevka são muito irascíveis) e responde ao pope:

— Vamos ver, padrezinho, se me permite um minuto, suba comigo na locomotiva e explicarei como ela anda e para.

O pope ofendeu-se:

— Como um judeuzinho vai me explicar como uma locomotiva anda e para? Suba, Hershko.

O judeu:

— Não me chamo Hershko, meu nome é Berco.

— Que seja Berco. Suba, Berco.

O judeu:

— E por que eu tenho de subir? Suba você primeiro, padrezinho.

O pope, desabrido:

— Não é você por acaso que vai me ensinar? Suba você primeiro.

Discutem, discutem, e, finalmente, os dois sobem na locomotiva. O judeu de Sobolevka começa a explicar ao pope a teoria da coisa. Puxa uma alavanca, empurra outra alavanca e, de repente, a locomotiva começa a andar.

Agora, lhes explicarei quem é o judeu de Sobolevka. Chama-se Berl Esikmacher. O chamam assim pois fabrica o melhor vinagre de nossa região. Herdou essa arte de seu pai, porém ele mesmo — assim diz Berl — inventou uma máquina com a qual produz o vinagre. Poderia fabricar vinagre para três províncias, porém não está preocupado em enriquecer; trabalha mas não se esforça demais. O nosso fabricante de vinagre nunca estudou, mas conhece qualquer máquina. Você perguntará como isso é possível; ele diz que fazer vinagre tem algo a ver com fabricar álcool. E para fabricar álcool, diz, usam-se máquinas. Tudo é máquina; a locomotiva também é uma máquina.

Uma fábrica, diz Berl, apita; um trem também apita; logo são a mesma coisa, explica. Tem uma fornalha; o calor do fogo faz a água ferver e o vapor empurra um pistão e as rodas começam a girar. Em que direção? Simples. Há uma alavanca. Se você a gira à direita, a máquina vai para a direita; se à esquerda, vai para a esquerda.

Mais simples não poderia ser. Agora que vocês já sabem como é esse Berl de Sobolevka, podemos voltar à catástrofe.

Você pode imaginar o pânico dos passageiros que estavam na estação de Sobolevka quando viram que a locomotiva desengatada começava a andar, sem que ninguém aparentemente a conduzisse. A "equipe" entrou em pânico, e pôs-se a correr atrás da locomotiva. Para segurá-la? Talvez. Mas qualquer esforço nesse sentido seria inútil. Porque a locomotiva agora corria doidamente, mais rápido do que qualquer trem jamais o havia feito. A "equipe" voltou desolada. Junto com o chefe e o guarda da estação fizeram uma ata. E mandaram um telegrama a todas as estações: "Uma locomotiva anda sozinha. Adotar medidas e telegrafar resultado".

É fácil imaginar o pânico que esse telegrama criou em toda a linha. Em primeiro lugar, ninguém entendeu a mensagem. Que quer dizer "uma locomotiva anda sozinha"? Como pode uma locomotiva andar sozinha? Em segundo lugar, que significavam as palavras "adotar medidas"? Que medidas se podiam adotar, além de enviar mais telegramas? Então, começaram a voar telegramas por toda a linha. O telégrafo trabalhava sem cessar.

Todas as estações foram alertadas e a terrível notícia se espalhou; por todas as cidades e povoados da zona, o terror era indescritível. Em Haisín, por exemplo, já se falava em vários mortos e comentava-se quão implacável é o destino; morrer de forma tão terrível! E o que é pior, em Hoshaná Rabá, após o "veredicto"! Pelo jeito estava tudo previsto lá em cima.

Isso era o que se dizia em Haisín e em todos os lugares ao redor de Haisín. E agora imagine o sofrimento dos passageiros que ficaram na estação de Sobolevka, como um rebanho sem pastor, no meio de uma viagem, sem locomotiva! O que fariam agora? Para onde iriam? Em Hoshaná Rabá, nas vésperas de *Sucót*. Onde iriam comemorar o feriado? Os passageiros se reuniram num canto e começaram a considerar suas próprias situações e a da "fugitiva" (assim apelidaram a locomotiva). Quem sabe o que poderia acontecer? Uma máquina voando sozinha pela linha. Ninguém duvidava que a "fugitiva" se encontraria em algum lugar com o trem que vinha de Haisín para Sobolevka. Que aconteceria com aqueles pobres passageiros? Imaginavam o choque, a terrível catástrofe com todos os detalhes; todo o desastre, vagões tombando, cabeças decepadas, pernas quebradas, malas sujas de sangue. E, então, um telegrama: "Neste momento, passou por Zatzkevitz, a uma terrível velocidade, uma locomotiva com dois passageiros. Um parece ser judeu, o outro, um pope. Os dois gesticulavam, mas não se sabe o que diziam. A locomotiva foi em direção a Haisín".

Só então começou o alvoroço. Que queria dizer tudo isso? Um judeu e um pope numa locomotiva fugitiva? Para onde fugiam? E para quê?

E quem poderia ser esse judeu? Finalmente soube-se que era Berl Esikmacher, de Sobolevka. Os judeus de Sobolevka juravam que o viram junto com o pope, perto da locomotiva desengatada, falando e gesticulando. Tanto se falou que a história chegou a Sobolevka. O povoado não ficava longe da estação, mas à medida que era narrada cada um acrescentava algo, de modo que, quando a notícia chegou à casa de Berl, já tinha proporções tão assustadoras que sua mulher desmaiou e foi preciso chamar um médico. E aí todos os judeus de Sobolevka, cujo número mais ou menos equivale ao das estrelas no céu, começaram a correr até a estação. Houve tal tumulto que o chefe ameaçou expulsá-los de lá.

O que se passou na locomotiva fujona? Difícil saber; não havia testemunha. Não temos outro remédio senão crer em Berl e confiar na veracidade de suas palavras. Aliás, pelo que se sabe, trata-se de um homem incapaz de exagerar.

Quando a locomotiva começou a andar, contou Berl Esikmacher, ele levou tal susto que não se lembrava de nada, e que não podia entender por que a locomotiva não o obedecia. De acordo com o seu raciocínio deveria parar logo após dar uma segunda volta no volante regulador. Aconteceu justamente o contrário. Corria a uma tal velocidade que os postes telegráficos voavam diante dos olhos de Berl como moscas. A cabeça lhe dava voltas, sentia-se enjoado, as pernas fraquejavam. Conseguiu recuperar um pouco do sangue-frio; recordou que a locomotiva tinha um freio. Na verdade, contava ele gesticulando, dois freios operados por uma espécie de rodinha, que quando é girada para a direita pressiona uma alavanca, fazendo com que as rodas deixem de girar. Como poderia ter esquecido uma coisa tão simples? Imediatamente agarrou a rodinha, mas antes que pudesse girá-la seguraram sua mão. Quem? O pope, pálido como uma parede caiada.

— O que queres fazer? — perguntou, trêmulo.

— Quero parar a máquina — disse Berl.

— Deus nos livre e guarde! — exclamou o pope. — Não te aproximes da máquina, senão te pego pelo pescoço e te jogo da locomotiva, e aí adeus Moshko.

— Não sou Moshko, eu me chamo Berco — disse Berl. Tentou explicar a função da rodinha que comandava o freio. Porém o pope, homem desconfiado, não quer saber de nada.

— Chega, já aprontaste o suficiente. Ouviste? Antes tivesses quebrado o pescoço. Assim não poderias atentar contra a minha vida.

Berl:

— Acreditas, padrezinho, que a minha vida não é tão preciosa para mim como a tua para ti?

— Tua vida — responde o pope, venenoso. — Que valor pode ter tua vida de cão?

Berl, irritado, resolve dar ao pope uma lição que lhe fique para o resto da vida:

— Em primeiro lugar, um cão também merece piedade. De acordo com nossos ensinamentos, não se deve bater nem num cão; é preciso ter pena dos animais. Em segundo lugar: será que aos olhos do Todo-Poderoso minha vida tem menor valor que a de outro? Por acaso não descendemos do mesmo Adão? E, por acaso, não vamos todos para baixo da terra quando morremos? E há outra coisa. Veja, padrezinho, a diferença entre nós dois. Eu faço tudo o que posso para parar a locomotiva, quer dizer, me preocupo por ambos; e tu, estás tão alucinado que és capaz de atirar-me da locomotiva. Quer dizer, matarias um homem. — E prosseguiu, com seu inspirado sermão, até que chegaram à estação de Zatzkevitz; avistando o chefe e o guarda da estação, começaram a agitar os braços, mas ninguém os entendeu. A locomotiva prosseguia agora em direção a Haisín. O pope acabou se acalmando; mas mesmo assim não deixava que Berl mexesse na máquina. Lá pelas tantas:

— Diga-me, Leibko...

Berl:

— Não me chamo Leibko, eu sou Berco.

— Que seja Berco. Escuta, Berco; e se saltássemos da locomotiva?

— Para quê? Para que nos matemos? Deus me livre e guarde!

— Mas se morreremos de qualquer maneira!

— Como sabe? Talvez nos salvemos; talvez, se Deus quiser... Ele pode fazer tudo.

— Por exemplo?

— Vou te dizer, padrezinho. Para nós, os judeus, o dia de hoje é o dia de Hoshaná Rabá. Neste dia, fica definido no céu o destino de cada homem e de cada ser vivo no mundo. Se deve viver ou morrer. E se deve morrer, como será sua morte. Portanto, se Deus escreveu que deve morrer, já é coisa decidida. E que diferença faz morrer saltando de uma locomotiva, ou, sei lá, atingido por um raio? Se Deus resolveu, até indo pela rua posso escorregar e morrer, e por outro lado, se foi definido lá em cima que meu destino seja continuar vivo, por que vou saltar?

Logo que chegaram perto de Haisín, a locomotiva começou a ir mais devagar, e mais devagar, e logo devagarinho, até que, como se tivesse pensado melhor, parou totalmente. Como aconteceu? Parece que terminou o carvão, a água deixa de ferver, as rodas deixam de girar e fim. Igual a um homem quando não tem o que comer. Berl disse então ao pope:

— Vês, padrezinho, o que eu te disse? Se Deus não tivesse decidido lá em cima que ainda devo viver, quem sabe quanto tempo duraria o combustível e onde estaríamos agora.

Ao que o pope não pôde responder; ficou calado, com os olhos baixos. Finalmente estendeu a mão e disse:

— Adeus, Itzko...

— Não me chamo Itzko. Meu nome é Berco.

— Que seja Berco. Escuta, Berco, nunca me passou pela cabeça que fosses uma pessoa assim — e sem dizer uma palavra, o pope ergueu a sotaina e foi-se rápido para sua casa em Golovonievsk.

Haisín fez festa. Bendizia-se a Deus pela graça alcançada, milhares e milhares de vezes contavam a história do princípio ao fim e cada vez com novos milagres e invenções.

Cada um queria ter o privilégio de convidar Berl para sua casa, como hóspede. Para que contasse exatamente o grande milagre de Hoshaná Rabá. Depois veio a festa de Simchá Torá e um Simchá Torá como até então jamais se tinha festejado em nossa cidadezinha.

■

DE TRENS

O trem que aparece no conto de Sholem Aleichem é o cenário de muitas anedotas judaicas. Forçados ao papel de intermediários, os judeus viajavam permanentemente, e, aí, nesses trens sucediam este tipo de coisas:

Uma judia parada na estação de trem chora e se lamenta aos gritos:

— *Oi a broch!* Me atrasei e perdi o trem!

— Perdeu por muito? — perguntou um humorista de Chelem.

— Só por dois minutos.

— Pfu! — cuspiu o judeu. — Pelos seus gritos pensei que o havia perdido por duas horas, no mínimo.

■

Um judeu galitziano sobe num trem e entra numa cabine vazia. Acomoda-se e desabotoa o capote, abre um jornal e põe os pés sobre o assento desocupado. Em seguida, a porta abre, entra um homem vestido com roupas modernas e se senta. O judeu se apruma, tira os pés do banco da frente e fica com ar sério. O estranho fica em silêncio, olhando num caderninho e fazendo contas. Logo, tira de dentro da pasta um jornal em ídiche e começa a ler. *Ahá!*, diz o judeu, e imediatamente volta a botar os pés sobre o banco.

■

AI, REBE, QUE DESGRAÇA! MEU MARIDO ME ABANDONOU...
NÃO TE PREOCUPES, MULHER... ELE VAI VOLTAR... ELE VAI VOLTAR...
GRAÇAS A DEUS, GRAÇAS A DEUS...
REBE, UMA COISA É CERTA: ELE NÃO VOLTARÁ.
COMO VOCÊ SABE?
REBE, O SENHOR NÃO VIU, MAS EU VI A CARA DELA.

Um judeu alto, de grande barba, estava de pé num trem lotado, segurando-se no balaústre. Sobe no trem um judeu baixinho, que tenta pegar no balaústre, sem sucesso. Segura, então, na barba do outro judeu:
— Solte a minha barba — grita este, enfurecido.
— E por quê? — pergunta o baixinho, com inocência. — Você já vai descer?

■

Dois mercadores ambulantes do mesmo ramo, girando de feira em feira, encontraram-se casualmente no trem.
— Aonde vais? — perguntou o primeiro.
— Eu? — redarguiu o rival com ar de inocência. — Estou indo para Pinsk.
— Hum — rosnou o outro. — Dizes que vais a Pinsk porque queres me fazer crer que vais a Minsk. Acontece, porém, que eu sei que vais de fato a Pinsk. Então, por que mentes?

■

Um judeu de Kiev estava num trem quando entrou um oficial russo com seu cão.
— Aqui, Mendel! — disse o militar para o cachorro. — Senta-te aqui e não latas, Mendel!
— Realmente é uma lástima — observou o judeu — que seu cachorro tenha um nome judaico.
— Por quê? — perguntou o oficial.
— Porque com esse nome nunca será um oficial.

■

Dois judeus estavam na cabine de um trem. Um deles tinha um comportamento estranho: primeiro falava sozinho; depois fazia um gesto irritado com a mão. O outro não se conteve:
— Desculpe-me, senhor, mas... está com algum problema? Posso ajudá-lo?

— Problema? Não, nenhum problema. É que estas viagens me aborrecem, então conto para mim mesmo anedotas judias.

— Sim, mas por que esse gesto com a mão?

— Ah, *isso*. É que interrompo a mim mesmo, dizendo que essa piada eu já conheço.

■

Conta-se que um pai pediu, cheio de angústia, um conselho ao rabino:

— Não sei o que fazer. Meu filho tem dezesseis anos e quero mandá-lo para a América; porém, se digo que ele tem quinze anos, não o deixam viajar sozinho, e se digo que tem dezessete não o deixam sair, por causa do serviço militar.

— E por que não dizes a verdade?

— Sabe, rabino — disse o homem, assombrado —, que eu não tinha pensado nisso?

DO EXÉRCITO
Uma das coisas que aterrorizavam os judeus russos era o serviço militar no Exército tsarista, que poderia durar até 25 anos (e do qual os filhos dos latifundiários estavam livres). Os jovens judeus eram particularmente perseguidos e seus pais faziam de tudo para poupar seus filhos, inclusive falsificando documentos. Numerosas histórias dão testemunho dessa aversão ao militarismo.

■

O tsar passa em revista um regimento e, dirigindo-se a um soldado, pergunta:

— Como te chamas?

— David Bernstein, majestade.

— Você é feliz?

— Como quer vossa majestade que eu seja feliz? Sou judeu, não posso abandonar o território em que estamos cercados, não posso ir para Moscou, não posso estudar, não posso chegar a ser oficial, não posso expressar minhas opiniões livremente, não posso alimentar minha família, não posso...

— Ora, Bernstein! Achas que eu sou feliz? Meus ministros me roubam, meus conselheiros me enganam, armam complôs contra mim, vivo isolado e sou digno de mais compaixão do que tu...

E o soldado:

— Vossa majestade quer saber de uma coisa? Vamos juntos para Nova York!

■

Durante a guerra, o tsar passa em revista, na hora do descanso, um de seus regimentos, que se distinguiu muito em combate. Enquanto felicita seus homens, vê na primeira fila um soldado, cujo uniforme deixa a desejar:
— Como te chamas?
— Samuel Kohn, majestade.
— Sabes que estás arrumado de maneira inadmissível? Passarás oito dias na cadeia.

Meses mais tarde, o tsar passa de novo em revista o regimento, que tinha se coberto de glórias em batalhas. E pronuncia um pequeno discurso, que termina assim:
— E agora, camaradas, levantai vossos fuzis e gritai: "Glória ao nosso camarada, o invencível tsar!".

Todos os soldados levantam os fuzis e, ao mesmo tempo, lançam o viva. Todos, menos um. O tsar corre até ele, enraivecido:
— Ei, eu te conheço. Não és Samuel Kohn?
— Sim, majestade.
— Não te castiguei com oito dias de prisão?
— Sim, majestade.
— E por que não me saúdas agora?
— Perdão, majestade, mas eu pensei que estivéssemos brigados.

■

Um judeu foi levado para a frente de batalha. Ao longe, avançavam as tropas inimigas, de modo que os oficiais ordenaram abrir fogo. Levantou-se, então, o soldado judeu e disparou alguns tiros para cima. Foi preso na hora e, mais tarde, conduzido a uma corte militar:
— Por que disparaste contra o céu? — perguntou o juiz.
— E para onde tinha de disparar? — perguntou o soldado.

— Como, para onde, seu burro? Para a frente — gritou o juiz.
— Ali tinha gente — replicou o *id.* — Você queria que eu ferisse alguém?

■

A batalha está em seu ponto mais crucial, quando um oficial tsarista se dirige a seus homens com estas palavras:
— Chegou o momento! Vamos atacar o inimigo. Agora, vai ser um combate homem a homem, corpo a corpo!
Na companhia havia um soldado judeu que odiava a guerra:
— Por favor, senhor, indique-me qual homem será o meu. Talvez possa chegar a um acordo com ele.

■

Durante a guerra, dois judeus, soldados do Exército russo, conversam:
— Que fazes por aqui, Moishele?
— Sou solteiro, gosto da guerra, e por isso me alistei. E tu, Berele?
— Pois veja você como são as coisas: tenho mulher, gosto de paz, por isso decidi alistar-me.

DE RABINOS E SEGUIDORES

Um rabino, diz o provérbio, é grande quando tem a seu lado pequenos judeus. Muitas das historietas judaicas nasceram na Europa Oriental, das conversas entre rabinos chassídicos e seus discípulos e seguidores.

Nelas, fica evidente que o valor dado pelos judeus ao conhecimento não tinha limites. E existe uma admiração proverbial pela palavra escrita.

Certa vez, um rico avarento perdeu sua carteira de dinheiro e anunciou que recompensaria generosamente quem a encontrasse. Um homem, muito pobre, encontrou a carteira e foi entregá-la. O avarento contou o dinheiro e reclamou:

— Faltam cem rublos. Acaso esperas que te recompense? Vai-te daqui!

O pobre homem, que não havia tocado no dinheiro, foi se queixar ao rabino, que chamou os dois. Perguntou ao rico:

— Quanto dinheiro havia na carteira que perdeste?

— Quinhentos rublos — respondeu o ricaço.

Virando-se para o pobre, o rabi perguntou:

— E quanto dinheiro havia na carteira que achaste?

— Quatrocentos rublos — respondeu o homem, humildemente.

— Está bem claro, então — disse o rabi, dirigindo-se ao avarento —, que esta não é a carteira que perdeste. Devolve-a, portanto, a quem a encontrou e que ele a guarde até que apareça o verdadeiro dono.

■

Os rabis chassídicos costumavam reunir-se nas tardes de sábado com seus seguidores para comentar trechos do Talmud e discutir sobre os textos sagrados. Certa vez, participou de uma dessas reuniões um cético, que passava casualmente pelo *shtetl* e, desejando divertir-se às custas do rabi, perguntou-lhe:

— Diga-me, você que sabe tudo, o que Eva dizia quando Adão voltava tarde?

— Ela contava suas costelas — respondeu o rabi.

■

Dois judeus, um pobre e um rico, aguardavam para uma consulta com um rabino famoso. O rico foi recebido primeiro e sua audiência durou mais de uma hora, enquanto o pobre, recebido depois, foi despachado em poucos minutos, ao que protestou:
— Rebe, isso não é justo. Por que a mim é dedicado tão pouco tempo?
— Porque — replicou o rabino — logo que entraste pude ver que és um homem pobre; porém, com o outro, tive de ouvi-lo uma hora inteira para descobrir que era mais pobre do que tu.

■

Um rabino, famoso por sua habilidade em obter dádivas dos ricos, foi interrogado, certa vez, sobre se não afetava sua dignidade humilhar-se diante dessa gente, mesmo que fosse para obter fundos e socorrer outras pessoas:
— Meu filho — replicou o rabi —, existe uma ordem na natureza. Entendo que não há criatura superior ao homem e poucas são inferiores à vaca. Porém, não deve o homem inclinar-se diante da vaca para ordenhá-la?

■

Certa vez, um rabino foi chamado para arbitrar num conflito relativo a uma grande soma de dinheiro. Cumprida sua missão, recebeu das duas partes uma recompensa mesquinha. O rabi olhou com ar ingênuo para o dinheiro e perguntou o que era aquilo:
— Dinheiro — responderam.
— E o que se faz com dinheiro?

— Serve para comprar objetos que se revendem com lucro para juntar mais dinheiro.

— Sendo assim, como não sou comerciante, não necessito dele — retrucou o rabino, devolvendo o dinheiro.

— Não! — protestaram os comerciantes. — Dê esse dinheiro a sua esposa.

— E o que minha esposa faria com o dinheiro?

— Compraria roupa, comida, coisas para a casa...

— Verdade? — exclamou o rabino, fingindo súbita alegria. — Neste caso, não creio que seja suficiente. Tratem de aumentar a quantia.

■

Perguntaram, certa vez, a um rabi se a sabedoria era mais importante do que a riqueza:

— Sem dúvida nenhuma — respondeu o rabino.

— Sendo assim, por que então os sábios seguem os ricos, no lugar destes seguirem os sábios? — perguntaram novamente.

— Porque os sábios, por serem sábios, compreendem o valor da riqueza, enquanto os ricos, que são apenas ricos, ignoram o valor da sabedoria.

■

O rabino estava aflito pela falta de generosidade de seus fiéis e suplicou que os ricos dessem mais esmolas aos pobres:

— E tua súplica teve resultado? — perguntou a mulher.

— Metade da tarefa está feita — respondeu o rabino. — Os pobres já estão dispostos a serem ajudados. Falta os ricos darem o dinheiro.

■

Rabi Azriel Hurvitz perguntou ao rabi de Lublín:

— Como é que tens tantos discípulos? Eu te supero em sabedoria e ninguém vem escutar meus ensinamentos.

O justo respondeu:
— Eu também acho estranho que tanta gente venha ouvir um homem tão insignificante como eu, ao invés de buscar a doutrina junto a você, um doutor em ciência. Quem sabe venham até mim porque me assombro de que venham, e não vão a você, por não se espantar você de que não venham?

■

Um *chassid* vai ver seu rabino:
— Rabi, sonhei que liderava trezentos *chassidim*.
Replica o rabino:
— Volta quando trezentos *chassidim* sonharem que és líder deles.

■

Um estudante de *ieshivá* começou a encher os ouvidos de um célebre talmudista com suas próprias e pouco originais interpretações dos profetas. A paciência do rabi finalmente se esgotou e ele comentou com um sarcasmo mal disfarçado:
— É uma grande lástima que não viveste nos dias do grande sábio Maimônides.
— Muito obrigado, rabi, muito obrigado — disse o estudante, envaidecido. — Porém, diga-me, por favor, o que teria acontecido se eu tivesse conhecido Maimônides?
— Porque assim — replicou o rabi — estarias aborrecendo a ele e não a mim.

■

Um pobre porém estudioso rabino trabalhava com empenho no seu comentário sobre a Bíblia. Disse-lhe um parente muito rico:
— Que trabalho pouco prático. Por que não paras de escrever? Isso não vai levar a lugar algum.
— E se deixo de escrever, isso vai me levar a alguma parte? — suspirou o estudioso.

Um rabino sonhou, certa vez, que visitava o Paraíso e encontrava ali todos os justos, sentados e estudando o Talmud.
— Então é assim o Paraíso? Porém, é o mesmo que fazemos na Terra.
E um anjo respondeu:
— Se você crê que os justos estão no Paraíso, enganou-se. É o Paraíso que está nos justos.

■

Um judeu que trabalhava numa pequena comunidade e desempenhava ao mesmo tempo papel de cantor (*chazam*), professor e magarefe (*shoichet*) teve de comparecer como testemunha num tribunal. O juiz, que era um declarado antissemita, praticava a usura eventualmente; em vez de chamá-lo pelo nome, sempre dizia "senhor magarefe". Finalmente perguntou:
— Tem algo mais a dizer, senhor magarefe?
— Só uma coisa — replicou o homem. — Sou cantor para os adultos, professor para as crianças e magarefe para os animais.

■

Entre dois judeus ricos de Lemberg surgiu uma estranha disputa. Ambos queriam comprar jazigos perpétuos, e discutiam o lugar ao lado da sepultura de um grande homem. A luta degenerou numa briga familiar. Alguns amigos conciliadores tentaram promover a paz e os brigões concordaram em submeter o caso ao rabino Josef Saul Nathanson.
— A sepultura em litígio será daquele que morrer antes — sentenciou o rabino. Com o que a paz foi feita.

■

Rabi Itzchak de Woloczyn não falava mal de ninguém. Sua condição bondosa não o permitia. Em certa ocasião, por causa de um assunto importante, teve de jogar na cara de um indivíduo que lhe havia mentido o seguinte:

— Existem pessoas que lembram fatos que aconteceram há vinte anos; outros lembram até os dias de sua infância; tu, porém, tens uma memória tão prodigiosa que lembras de fatos que nunca aconteceram.

■

O rabino encomendou um novo par de calças para a festa de Pessach ao alfaiate da aldeia. Este demorava tanto para terminar o trabalho que o rabi temia que a roupa nova não estivesse pronta para a festa. Um dia antes de Pessach, o alfaiate veio correndo entregar as calças. O rabi examinou criticamente sua nova roupa:

— Estou agradecido por trazeres minhas calças a tempo. Porém, diga-me uma coisa, amigo: se Deus criou este mundo enorme e complicado em apenas seis dias, por que você leva seis semanas para fazer um simples par de calças?

— Mas, rabino — respondeu o alfaiate com ar triunfante —, veja o senhor o trabalho que Deus fez e veja este belíssimo par de calças!

■

O milagroso rabi parecia dormir. Ao seu redor, estavam seus discípulos, reverentes, conversando em voz baixa sobre suas incomparáveis virtudes de homem santo:

— Que piedade! Não há outro igual em toda a Polônia.
— Quem pode comparar-se a ele na caridade?
— E que serenidade de caráter! Alguém já o viu irritado?
— Ah, e como é sábio!

E aí se calaram. O rabi então abriu um olho:

— E da minha modéstia, ninguém vai falar?

■

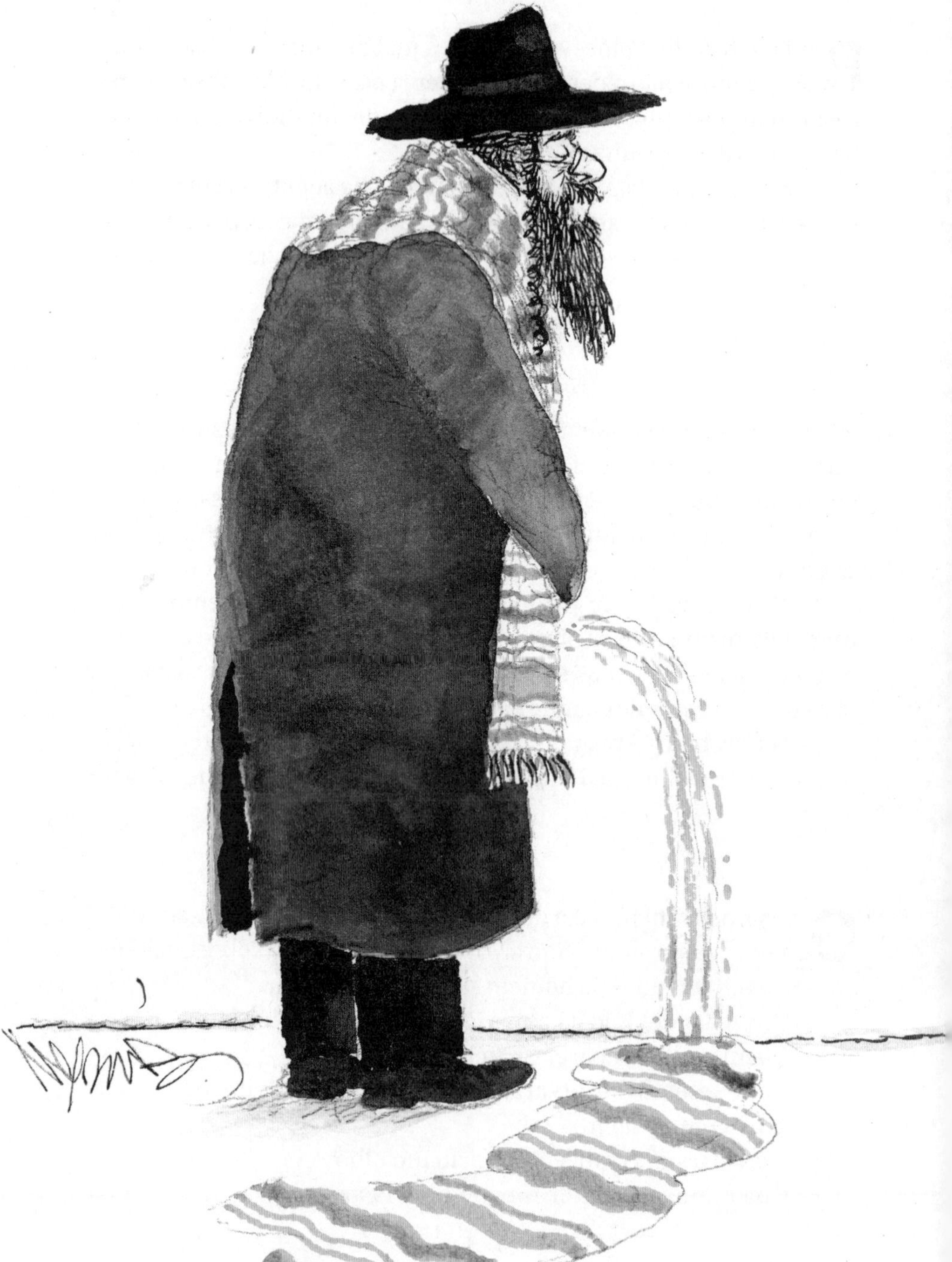

Rabi Aizik, que era muito pobre, sonhou que alguém lhe ordenava procurar um tesouro perto da ponte que leva ao palácio real em Praga. O sonho se repetiu mais duas vezes e então o rabino decidiu ir de Cracóvia, onde morava, a Praga. Chegando lá, constatou que a ponte era vigiada por soldados; não se atreveu, pois, a cavar ali. Voltou várias vezes, esperando uma oportunidade que não chegava. Finalmente, o capitão da guarda, que já havia notado a sua presença, perguntou-lhe se procurava alguém. Rabi Aizik contou o sonho que o trouxera ali. O homem riu:

— E acreditas em sonhos, tu! Se eu fosse tão ingênuo, teria de ir até a casa de um certo rabino Aizik, de Cracóvia; pois sonhei que, sob o fogão dele, está enterrado um tesouro.

O rabino agradeceu, voltou para casa, cavou no lugar indicado e achou o tesouro.

■

Perguntaram a rabi Yaãcov Itzchak: Por que a cegonha é chamada de *chassidá*, que, em hebraico, significa *piedosa*? Porque é uma ave afetuosa e se preocupa com os seus, respondeu o rabi. Neste caso, perguntaram: Por que está listada na Bíblia entre as aves impuras? Porque só se preocupa com os seus, foi a resposta.

■

O RABI DE NEMIROV
Isaac Leib Peretz (1852-1915) é, à semelhança de Sholem Aleichem, um dos escritores clássicos do ídiche. A sua primeira educação restringiu-se à tradição hebraica e, segundo as aparências, ele se destinava à carreira de rabi. Sob influência do movimento modernizador, o Iluminismo (*Haskalá*), dedicou-se, já adulto, a estudos seculares e fez-se advogado. As suas ideias liberais em breve o puseram em conflito com o governo tsarista, o que o forçou a abandonar a sua profissão.

Mudando-se para Varsóvia, onde ocuparia um posto secundário nos escritórios da comunidade judaica, passou a consagrar-se por inteiro à literatura. Vagamente místico por natureza, comprazia-se em aprimorar as histórias chassídicas que tinham se tornado parte importantíssima do folclore judaico da Europa Oriental. A narrativa a seguir, intitulada "E talvez mais alto..." e um dos seus melhores escritos, é digna de ser citada numa antologia da sabedoria.

Em plenos dias de penitência, pouco antes do Ano-Novo, quando os judeus do mundo inteiro oram pela remissão dos pecados e por um novo ano feliz..., nesses dias, já cedo, o rabi de Nemirov desaparecia. Sumia, simplesmente!

Não era visto em parte alguma; nem na sinagoga, nem nas salas de estudo ou num grupo, à oração — ainda menos, naturalmente, em casa. A porta da sua residência vivia aberta; homens e mulheres entravam e saíam, à vontade. Nunca desaparecera o menor objeto da casa do rabi. Mas lá também não se via alma viva.

Onde andaria o rabi?

Onde, em verdade, senão no céu? Dias ativos eram para ele esses dias que precediam o Ano-Novo. Quantos e quantos judeus, guarde-os o Senhor, precisam dum meio de vida, de paz, de saúde, de maridos para as filhas? Quantos aspiram a ser bons; e o seriam, sem o espírito do mal que esquadrinha, com o seu milhar de olhos, todo recanto e fresta do mundo; tenta e depois conta, bisbilhotando no céu, que Fulano e Sicrano pecaram... E quem os havia de salvar, senão o rabi?

Qualquer pessoa compreende isso.

Justamente nesses dias, foi dar a Nemirov um *litvak*, um judeu lituano que era doutro parecer e riu-se francamente da história. Vocês conhecem esses *litvaks*, inimigos dos *chassidim*, frios e meticulosos. Não dão importância senão ao que está escrito, preto no branco, prova positiva e sem possibilidade de equívoco. Antes de crer em algo, querem o número do capítulo e do versete. Trazem a cabeça recheada de textos, sabem de cor todo o Talmud. E são capazes de vos provar, além da menor sombra dum vislumbre de dúvida, que o próprio Moisés, em vida, não poderia subir ao céu: ficaria detido dez planos abaixo... assim dizem os livros. Como poderiam os *chassidim* chegar ao paraíso? É possível discutir com um homem desses?

— Seja, onde dizes que o rabi estava estes dias? — perguntamos nós, exasperados.

— Não é da minha conta — replicou o *litvak*, encolhendo os ombros.

Mas, acreditando ou não, jurou que havia de ter a chave do mistério; porque um *litvak* é assim.

Nessa mesma noite, logo após a oração, o homem entrou, sorrateiro, no quarto do rabi, escondeu-se debaixo da cama e... esperou. Estava disposto a velar a noite inteira para descobrir que fim levara o rabi nessa manhã dos dias penitenciais.

Qualquer outro cochilaria, pegaria no sono. Um *litvak* tem um meio de evitar isso; o nosso mantinha-se desperto, repetindo de cor um tratado inteiro do Talmud — Chulim ou Nedarim, não me lembro bem.

Ao alvorecer, ouviu o bedel fazer a ronda, acordando os bons judeus para as orações dos dias penitenciais. Mas o rabi acordara uma hora antes e gemia baixinho.

Quem ouvia o rabi de Nemirov gemer de aflição sabe que fardo de pesar, de ânsia pelo seu povo ele carrega. Ninguém poderia ouvi-lo sem chorar com ele. Mas o *litvak* tem um coração de pedra. Ouvia, mas ficava impassível debaixo da cama, enquanto o rabi, Deus esteja com ele, jazia sobre ela.

Depois o *litvak* ouviu ranger todos os leitos da casa. A família despertava. Soaram murmúrios, o ruído da água, os baques das portas que se abriam e fechavam. Quando todos saíram, a casa ficou outra vez silenciosa e escura, exceto onde uma réstia de luar penetrava por uma frincha dos tampos da janela...

Mais tarde, o *litvak* confessou que, achando-se só em casa com o rabi, tivera medo. Sentira um arrepio na pele, e as raízes dos pelos da barba formigavam e picavam como outros tantos milhares de agulhas.

Com razão, aliás. Podeis imaginar uma coisa assim: o lituano, sozinho com o rabi, de madrugada, num dia penitencial? Mas um *litvak* é um *litvak*... Este tremia como um peixe apanhado... mas aguentou.

Afinal o rabi, Deus o guarde, começou a deixar a cama. Vestiu-se primeiro; depois tirou do armário uma trouxa de roupas de campônio, uma blusa, um enorme par de botas, um grande gorro de peles, com correia de couro e botões de cobre. O rabi enfiou tudo, peça por peça. Dum dos bolsos da blusa escapava-se a ponta duma corda grossa, uma corda de campônio.

O rabi saiu do quarto; o *litvak* seguiu-o de perto.

Na cozinha, o rabi parou, apanhou a machadinha, escondeu-a debaixo da blusa e foi-se rua afora.

O *litvak* tremia, mas ia-lhe no encalço.

São tristes, nesses dias do juízo, antes do Ano-Novo, as vielas escuras. Aqui e acolá, ouvem-se as lamentações dos judeus orantes; de espaço a espaço, vem duma janela aberta o gemido dalgum enfermo. O rabi deslizava nas trevas, de casa em casa; e o *litvak* atrás dele.

O lituano ouvia as pulsações do seu coração, sincronizadas com os passos pesados do rabi. Mas teimava em seguir o homem; e com ele chegou aos limites da cidade. Pouco além havia um bosque. O rabi, Deus o guarde, embrenhou-se no mato, deu uns quarenta passos, parou ao pé duma árvore nova, e o *litvak* quase caiu de espanto; empunhando a machadinha, o rabi pôs-se a golpear o tronco.

O rabi continuou a tarefa; a árvore começou a ceder, a estalar, a dobrar-se, até cair, partida. O rabi a rachou em tocos e depois em achas. Juntou estas num feixe, amarrou-as com a corda que trazia no bolso, içou a carga às costas, escondeu a machadinha debaixo da blusa e retomou o caminho da cidade.

Parou numa das primeiras vielas miseráveis, diante dum casebre, e bateu à janela.

— Quem está aí? — perguntou de dentro uma voz assustada.

O *litvak* reconheceu a fala duma mulher doente.

— Io — respondeu o rabi, com sotaque de campônio.

— C'to io? Quem? — tornou a mesma voz, em russo.

— É Vassili — replicou o rabi, na mesma língua.

— Que Vassili? Não te conheço. Que queres?

— Lenha — explicou o rabi. — Trago lenha para vender... bem barato, quase de graça...

E sem esperar mais, entrou no pardieiro.

O *litvak* enfiou-se atrás dele e, à luz pardacenta do alvorecer, abrangeu com um olhar o interior esburacado, pobre, soturno... A enferma jazia na cama, enrolada em trapos; e acudiu, com a sua voz fraca, repassada de azedume:

— Comprar? Comprar o que e como? Que tenho eu, viúva e doente?

— Eu te venderei a crédito — disse Vassili. — São seis *groshen*..

— Onde arranjaria dinheiro para te pagar? — gemeu a mulher.

— Tola! — ralhou o rabi. — És viúva e doente e eu estou pronto a emprestar-te esta lenha. Fio-me em ti. Estou certo de que um dia me pagarás. E tu tens no céu um Deus grande e poderoso, e não confias nele. Nem pela quantia de seis *groshen*...

— E quem me acenderá o fogo? — choramingou a viúva. — Estou mal, sem forças para me levantar, e meu filho anda fora, trabalhando.

— Eu acenderei o fogão — disse o rabi.

Curvando-se para a lareira a realizar o seu propósito, ia arrumando a lenha e repetindo em voz baixa a primeira oração penitencial. Quando as achas crepitaram, bem acesas, o rabi rezou a segunda oração penitencial...

Murmurou a terceira, quando o fogo já esmorecia, e ele abafou o fogão...

O *litvak* assistira a tudo. Estabeleceu-se em Nemirov e tornou-se um dos mais fervorosos partidários do rabi de Nemirov. Mais tarde, quando os adeptos do santo homem contavam que, todos os anos, nos lúgubres dias de penitência antes do Ano-Novo, o rabi costumava deixar a terra e subir ao céu, o *litvak* acrescentava:

— E talvez mais alto.

■

Um velho *shames* estava ficando surdo. O médico da aldeia disse-lhe que era resultado do excesso de álcool:
— Você deve parar de beber — aconselhou.
Durante um interminável mês, o velho *shames* não encostou a boca num copo e sua audição foi gradualmente melhorando. Um dia, porém, não resistiu mais e voltou a beber. Desta vez, ficou surdo como uma porta e começou a usar uma corneta acústica. Outra vez foi ao médico:
— Não lhe havia recomendado parar com o *shnaps*? — gritou o médico através da corneta.
O velho *shames* encolheu os ombros:
— Segui seu conselho, doutor. Porém, nada do que eu ouvi valia um bom *shnaps*.

■

Reb Zainvl, modesto professor, recebe uma carta de seu filho:
— O que conta o nosso Itzale? — pergunta a mulher.
— *Oi!* Sua sogra, que descanse em paz, morreu, a coitadinha. Sua mulher quebrou a perna, o menino está doente e os negócios vão mal. Mas, mulher, a carta está escrita num hebraico tão bonito que é um prazer lê-la.

■

O *maguid*, grande sábio, disse a seus discípulos:
— Sigam sempre os dois grandes exemplos de sabedoria: o da criança e o do ladrão.
— Mas — perguntaram os discípulos — que podemos aprender com as crianças?
— Três coisas: a ser alegre sempre; a nunca estar desocupado; e a exigir as coisas com teimosia.
— E com o ladrão?
— O ladrão faz seu serviço à noite; quando não completa numa noite, continua na seguinte; é solidário com seus companheiros; tem tão pouca estima por aquilo de que se apropria que vende a

preço vil; não vacila em arriscar-se por pouco; e não trocaria seu trabalho por nenhum outro ofício.

∎

DE ROTHSCHILD, DE SHLEPERS, DE SHLIMAZELS E DE SHNORRERS

A pobreza dos judeus da Europa Oriental os levou a idealizar a figura do milionário — em especial seu arquétipo, o barão de Rothschild — em contraste (e conflito) com os *shlepers* (vagabundos), *shlimazels* (desastrados) e, sobretudo, com os *shnorrers* (mendigos arrogantes) de língua afiada que, baseados no princípio da ética judaica, segundo a qual a ajuda aos necessitados é um direito dos pobres e um dever dos ricos, criavam situações inusitadas que serviam de base a muitas historietas.

Rothschild está viajando por Minsk. Dá-lhe fome, e na falta de melhor lugar vai a um café judaico, onde faz uma pequena refeição. O garçom traz a conta:

— Vinte rublos por dois ovos? — indigna-se Rothschild. — É impossível! São tão raros os ovos aqui neste lugar?

— Ovos não — replica o garçom —, mas os Rothschild são.

∎

Um *shnorrer* tenta um encontro com Rothschild. Não o conseguindo, põe-se a gritar diante da mansão do ricaço.

— Minha família está morrendo de fome e o barão não quer receber!

Rothschild recebe-o, dá-lhe trinta rublos:

— Aqui tens, mas deixa que te diga uma coisa: se não tivesses armado este escândalo, poderia ter-te dado sessenta rublos.

— Meu querido barão — responde o *shnorrer*. — Eu sou um *shnorrer*, assim, por favor, não me dê conselhos de *shnorrer*.

∎

Cansada de ter sempre na sua mesa Samuel, o *shnorrer*, que há muito tempo almoça e janta de graça, a sra. Bloch implora ao marido para que faça Samuel entender a conveniência de espaçar as "visitas". O sr. Bloch se enche de coragem e, quando Samuel bate à porta na hora do almoço, dispara:

— Não queria dar-lhe motivo para que fique aborrecido, Samuel, porém creio que você exagera um pouco. Você vem aqui com muita frequência. Você poderá vir comer conosco quando souber que aqui há muita alegria, que estamos em festa.

— Muito bem, sr. Bloch, compreendi. Vou embora.

Os Bloch alegram-se: livraram-se do homem! Porém, à noite, na hora do jantar, batem na porta. É Samuel.

— Você outra vez, Samuel? Esqueceu o que eu disse?

— Sim, sr. Bloch, me lembro perfeitamente. O senhor me disse para vir cada vez que soubesse que havia festa em sua casa.

— Então...

— Passei por aqui, espiei pela janela e vi vocês tão felizes que decidi entrar: só podia ser uma festa!

■

O banqueiro Blumenthal recebe a visita do *shnorrer* Kornfeld:

— Outra vez aqui, Kornfeld? Explique-me, Kornfeld, como é possível que um homem inteligente como você não chegou a ser algo na vida?

— Sr. Blumenthal, sei que poderia ser outra coisa, além de um *shnorrer*. Porém, o que o senhor quer? Não me dei bem na vida porque sou um *shlimazel*.

— Você é um *shlimazel*?

— Sim, por exemplo, eu sou músico...

— Você é músico? E qual instrumento toca?

— Qual instrumento toco? A trompa...

— Que interessante! — diz o banqueiro. — Eu também tocava trompa. Acho que ainda a tenho em casa.

Chama o mordomo e pede que traga a trompa. Ao que comenta o *shnorrer*, melancólico:

— Você pode ver como sou *shlimazel*. Digo que toco trompa e, por casualidade, você tem uma em casa!

■

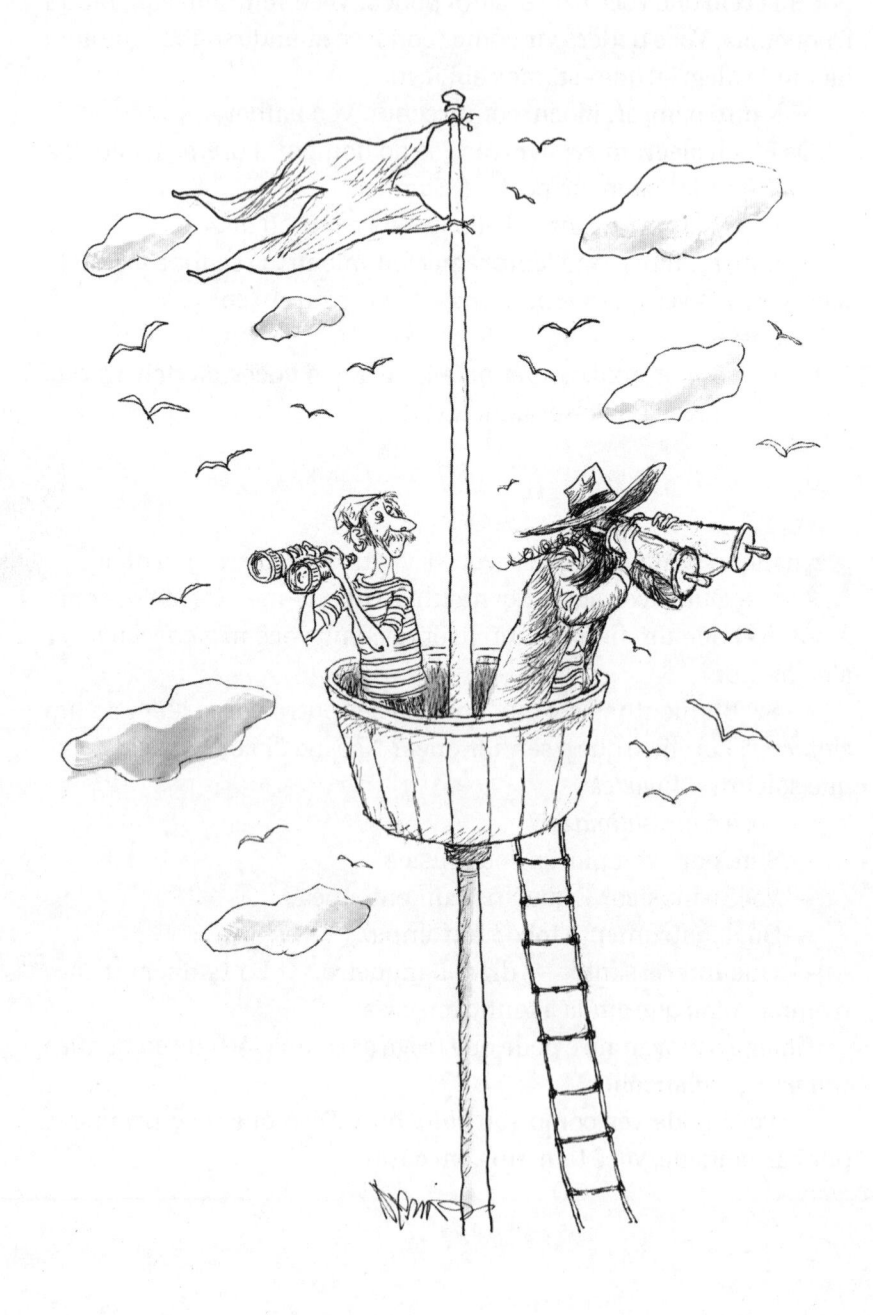

Um *shnorrer* costumava visitar Rothschild todos os meses, com seu irmão. Cada um recebia uma esmola de cinquenta marcos. O irmão morreu e, no mês seguinte, o *shnorrer* foi sozinho. Ao vê-lo, o secretário de Rothschild entregou-lhe cinquenta marcos.

— Um momento — protestou o *shnorrer* —, eu devo receber cem marcos.

— Mas seu irmão morreu — respondeu o secretário. — Portanto, a esmola dele está cancelada.

— Como, cancelada? Quem é o herdeiro de meu irmão? Rothschild ou eu?

■

Dois mendigos judeus se encontram num *shtetl* num dia muito frio de inverno. Entram na sinagoga, sentam perto da estufa, põem-se a conversar, naturalmente, sobre a riqueza dos outros. Diz um:

— Se eu tivesse a fortuna de Rothschild, seria ainda mais rico do que ele.

— Não entendo — replica o outro. — Por que mais rico?

— Claro — retrucou o primeiro. — Você acha que só por eu ser rico deixaria de pedir esmolas?

■

Aproximava-se o sábado. Disse a mulher do *shnorrer:*

— Moshe, como vamos celebrar o Shabat? Não tenho velas, nem comida. Como vai ser?

— O Senhor nos ajudará, Sara, verás.

Escreveu então uma carta a Deus, na qual descrevia minuciosamente a miséria de sua família. Depois colocou a carta num envelope, endereçou-a: "Ao bom Deus" e a jogou pela janela, na rua. Nesse momento passava por ali o secretário de Rothschild, que apanhou a carta e achou-a divertida.

— Quem é o tolo que escreveu para Deus?

Porém, ao lê-la, comoveu-se, correu à casa de Rothschild e contou o acontecido. Rothschild leu a carta e disse: "Não podemos deixar essa pobre gente na miséria. Vá e entregue a eles quinhentos francos. Diga a eles que eu me comunico diariamente com Deus e que foi Ele quem me relatou suas dificuldades".

O secretário apressou-se a visitar a família e entregou o dinheiro de seu patrão. Quando se foi, a mulher do *shnorrer* comentou:

— Sabes o que eu acho, Moshe? Se Rothschild te deu quinhentos francos, da parte de Deus, imagina a comissão que levou para si!

■

Um judeu pobre vai visitar em Viena um judeu muito rico. Pede dinheiro, diz que está muito doente e que seria bom se fosse passar uma temporada em Nice, ao sul da França. O rico se espanta:

— O quê? Não tem dinheiro e quer descansar em Nice? Nunca ouvi tamanho absurdo!

Ao que replica o *shnorrer*:

— Meu amigo, nada é caro quando se trata da minha saúde.

■

Dois irmãos viviam na mesma cidade, um rico e um pobre. O pobre era bom e honrado, o rico, como não poderia deixar de ser, malvado. Certa vez, o profeta Elias, que, segundo uma tradição, reaparece periodicamente vestido de mendigo, chegou à cidade. Foi até a casa do irmão rico e pediu uma esmola, mas este não lhe deu um centavo, e ainda o expulsou. O mendigo foi, então, à casa do irmão pobre, que lhe disse:

— Podes ver por ti mesmo que sou pobre, mas o que tenho vou dividir contigo. — E convidou o mendigo a se sentar e comeram juntos um pedacinho de pão, o rabo de um arenque, e tomaram um copo de chá frio, que havia sobrado do dia anterior.

O mendigo — isto é, o profeta Elias — recitou suas preces e levantou-se para ir embora, porém, antes de sair, agradeceu ao pobre e disse:

— Queira Deus que tudo o que comeces a fazer, continues fazendo permanentemente. — O pobre não compreendeu o sentido das palavras do mendigo, mas não fez nenhuma pergunta. Quando o pedinte se foi, recordou que havia esquecido de dobrar seu *talit*. Foi até a mesa onde estava o *talit* e, quando o dobrou, viu sobre a mesa outro *talit*; também o dobrou e viu um terceiro, um quarto, um quinto e assim uma infinidade de mantos de orações. Foi então que compreendeu o sentido das palavras do mendigo e descobriu que aquele não era um mendigo qualquer, mas o próprio profeta Elias. Agradeceu a Deus de todo o coração, e vendo os mantos de orações começou a prosperar.

Quando se soube desse milagre, não se falou de outra coisa na cidade, de modo que a notícia foi parar nos ouvidos do irmão rico. Este ficou louco de raiva e se pôs à espera do "mendigo", para receber sua bênção.

— Mas não vou fazer como meu irmão. Não vou dobrar mantos de orações, mas vou contar dinheiro!

E colocou uma moeda sobre a mesa, para que outras surgissem dali assim que o mendigo desse sua bênção.

No dia seguinte o mendigo voltou à casa do irmão rico, que, abrindo as portas de par em par, conduziu-o a uma mesa oferecendo-lhe um verdadeiro banquete: fígados picados com cebola; *guefilte fish*; tudo acompanhado com vinhos finos *kasher*. Quando terminaram de comer, o profeta Elias disse suas orações, agradeceu a magnífica recepção e formulou a tão esperada bênção:

— Que o criador, bendito seja, faça que tudo aquilo que comeces a fazer, continues fazendo permanentemente.

O rico mal podia conter sua alegria: contaria montanhas e montanhas de moedas de ouro! Mas pensou que seria conveniente urinar em primeiro lugar. Foi para o pátio aliviar a bexiga. E a bendição do profeta Elias se cumpriu plenamente: o ricaço continua urinando até os dias de hoje.

■

Um judeu abastado protegia um *shnorrer* com um subsídio anual. Certa vez, porém, deu-lhe só a metade da quantia costumada. O mendigo queixou-se em altas vozes.

MEU BOM HOMEM, ACHO QUE AQUI NÃO É LUGAR PARA O SENHOR. SERIA MELHOR QUE PROCURASSE UM LUGAR EM FRENTE À SINAGOGA.
NU, MOISHE, O QUE É QUE VOCÊ ACHA? AGORA ELE ATÉ PRETENDE NOS ENSINAR COMO FAZER NEGÓCIOS...

— Mas eu tive despesas extraordinárias este ano — explicou o capitalista. — Um filho meu apaixonou-se por uma bailarina e me tem custado rios de dinheiro.

— Que tenho eu com isso? — rebateu o mendigo furioso. — Se vosso filho tem caprichos, isso é com ele. Mas gaste o dinheiro dele e não o meu.

■

Era hábito das famílias devotas levar da sinagoga um mendigo às sextas-feiras e dar-lhe hospedagem no sábado. Um chefe de família voltava da oração com o seu hóspede indigente quando notou que os seguia outro mendigo.

— Quem é esse homem? — perguntou ao pobre.
— Meu genro — explicou-lhe aquele. — Sou eu quem o sustenta.

■

Regressando duma viagem de trem, um *shnorrer* contou que o condutor o encarava de modo "particular".

— Como assim? — perguntaram-lhe.
— Como se eu estivesse viajando sem passagem — explicou o mendigo.
— E tu, que fizeste?
— Que havia de fazer? — tornou o pobre. — Olhava para ele como se tivesse realmente a passagem.

■

Um *shnorrer* queixa-se amargamente a Rothschild de sua miséria e ganha um generoso donativo. Pouco depois o milionário o encontra num elegante restaurante, comendo caviar. Indignado, interpela-o:

— Mas como? Há pouco você me dizia que estava morrendo de fome e agora come caviar?
— Sr. Rothschild — responde o *shnorrer*. — Quando eu não ti-

nha dinheiro, não *podia* comer caviar. Agora que tenho dinheiro, não *devo* comer caviar. Desse jeito, quando é que vou comer caviar?

■

Motke Habad é o protótipo do *shlemiel*, do desastrado que luta constantemente para melhorar de vida e não consegue nada. Em estado de extrema penúria, Motke Habad recorreu aos líderes da comunidade. E achou por bem ameaçá-los:

— Se vocês não me ajudarem, terei de me tornar chapeleiro!

— E daí? — perguntaram os respeitáveis senhores. — Pelo menos, terás uma profissão.

— Mas será que vocês não entendem? Se eu me tornar chapeleiro, as crianças vão nascer sem cabeça!

■

A poucos passos da casa de Motke Habad morava um homem rico e muito soberbo. Diante da empáfia desse ricaço, Motke disse-lhe um dia:

— Escute, sr. Stolz: não posso entender sua arrogância. Se eu me sentisse orgulhoso, teria razão para isso, afinal, sou vizinho do milionário Stolz. Mas tu? Teu vizinho não passa do miserável Motke Habad!

■

Um *shadchan* tenta convencer o jovem Hirshbein a aceitar uma moça que tem todas as qualidades: é bonita, toca piano.

— E a família? — pergunta o rapaz.

— Ótima! Gente da melhor tradição moral! E tem posses!

Vão à casa da jovem, onde são recebidos esplendidamente. Ao sair o *shadchan* diz:

— Eu tinha razão ou não? É linda, não é verdade? Você viu os talheres de prata?

— Você acredita que são realmente deles? — pergunta o jovem.

— De quem poderiam ser?

— Você não acha que poderiam ter sido emprestados por vizinhos?

— Não diga bobagens — disse o *shadchan*, irritado. — Você acredita que alguém emprestaria talheres de prata para essa gente?

DE CASAMENTOS E CASAMENTEIROS
A família era a base da vida judaica na Europa Oriental. Daí a importância do casamento e do casamenteiro, o *shadchan*, essa pitoresca figura que deu origem a tantas histórias.

■

Um pai judeu ensina a seu filho como conquistar uma moça judia:

— É muito fácil. Para consegui-lo, é necessário que fales de três coisas: família, cozinha e filosofia.

O rapaz não perde tempo e busca a garota de seus sonhos e, quase sem deixá-la respirar, lança sua primeira isca:

— Como vai seu irmão?

— Não tenho irmão — responde a moça.

O que elimina o item "família". Cozinha, então:

— Você gosta de *gefilte fish*?

— Não, não gosto — responde a moça.

Família, não; cozinha, não. Filosofia, portanto:
— Se tivesses um irmão, será que ele gostaria de *gefilte fish*?

■

Um *shadchan*, muito otimista, procura um rapaz pobre:
—Ióssele, gostarias de casar com a filha do tsar?
O rapaz franze a testa:
— A filha do tsar? Não sei...
— Qual é o problema?
— Ela é gói...
— E daí? Eles são riquíssimos! Além disso ela pode se converter...
A discussão continua, até que o rapaz diz:
— Vá lá. Eu caso com a filha do tsar.
— Ótimo — diz o *shadchan*. — Tu já concordaste. Agora só falta falar com o tsar e com a filha dele.

■

OS SÁBIOS DE CHELEM
A cidadezinha de Chelem tornou-se lendária pela estupidez dos seus moradores; estes deram assunto para um ciclo de anedotas que hoje se intitularia: *Histórias de imbecis.*

Rezam as tradições de Chelem que, antes de se iniciar a edificação da cidade, os fundadores reuniam-se em assembleia solene e deliberavam longamente acerca da localização mais apropriada. Decidiram, afinal, construí-la ao sopé da montanha.
Chegado o grande dia, os construtores subiram ao cume, onde abateram as árvores necessárias para as casas. Mas como levariam os troncos ao vale, se os chelemitas não dispunham de veículos nem de cavalos? A assombrosa ingenuidade dos habitantes sugeriu-lhes uma solução: içar cada qual um tronco às costas e carregá-lo até a planície.
Sucedeu porém que um forasteiro, passando pelo lugar, visse os chelemitas suando e arquejando sob a carga.
— Idiotas! — bradou ele. — Que necessidade há de fazer isso?
Assim dizendo, empurrou com o pé um dos troncos, que despencou montanha abaixo, indo parar exatamente no ponto apropriado.

— Esse homem é um gênio! — murmuraram os chelemitas boquiabertos.

Mas os chelemitas "aprendem" com facilidade. Sem perda de tempo, desceram ao vale, tornaram a carregar os troncos para o cume do monte e dali os soltaram, tal qual lhes ensinara o forasteiro.

■

A construção das termas públicas apresentava um grave problema aos judeus de Chelem: os bancos em que os banhistas teriam de se deitar. Tinham de decidir se as tábuas dos bancos para o banho de vapor deviam ser brutas ou aplainadas.

Formaram-se imediatamente dois partidos. Um destes sustentava que as tábuas brutas arranhariam o corpo dos banhistas, sem falar das lascas que se lhes espetariam na pele; o outro afirmava que as tábuas lisas seriam uma fonte certa de resvalos e quedas; e alguém poderia ferir-se. Deus o livre!

Os sábios de Chelem convocaram uma reunião que se prolongou noite adentro. Cada partido mantinha o seu ponto de vista, e a assembleia não encontrava uma saída. Por fim, o rabi propôs um compromisso que foi universalmente aclamado e provou, mais uma vez, que a Torá e a sabedoria andam sempre juntas.

— Resolvo — disse o rabi — que as tábuas sejam aplainadas só de um lado; e, para evitar que alguém possa resvalar nessa superfície lisa, ordeno que o lado aplainado fique para baixo.

■

O que é mais importante no caráter de um juiz? Todos concordam que a imparcialidade é essencial. A imparcialidade do rabi de Chelem granjeara fama num raio de quilômetros.

Um dia, dois litigantes o procuraram para resolver uma contenda. O rabi escutou longa e pacientemente o queixoso e depois disse-lhe:

— Tens razão.

Ouviu em seguida o réu e declarou-lhe igualmente:

— Tens razão.

Os litigantes retiraram-se muito satisfeitos; mas a esposa do rabi, presente ao fato, estava intrigada. Podia uma pobre mulher entender de assuntos legais?

— Como é possível — objetou ela — que ambos tenham razão?

O rabi ponderou demoradamente, voltou-se para a mulher e replicou:

— Queres que te diga? Tu também tens razão.

■

Sucedeu uma vez que o professor de Chelem teve de dirigir uma escola na cidade vizinha. Ao chegar, viu que esquecera em casa os seus chinelos. Escreveu à mulher nos seguintes termos:
— Manda-me pelo portador os teus chinelos. Escrevo "teus" porque se pusesse "meus" tu lerias "meus" e mandarias os "teus" chinelos. De que me adiantariam os teus chinelos? Por isso escrevo claramente teus chinelos para que leias teus chinelos e mande os meus.

■

Dois homens resolveram associar-se num bar. Reunindo os seus magros haveres, juntaram capital bastante para comprar um barrilzinho de *shnaps*.

— Berel — disse Sholem ao sócio —, vi muitos negociantes como nós arruinados pelos créditos. Nós vendemos só a dinheiro.

— Só a dinheiro — concordou Berel.

Abriram a casa ao público e ficaram aguardando a clientela. Esta, porém, não aparecia. Berel sentiu-se um tanto desconsolado.

— Sholem — disse ao sócio —, tenho no bolso cinco copeques. Serve-me um calicezinho de *shnaps*. Pago à vista, naturalmente!

Sholem serviu. Berel pagou, bebeu e sentiu-se melhor.

— Berel — disse Sholem ao sócio —, vejo nos teus olhos que o artigo é bom. Tenho cinco copeques. Acho que também posso provar. A dinheiro, naturalmente.

Berel serviu. Sholem pagou, bebeu e sentiu-se, por sua vez, mais animado.

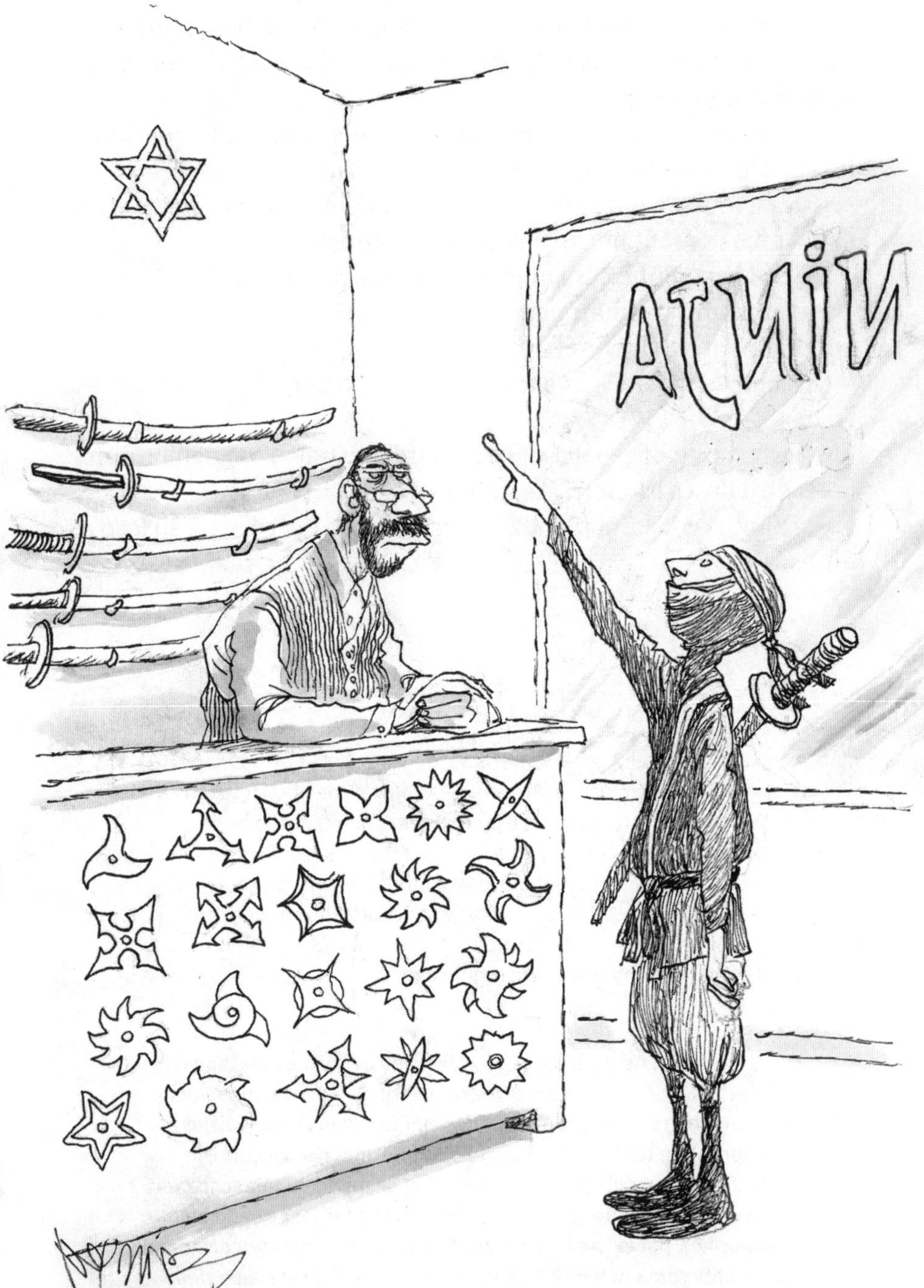

— Sholem — disse Berel ao sócio, depois de um bom tempo. — Nós não faremos a tolice de vender fiado. Dá cá outro copinho, à vista, naturalmente.

Berel bebeu e passou os cinco copeques a Sholem. Depois Sholem bebeu e entregou os cinco copeques a Berel.

Não aparecera um só freguês, mas nem por isso estavam desolados. Ambos se sentiam no melhor dos mundos.

— Outro copinho para mim — dizia um, pagando à vista.

— Mais um copinho para mim — acudia o outro, entregando pontualmente o dinheiro.

Escoou-se o dia e com ele o conteúdo do barril. Já era hora de fechar.

— Olha, Sholem — disse Berel muito alegre —, vendemos num dia todo o nosso estoque... todinho!

— Sim — concordou Sholem abraçando o barril. — E só... só a dinheiro!

■

LUFTMENCHEN

Aquele que vive do ar foi pintado por Sholem Aleichem em diversos contos. No entanto, aparece também em outros autores, como neste relato de **Tunkeler** — pseudônimo de Iosef Tunkel (1881-1949), humorista de língua ídiche —, na forma de um territorialista. No trecho a seguir, Tunkeler descarrega sua sátira contra esse habitante do ar, ser imaginativo, cheio de planos fantásticos, cuja aplicação valeria a imediata libertação do povo judeu e de toda a humanidade, mas que é incapaz de resolver os problemas urgentíssimos de sua própria vida. Os territorialistas faziam parte de uma corrente ideológica que existiu por volta dos anos 1920 nos meios judaicos e se propunha a criar um Estado judeu em qualquer território que conseguisse.

—É curioso. Às vezes surge na cabeça da gente uma ideia genial. Imagine que de repente me dei conta de que não nos servem para nada esses territórios. Porque vejamos: o que é, em poucas palavras, um território? Nada mais do que uma convenção. Um território é algo que podemos criar à luz de nossa imaginação. Não será difícil, portanto, inventar um território qualquer e denominá-lo "Kukuriku", por exemplo, e fundar também uma organização mundial que conte com um Banco Internacional: "Ikaka", *Idishe kukuriku colonizatzion Organizatzie*. Logo poderemos dirigir um manifesto aos judeus: "Filhos de Israel! Doem dinheiro! Como? Fácil. Basta que os dezoito milhões de judeus deixem de fumar, substituindo cigarros por rapé. Dessa forma, cada judeu economizará, segundo meus cálculos, dez dólares por ano: dezoito milhões multiplicados por dez são exatamente um bilhão e oitocentos dólares, com noventa centavos". Naturalmente, é conveniente manter a ideia em absoluto segredo. Até que se reúna o valor total, ninguém deve saber que o território é apenas imaginário... Colocamos o dinheiro em meu Banco Internacional, pelo prazo de cinquenta anos, deixando que cresçam os juros e dividendos. E assim, ao cabo dos cinquenta anos, se Deus quiser, teremos um grande capital. Com a soma obtida, cada judeu poderá ficar tranquilamente em sua casa negociando valores, adquirindo ações na Bolsa, resgatando cupons e vivendo como um rei. Para que necessitamos, então, de todo um plano de colonização com os territórios, com as árduas tarefas campestres e o perigo da malária, quando cada judeu pode viver tranquilamente, de rendas, como um príncipe? Não lhe parece esse um excelente plano para a solução do problema judaico? O único inconveniente é que não disponho de um lugar para abrir meu Banco, pois ontem fui despejado da casa onde morava. Que lhe parece? Tenho vinte territórios e, no entanto, não possuo um cantinho que possa chamar de minha casa. Estou na rua... Obrigado por ter permitido que eu me aquecesse um pouco. Adeus.

■

—Réu! — interroga o juiz a um ladrão judeu. — Pode me dizer quem foi seu sócio nesse roubo?

— Essa vez, senhor juiz, não tive nenhum sócio. Me separei dele porque percebi que não era uma pessoa honrada.

■

Iankele Moskevsker está novamente perante o juiz. Dessa feita se trata de um roubo insignificante e a pena é de somente três meses de prisão.

LADRÕES E MENDIGOS
Nas grandes cidades da Europa Oriental existiram bas-fonds judaicos com seus ladrões e prostitutas e seu folclore sobre o tema. Sobre os judeus de Odessa temos notícias através dos contos de Isaac Bábel dedicados a essa cidade. Sobre Varsóvia nos conta Bashevis Singer algumas anedotas e contos principalmente em *No tribunal de meu pai*. Reproduzimos aqui alguns deles referentes aos ladrões e mendigos de Varsóvia que constituem um mundo à parte, com seu humor próprio.

— O senhor vai apelar ou aceita a sentença? — lhe pergunta o letrado.

— Aceito, mas só lhe peço, senhor juiz, que me permita cumprir a pena no outono.

— Por quê?

— Porque para nós agora é plena temporada.

∎

Dois mendigos, velhos conhecidos, se encontram e um deles diz:

— Dê-me os parabéns. Em boa hora acabo de casar minha filha.

— Que tenha muita sorte. E quem é o noivo?

— Fishl, o da mancha sobre o olho direito.

— É um bom rapaz. Que dote você lhe deu?

— Nem me perguntes!... Me custou uma fortuna!... Tive que transferir para ele toda a rua Tizmenitzer e meia Brukovane. Não posso nem colocar os pés nas casas dessas ruas...

∎

OS JUDEUS E OS OUTROS
O humor também tem seu lugar no indefinido espaço que separa o "povo eleito" dos "outros". É aí que surge a figura do *gói* objeto de temor, de inveja, de admiração. Uma tensão que se resolve em numerosas historietas.

O melhor ouvinte para uma piada, dizem os judeus, é um aristocrata russo, porque ri três vezes: quando ouve o gracejo, quando este lhe é explicado e quando, finalmente, ele o entende.

O oficial russo já não é tão bom ouvinte, ri apenas duas vezes: quando ouve a pilhéria e quando ela lhe é explicada. Nunca chega a entendê-la.

O camponês russo é ainda pior: só ri ao ouvir a anedota. Não tem tempo para esperar a explicação; e, ainda que o tivesse, não entenderia.

Mas o pior ouvinte é qualquer judeu, pois este não ri nem uma vez. Mal se começa a contar a história ele interrompe:

— Ora! Essa eu já sei desde que nasci!

∎

Um "progressista" vivia amargurado porque o filho não conseguia sair-se bem na escola. No fim, persuadiu-se de que o rapaz talvez estivesse com a razão, atribuindo os seus reveses ao preconceito de seus professores góis.

Desesperado, o pai batizou-o e mandou-o tentar de novo os exames. Mais uma vez o resultado foi desfavorável e a nota mais baixa ainda do que nas provas anteriores. O pai então lhe perguntou:

— Que desculpa encontrarás desta vez?

O rapaz limitou-se a encolher os ombros e replicou:

— Ora, papai, não disseste sempre que nós, os góis, não damos para o estudo?

■

Perguntaram a um judeu:

— Por que vós, os judeus, sempre respondeis a uma pergunta com outra pergunta?

— Por que não? — respondeu o judeu.

■

Sucedeu outrora que o grão-rabino de Varsóvia, convidado para um banquete oficial, se encontrasse à mesa, ao lado do bispo da cidade. Este, contando divertir-se à custa do velho judeu, incitava-o a servir-se dos hors-d'oeuvre, que consistiam principalmente em presunto com temperos fortes.

— Muito obrigado, reverendo — replicou o rabi. — Não sabe que esse prato é proibido pela minha religião?

— Deveras? — disse o bispo. — Que religião extravagante! Este presunto é uma delícia.

Findo o banquete, o rabi despediu-se cortesmente do vizinho e acrescentou:

— Queira vossa reverendíssima apresentar os meus respeitos à sua esposa.

— À minha esposa? — exclamou o bispo horrorizado. — Não sabe que a minha religião proíbe o casamento aos sacerdotes?

— Deveras? — murmurou o rabi. — Que religião extravagante! Uma esposa é uma delícia!

■

HÁBITOS
Os hábitos judaicos — queixar-se da saúde, falar agitando as mãos — aparecem em várias anedotas.

Avrom encontra Yankel na saída da sinagoga:
— *Gut iomtov*, Yankel.
— *Gut iomtov*, Avrom.
— Você está preocupado, Avrom?
— Por que perguntas?
— Porque parece que não estás com uma cara muito boa.
— Bom... a verdade é que não tenho boa digestão, os pés me incham, o coração está dilatado e eu mesmo não me sinto muito bem.

■

Um judeu entrou na central telefônica e, como não sabia falar ao telefone, perguntou à funcionária como deveria proceder.
— É simples. Com uma das mãos o senhor segura este tubo, encosta ao ouvido, com a outra o senhor disca...
E o judeu, perplexo:
— Mas com que mão vou falar?

■

Dois judeus realizam uma viagem por mar. Uma terrível tempestade faz afundar o barco. Uma hora depois, ambos se encontraram sãos e salvos na costa; fato ainda mais assombroso quando se considera que não sabiam nadar. A explicação: continuaram falando e agitando os braços até chegarem à praia.

■

HERSHELE OSTROPOLIER

*O ontem já não existe,
ainda não há amanhã,
apenas o momento de hoje
não o estraguem com lágrimas.*

*Enquanto tiverem vida
tomem um trago.
No outro mundo, nem que Deus queira
não vão servir-lhes nada.*

Assim diz uma canção popular em ídiche. Esse poderia ter sido o lema deste *luftmensh* — o astuto Hershele, personagem que parece ter realmente existido no fim do século XVIII. Bufão na corte do rabi Baruch de Medzibezh, foi uma variante judaica do personagem folclórico alemão, gozador grosseiro e irreverente, Till Eulenspiegel, a respeito de quem se contam infinitas histórias.

Quando Hershele Ostropolier tinha seis anos, e ainda perseguia cabras na sua aldeia, apareceu um forasteiro, um judeu *litvak*, e perguntou:

— Diga-me, menino, como te chamas?

— Me chamo da mesma forma como se chamava meu avô — disse Hershele.

— E como se chamava teu avô? — quis saber o *litvak*.

— Com o mesmo nome que puseram em mim — respondeu Hershele.

Vendo que não podia com o garoto, o *litvak* tentou saber seu nome com esperteza, e disse:

— Quando tua mãe apronta a comida, como ela te chama?

— Ninguém precisa me chamar para comer — respondeu Hershele. — Quando há o que comer, vou correndo sozinho.

■

Hershele ouviu certa vez elogiarem um certo ricaço por sua modéstia:

— Quando dá esmola, pede que não conte nada para ninguém.

— Eu acho — disse Hershele — que é para evitar que outros esmoleiros apareçam por lá.

■

Hershele dava um passeio na feira de Berdichev quando um vendedor de móveis usados o chamou:

— Hershele, compre um guarda-roupa. É barato, quase de graça.

— E para que eu preciso de um guarda-roupa?

— Como "para quê"? Para pendurar sua roupa...

— Pendurar a roupa? E eu, vou andar nu?

A mulher de Hershele tinha uma lojinha em Ostropol. Certa vez, ele assinou uma promissória na compra de mercadorias e, no dia do vencimento, não pagou. Indignado, o credor foi conversar.

— Hershele, por que não pagaste a promissória?
— Porque não vou pagá-la.
— Mas você mesmo assinou os papéis!
— Minha palavra vale mais do que minha assinatura. Se digo que não pago, é porque não pago.

Hershele foi a um ricaço pedir esmola. Logo depois de dá-la, o homem quis saber como ia seu trabalho de mendigo:
— A profissão não é má — respondeu Hershele —, o problema é que ela está nas mãos de gente muito pobre.

■

Hershele, que havia tentado todo tipo de trabalho, sempre sem sucesso, dedicou-se certa vez à venda de antiguidades e obras de arte. Em sua banca na feira, entre diversos objetos, destacava-se um quadro emoldurado, totalmente em branco. Um comprador perguntou que quadro era aquele:
— Ah, este? — explicou Hershele. — É um quadro muito antigo e famoso.
— Mas está branco...
— Não é bem assim — respondeu Hershele —, só parece. Por uma moeda de prata, estou disposto a revelar o mistério desta pintura.
Mordido pela curiosidade, o comprador deu a moeda.
— Este quadro — contou Hershele em tom de segredo — é uma fiel reprodução da passagem pelo mar Vermelho e foi feito por um parente próximo de Moisés.
— Parente de Moisés?
— Provavelmente um primo. Como se vê, é um quadro muito valioso.
— Como pode ser? — perguntou o comprador. — Não tem nada. Onde estão, por exemplo, os judeus?
— Quando se pintou este quadro, os judeus já tinham cruzado o mar.
— E os egípcios?
— Não tinham chegado, ainda.
— Ahá! E as águas do mar? Onde estão?
— Você não conhece a Bíblia? As águas tinham se dividido.

SHABES NACHAMU
Isaac Bábel nasceu em Odessa, em 1894, numa tradicional família judia. Durante a Guerra Civil na Rússia, pouco depois da Revolução de Outubro, lutou na famosa Cavalaria Vermelha, vivência que serviu de tema para seus contos mais famosos. Sua obra, pequena na extensão, é uma das mais importantes na literatura russa. À diferença de outros escritores judeus soviéticos, sua obra não foi escrita em ídiche, mas em russo. Perseguido pela burocracia soviética, foi morto em janeiro de 1940.

Segundo sua filha Nathalie, Bábel escreveu "Shabes Nachamu" com evidente deleite, baseando-se numa história judaica tradicional.

Certamente projetava seguir escrevendo sobre o herói, já que leva o título *Do ciclo Hershele*. Hershele Ostropolier, personagem dos *shtetls*, é a manifestação judaica do arquétipo universal, tipo semelhante a Till Eulenspiegel, o personagem folclórico alemão conhecido por sua grosseria zombeteira. Os judeus seguiriam sendo personagens proeminentes na futura obra de Bábel, mas nunca voltaram a ser retratados de forma tão bem-humorada. É possível que a violência que Bábel presenciou (e viveu) o tivesse feito mudar de ideia.

Entre 1918 e 1923, Hershele, o personagem popular, foi substituído por Bénia Krik, o bandoleiro judeu. *Shabes Nachamu* quer dizer, em hebraico, sábado de consolo. O dia de jejum de Tishá b'Av, que lembra a destruição do Primeiro Templo pelos babilônicos, no ano 586 a.C., e do Segundo pelos romanos, em 70 d.C., é seguido por um "sábado de consolo".

Vai-se a manhã, chega a noite e estamos no quinto dia. Outra manhã, outra noite e é o sexto dia — sexta-feira —, é preciso rezar. Depois da oração, sais para um passeio pelo *shtetl*, com teu melhor chapéu, e logo voltas para jantar em casa. O bom judeu bebe um copo de vodca — nem Deus nem o Talmud proíbem que se beba até dois —, come *guefilte fish* e pastel de passas. Depois do jantar, senta-se à vontade. Conta histórias à mulher, e logo vai dormir, com um olho fechado e boca aberta. Enquanto ele dorme, sua mulher na cozinha ouve rádio e descobre que o violinista cego chegou da aldeia para tocar embaixo de sua janela.

Assim acontece com todos os judeus. Porém, Hershele não era um judeu como os outros. Ficou famoso em Ostropol, Berdichev e Viluysk porque só celebrava um Shabat de cada seis. Nos demais, ficava sentado com sua família na escuridão, suportando o frio e a fome. Os filhos choravam, a mulher protestava. Para Hershele cada uma de suas reclamações pesava como uma pedra.

Uma vez, conta a história, Hershele pensou no que deveria fazer para estar prevenido. Na quinta-feira, saiu com a intenção de ganhar um pouco de dinheiro para a sexta-feira. Onde há uma feira sempre há pão, porém era preciso muita sorte para tirar três centavos de dez judeus. Todos ouviram as maravilhosas histórias de Hershele, porém, na hora de pagar, haviam ido embora. Hershele voltou para casa com a barriga vazia.

— Ganhaste algo? — quis saber a mulher.

— Ganhei a vida eterna — disse ele. — Foi o que ricos e pobres me prometeram.

A mulher de Hershele perdeu a paciência e trovejou:

— Todas as mulheres têm um marido como Deus manda. Mas eu tenho um que me alimenta de anedotas. Tomara que Deus te deixe sem pés nem mãos no Ano-Novo!

— Amém — disse Hershele.

— Os vizinhos têm velas grandes, bonitas. As nossas são pequenas e fumacentas. Não temos pão, não temos lenha...

Hershele não dizia nada. Não há por que atiçar o fogo que já está ardendo. Isso por um lado. Por outro, o que se pode dizer a uma mulher mal-humorada quando ela tem razão? Quando sua mulher cansou de gritar, Hershele atirou-se na cama. Quem sabe procuro o rabi Boruchl, pensou. Todo mundo sabia que rabi Boruchl era um melancólico e que só Hershele e sua conversa conseguiam distraí-lo. E se fosse ver rabi Boruchl? A verdade é que os empregados dele ficam com a carne e só me deixam os ossos. A carne é melhor do que os ossos, mas os ossos são melhores do que o ar. Irei ver o rabi.

Levantou-se e foi encilhar a égua. O animal o olhou com olhos tristes, cheios de recriminação.

— Muito bem — parecia dizer sua expressão. — Ontem não me deste aveia. Anteontem, não me deste aveia e hoje também fiquei sem nada. Se amanhã não me dás um pouco, começarei a pensar se vou seguir vivendo.

Hershele vacilou diante daquela expressão inquisidora, baixou os olhos. Acariciou o animal. Suspirou.

— Vou a pé ver o rabi — disse.

E foi. O sol estava alto no céu. Pelo longo caminho, que se perdia ao longe, seguiam lentas carretas puxadas por bois brancos e cheias de feno cheiroso. Os camponeses, sentados no alto do feno, balançavam as pernas e estalavam seus chicotes. Depois de algum tempo, Hershele chegou a um bosque. O sol declinava, o céu se tingia de vermelho. Moças descalças conduziam vacas ao curral. Os úberes rosados das vacas, cheios de leite, oscilavam suavemente.

O bosque acolheu Hershele com seu frescor e uma penumbra delicada. A brisa sussurrava na copa das árvores, agitando as folhas que farfalhavam suavemente. Hershele não ouvia esses sons amáveis. A orquestra que tocava em sua barriga era maior do que aquelas que tocavam nos bailes da nobreza.

Ainda tinha um longo caminho a percorrer. O crepúsculo caía rápido, as estrelas começavam a brilhar, o silêncio já reinava sobre a terra.

Já era noite quando Hershele chegou a uma pousada. Numa das pequenas janelas brilhava uma luz. Zelda, a mulher do estalajadeiro, costurava fraldas perto da janela. Tinha uma barriga tão grande que se diria conter trigêmeos.

— Boa noite, senhora — disse Hershele. — Poderia ficar aqui e descansar um pouco?

— Claro que sim — respondeu ela.

Hershele se sentou. Suas narinas se dilataram: no fogão havia uma panela com massa a ferver e um frango gordo boiava num caldo dourado, e do forno saía um cheirinho de pastel de passas. Hershele, sentado no seu banquinho, se retorcia como uma mulher dando à luz.

— Onde está seu marido, senhora? — perguntou.

— Ele saiu para pagar algumas dívidas — disse ela e calou-se.

Mirou-o com seus olhos azuis, redondos, infantis, e prosseguiu:

— E eu aqui, sentada junto à janela, pensando. Queria perguntar-lhe algo. Imagino que você viajou muito e que tenha estudado com um rabi e conhece nossos costumes judaicos. Porém, ninguém me ensinou nada. Diga-me, virá logo o Shabes Nachamu?

Veja só, pensou Hershele. Não é uma pergunta tola. Há de tudo na vinha do Senhor.

— É que meu marido me prometeu que, quando chegar o Shabes Nachamu, iríamos visitar minha mãe. Eu te comprarei um vestido, disse ele, e uma peruca nova, e pediremos ao rabi Motele para que tenhamos um filho em vez de uma filha. Mas somente quando chegue o Shabes Nachamu. Eu acho que este Shabes Nachamu será um ser de outro mundo. Será verdade?

— Você não está enganada, senhora — respondeu Hershele. — O próprio Deus fala pela sua boca. Você terá um filho e não uma filha. Senhora, eu sou o Shabes Nachamu.

A costura de Zelda tombou no chão. Pôs-se de pé, num salto tão brusco que bateu com a cabeça numa viga. Alta era ela, e bem fornida. Seus peitos erguidos arfavam, os olhos azuis se arregalavam como os de uma criança.

— Eu sou Shabes Nachamu — repetiu Hershele. — A cada dois meses dou a volta ao mundo, ajudando as pessoas. Do céu até a terra, o caminho é longo, você sabe, estou com sapatos furados de tanto andar. Trago lembranças de toda a sua gente, lá de cima.

— Da tia Pesl? — gritou Zelda.— E do meu pai e da tia Golde? Você os conhece?

— Quem não os conhece? Seguidamente falo com eles, tal como estou falando com você agora — disse Hershele.

— Como eles vão lá em cima? — perguntou Zelda, apertando o peito com as mãos trêmulas.

— Não muito bem — suspirou Hershele. — Que tipo de vida você acha que um morto pode levar? Lá em cima não há muita diversão.

Os olhos de Zelda se encheram de lágrimas.

— Têm frio — prosseguiu Hershele — e passam fome. Comem o mesmo que os anjos. Não é permitida outra coisa. E quanto pode comer um anjo? Um pouco de água e já estão satisfeitos. Nem em cem anos se conseguirá ali um copo de vodca.

— Pobre de meu pai — murmurou Zelda, contristada.

— Em Pessach, se contentam com um *latke* que deve durar um dia inteiro.

— Pobre tia Pesl — disse Zelda, comovida.

— Até eu mesmo passo fome — continuou Hershele, olhando para o lado a fim de esconder uma lágrima que rolava pelo nariz e se perdia na barba — e não posso fazer nada. No outro mundo, me tratam como um qualquer...

Não teve tempo de terminar a frase. Movendo-se rápido, Zelda colocou à sua frente pratos, terrinas, copos e garrafas.

Aí ele começou a comer. A dona da hospedaria viu que, efetivamente, só podia ser um ser do outro mundo. Para começar, Hershele comeu fígado de galinha picado com cebolinhas, seguiu com um copo de vodca perfumada com casca de laranja. Em seguida comeu peixe, esmagando as batatas que o acompanhavam em seu saboroso molho e derramando meia tigela de raiz-forte no lado do prato. Depois do peixe, Hershele atacou a sopa de frango iridescente de gordura. Os raviólis banhados em manteiga saltavam para sua boca como lebres fugindo do caçador. Não é necessário dizer o que aconteceu com o pastel de passas (prato que, aliás, Hershele raramente via).

Finalmente terminou de comer. Zelda preparou um pacote com as coisas que ele deveria levar ao outro mundo e entregar ao seu pai, à tia Pesl e à tia Golde. Para o pai, um *talit* novo, uma garrafa de licor de cerejas, um jarro com geleia de framboesas e um pacote de tabaco. Para tia Pesl, um par de meias cinza e, para a tia Golde, uma peruca usada, um prendedor de cabelo e um livro de orações. Além disso, deu a Hershele um par de botas, uns pedaços de ganso frito e uma moeda de prata.

— Dê lembranças minhas para eles, sr. Shabes Nachamu, dê lembranças muito carinhosas de nós todos — foram as palavras de despedida a Hershele, que começava a caminhar com sua pesada carga.

— Aliás, não quer esperar que meu marido volte?

— Não, não — disse Hershele. — Devo ir embora. Você pensa que é a única que tenho com quem me preocupar?

E foi-se. Caminhou uma milha rápido, e então parou para recuperar o fôlego. Jogou sua carga no chão, sentou-se sobre ela e considerou a situação:

— Bem sabes — disse a si mesmo — que o mundo está cheio de inocentes. A dona daquela hospedaria era uma inocente. Porém, quem sabe seu marido não seja. Quem sabe seu marido tenha uma feia carantonha, punhos enormes como bigornas e um grande chicote. Se chega em casa e sai para te buscar pelo bosque, o que farás?

Não perdeu tempo em buscar uma resposta. Enterrou apressadamente o pacote, marcando o lugar para que pudesse encontrá-lo mais tarde.

E aí, despiu-se e abraçou-se a uma árvore.

Não passou muito tempo e ouviu o estalido de um chicote, o ruído de um buçal na boca de um cavalo e o som de seus cascos. Era o estalajadeiro que vinha em busca do sr. Shabes Nachamu.

Chegou junto a Hershele nu e abraçado na árvore, e olhou-o tão espantado como se tivesse visto um padre abraçado com o diabo:

— Que fazes aqui?

— Sou um ser do outro mundo — respondeu Hershele com voz doída. — Fui assaltado. Roubaram-me tudo, inclusive papéis muito importantes que levava para o rabi Boruchl.

— Eu sei quem te roubou — gritou o outro. — Eu também tenho umas contas a acertar com o ladrão. Para onde foi ele?

— Não poderia dizer — gemeu Hershele. — Mas, se você me emprestar seu cavalo, poderia alcançá-lo. Espere aqui. Tire a roupa, e abrace esta árvore até que eu volte. Não a solte. É uma árvore sagrada e dela dependem muitas coisas que estão no mundo.

Logo deu-se conta de que o estalajadeiro era tão bobo como a mulher, tirou mesmo a roupa e abraçou a árvore. Hershele montou no cavalo e foi até o lugar onde havia deixado o pacote. Desenterrou-o e seguiu o caminho na orla do bosque.

Ali, abandonou a égua, e carregando o pacote tomou o caminho que levava à casa do rabi. Já era de manhã. Os galos cantavam. A égua do estalajadeiro voltou, a passo, até seu dono. Ele a esperava, acocorado junto à árvore, sob os raios do sol nascente. Tremia de frio e saltitava para aquecer-se.

PRAGAS JUDAICAS
Praguejar é um antigo hábito judaico; mas, curiosamente, não envolve agressividade, ou não envolve só agressividade. As maldições em ídiche na Europa Oriental reúnem, de modo singular, ingenuidade, maldade e graça; acabam se tornando, portanto, uma faceta a mais do humor.

— Que um devore o outro e que os dois se engasguem.

■

— Que tenha dez barcos carregados de ouro e que gaste tudo em médicos.

■

— Que tenha uma enorme loja, cheia de mercadorias; que não peçam nada do que tem, e que não tenha nada do que peçam.

■

— Que tenha cem casas, em cada casa cem quartos, em cada quarto vinte camas: e que caia em cada uma delas com convulsões.

■

— Que lhe caiam todos os dentes, menos um; que vai doer terrivelmente.

■

— Que sejas como lamparina: de dia fique pendurado e de noite ardendo.

■

— Que nenhum mau-olhado se esqueça dele.

■

— Que tenhas em tua casa dois empregados; que um saia gritando: "Um médico!", e que o outro vá atrás dizendo: "Não precisa, é tarde demais".

ADIVINHAÇÕES

Como crescem as pessoas? De baixo para cima ou de cima para baixo?
Existem duas teorias:
a) de baixo para cima, porque é só observar uma fila de soldados: por baixo todos são iguais, enquanto por cima uns são maiores e outros menores.
b) de cima para baixo, pois quando se compra um sobretudo para uma criança, e se bota o sobretudo no ano seguinte, ele fica bem nos ombros, mas embaixo fica curto.

■

Por que o galo fecha os olhos quando canta?
Porque sabe a partitura de cor.

■

- Quando a moça não sabe dançar, diz que os músicos não sabem tocar.
- Para alguém falta apetite para comida; para outro, falta comida para apetite.
- Quando o moleiro briga com o limpador de chaminés, o moleiro fica preto e o limpador de chaminés, branco.
- Todos os mudos querem falar muito.
- Se um judeu não consegue ser sapateiro, sonha em ser professor.
- Um azarado cai de costas e machuca o nariz.
- Um gato também tem licença para olhar o rei.
- Quanto mais vive um cego, mais ele vê.
- Pede um conselho a teu inimigo e faz o contrário.
- Antes que um judeu compre um livro, é mais fácil que escreva um.

PROVÉRBIOS
Theodor Reik diz que "na vida cotidiana judaica é difícil diferenciar a linha divisória entre um provérbio e uma anedota; que os provérbios e os preceitos dos tempos bíblicos ou talmúdicos foram modificados posteriormente e aplicados com espírito humorístico". De qualquer modo, tem-se, nesses provérbios, uma combinação de sabedoria e humor.

- Existem segredos dos quais ninguém saberia nada, se não fossem segredos.
- Coçar-se e pedir dinheiro emprestado é bom por pouco tempo.
- Para cada resposta pode-se encontrar uma boa pergunta.
- A vida não passa de um sonho, mas não me acordem.
- O coração do homem pode ser comparado a uma salsicha: ninguém sabe dizer exatamente o que há lá dentro.
- Se queres ganhar a fama de sábio, dá razão para todo mundo.
- Qual a coisa mais importante que deve ter um escritor? Pouco apetite.
- Pobre é aquele que não tem nada além de dinheiro.
- Nem tudo que reluz é ouro; por exemplo, uma careca.
- Quando se tem dinheiro a gente é inteligente, bonito e canta bem.
- O gato gosta de peixe, mas não quer molhar as patas.
- Um avarento toma sopa com garfo e depois o sacode.

E AQUI, QUATRO PROVÉRBIOS DOS LADRÕES JUDEUS DE VARSÓVIA

- Quem não rouba não tem.
- Um ladrão é um comerciante na escuridão.
- Quando um ladrão vai roubar, também pede que Deus o ajude.
- Se não fosse a polícia, os ladrões enriqueceriam: mas, se não fosse a polícia, teriam muitos concorrentes.

OS PÉS TROCADOS
Isaac Bashevis Singer,
afamado prosista de língua ídiche, é autor do conjunto de *Contos judaicos da aldeia de Chelem*. Esses contos breves são uma mostra da ironia que aparece em boa parte de sua obra; apenas que aqui ele troca as forças demoníacas pelas da ingenuidade.

Embora I. B. Singer seja um autor contemporâneo, seus personagens, sua temática, seu estilo e o idioma em que frequentemente escreve, o ídiche, vinculam-no à literatura (e ao humor) da Europa Oriental.

Perto da aldeia de Chelem havia um vilarejo chamado Chelem Oriental, onde viviam um granjeiro chamado Shmelke e sua esposa Shmelkeche. Tinham quatro filhas que dormiam todas na mesma cama. Chamavam-se lente, Peshe, Trine e lachne. Habitualmente, as meninas acordavam cedo para ordenhar as vacas e ajudar a mãe nas tarefas de casa. Porém, uma manhã de inverno ficaram na cama até mais tarde. Quando a mãe veio ver por que demoravam, encontrou as quatro lutando e gritando na cama. Shmelkeche quis saber por que tanta confusão e por que se agrediam tanto. As meninas explicaram que durante o sono tinham misturado os pés e, agora, não sabiam a quem pertencia cada pé, portanto, não podiam se levantar.

Tão logo soube do assunto dos pés trocados de suas filhas, Shmelkeche, que nascera em Chelem, ficou muito assustada. Lembrou que algo parecido acontecera em Chelem havia muitos anos e recordou, *oi*, os problemas que aconteceram depois. Correu imediatamente a um vizinho, pediu que ele ordenhasse as vacas e depois partiu para Chelem, para perguntar ao rabino sobre o que poderia fazer. Antes de sair, disse às meninas:

— Fiquem na cama e não se movam até eu voltar. Pois se alguém se levanta com o pé trocado, será muito difícil arrumá-lo depois.

[...]

Dois judeus estão sentados em silêncio, durante quase uma hora, num banco de praça. Finalmente, um deles dá um longo suspiro seguido por um *oi* saído do fundo do coração. O outro responde, imediatamente:

— Para mim, você vai ter de contar.

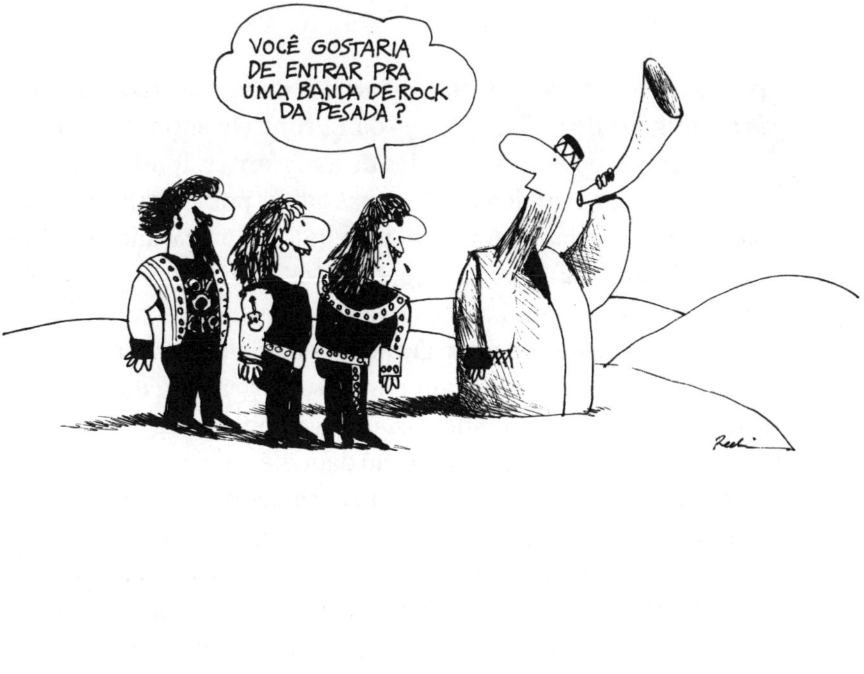
VOCÊ GOSTARIA DE ENTRAR PRA UMA BANDA DE ROCK DA PESADA?

Da sopa de galinha ao divã do analista

Estados Unidos

F*azer a América* tornou-se, no fim do século XIX, o sonho de milhões de judeus pobres da Europa Oriental. Milhões cruzaram o oceano nos navios de emigrantes, tendo como principal destino os Estados Unidos; passando por Ellis Island e pela estátua da Liberdade (em cujo pedestal estão gravados os versos de Emma Lazarus: "Dá-me teus exaustos, teus pobres... O renegado refugo de tuas exuberantes plagas"), foram ter à nova Terra da Promissão, em especial à sua grande metrópole, Nova York. Nos Estados Unidos, os judeus foram engrossar o grande contingente de imigrantes alemães, italianos, irlandeses, poloneses — que deram decisivo impulso à industrialização daquele país.

Familiarizados com a manufatura, as ocupações artesanais e o comércio, representavam uma mão de obra que correspondia exatamente às necessidades da economia americana daquele momento. Em particular, a indústria do vestuário estava em grande expansão. Dois terços dessa indústria estavam concentrados em Nova York. Operava no *sweating system*, um sistema que funcionava à base de escasso investimento e baixos salários por meio do qual os industriais contratavam, através de intermediários, pequenos grupos de obreiros, que trabalhavam em casa ou em pequenas oficinas. As condições de vida não eram das melhores nos míseros pardieiros do Lower East Side, o que explica a dura luta pela ascensão social (às vezes dando lugar à transgressão) e também a militância política de esquerda, o que aliás tornou os judeus um alvo predileto da perseguição macarthista nos anos 1950.

Com o tempo, porém, a vida dos judeus norte-americanos — uma coletividade de cerca de 6 milhões de pessoas — foi melhorando. Eles conseguiram, finalmente, fazer a América. Tornaram-se ricos empresários, profissionais liberais, professores, intelectuais. Adquiriram respeitável expressão política, aprenderam a influir nas decisões do Congresso através dos lobbies de pressão. Nem por isso renunciaram às posições liberais, que demonstravam votando com os Democratas, mais sensíveis à problemática social que os Republicanos.

Nos anos 1960, os judeus estavam presentes nos movimentos de protesto contra a Guerra do Vietnã e na defesa dos direitos civis. É verdade que cresceu, entre os judeus, como entre os não judeus, o movimento neoconservador. Afinal, o neoconservadorismo é uma ideologia da classe média, à qual pertence a maioria dos judeus. Mas pode-se dizer que persiste na intelectualidade judaica a fidelidade às ideias progressistas ou pelo menos liberais.

Toda essa conjuntura se reflete na ficção judaica, uma corrente poderosa na literatura norte-americana, graças a escritores como Bernard Malamud, Norman Mailer, Cynthia Ozick, Delmore Schwartz, Tillie Olsen, Jerome Weidman, Saul Bellow e Isaac Bashevis Singer (os dois últimos detentores do prêmio Nobel); e, naturalmente, no humor. Não é o humor de Sholem Aleichem; já não há aldeiazinhas. Já não há leiteiros entre os judeus e até falar com Deus ficou, parece, mais fácil. Uma história dos anos 1970 conta que Menachem Begin, visitando Ronald Reagan, viu sobre a mesa do presidente um telefone de peculiar coloração. É o telefone de falar com Deus, disse Reagan, acrescentando que o usava raramente; a ligação com o céu estava muito cara. Ao que Begin respondeu que também tinha um telefone de falar com Deus, mas que sua tarifa era muito barata, pois a ligação era local.

Mudou o judaísmo ou mudou o humor? Ambos mudaram. O humor judeu já não precisa ser uma defesa contra a miséria e a opressão, porque as aflições do judaísmo ocidental são outras, são principalmente os pesadelos da classe média; a neurose, o medo de perder status, o preço da análise.

Tevie, o leiteiro, queixava-se de Jeová; o Helmholz de Woody Allen queixa-se dos analistas: "Estes analistas modernos! Cobram muito caro. No meu tempo, por cinco marcos o próprio Freud te analisaria. Por dez marcos, não apenas te analisaria como te passaria as calças a ferro. Por quinze marcos, deixaria que você o analisasse". As frequentes alusões à psicanálise e à neurose nas obras dos escritores judeus não são ocasionais: a neurose é a "doença judaica" no Ocidente do século XX, como a histeria era a enfermidade da Inglaterra vitoriana — o que explica, de um lado, o sucesso da psicanálise e, de outro, o grande número de anedotas envolvendo psicanalistas. O psicanalista, a mãe judia, o novo-rico, o negociante são personagens constantes nas historietas norte-americanas, algumas das quais têm o típico sabor do *shtetl*, da aldeia da Europa, outras já refletindo a afluência judaica na América.

Nos Estados Unidos estão hoje os principais centros da cultura judaica da diáspora. O que lá acontece estabelece uma espécie de paradigma, sobretudo para as comunidades da América Latina. E nos Estados Unidos vive-se hoje uma época que o crítico Leslie Fiedler denomina (provavelmente por analogia com a expressão "pós-moderno", popularizada pelo filósofo Jean-François Lyotard) de *pós-judaica*. Para Fiedler, a época da ficção judaico-americana terminou, dissolvida numa atmosfera cultural que tende cada vez mais para uma confortável homogeneidade. Pode ser exagero de Fiedler, que afinal também já anunciou o fim da literatura em geral; mas sua opinião é compartilhada por outros, entre eles Irving Howe. Para ambos, a prosperidade judaica, o fim dos guetos, o desaparecimento do ídiche criaram uma conjuntura que já não é favorável a autores como um Sholem Aleichem.

Mas o que tem isso a ver com humor? Muita coisa, não só porque o humor judaico é um componente importante na literatura de um Philip Roth, de um Bernard Malamud, de um Saul Bellow, de um Bruce Jay Friedman, como também porque a anedota é, afinal, ela mesma uma forma, ainda que menor, de literatura oral.

O humor é parte integrante das formas de cultura que, no Ocidente, substituem o ritual religioso antes fundamental para a vida de muitos judeus não praticantes. "De todos os feriados judaicos", diz uma anedota, "observo apenas os concertos de Jascha Heifetz." Um fenômeno parecido pode ser verdadeiro para as anedotas judaicas que adquirem significativa importância numa época em que os grandes textos clássicos e religiosos do judaísmo atingem apenas uma minoria. Nem todos os judeus podem ler e compreender uma página do Talmud, mas até mesmo os mais assimilados têm um carinho especial pelas anedotas judaicas.

Ao mesmo tempo, o humor judaico continua a ocupar uma posição especial na cultura popular americana e a contribuição judaica ao humor americano no século xx é das mais impressionantes. William Novak e Moshe Waldoks organizaram uma lista que inclui, entre centenas de nomes, os de: Woody Allen, Jack Benny, Milton Berle, Fanny Brice, Mel Brooks, Lenny Bruce, Art Buchwald, George Burns, Red Buttons, Sid Caesar, Eddie Cantor, Al Capp, Bennett Cerf, Byron Cohen, Stanley Elkin, Jules Feiffer, Bruce Jay Friedman, Rube Goldberg, Dan Greenburg, Milt Gross, Sam Gross, Goldie Hawn, Joseph Heller, Abbie Hoffman, Lou Jacobi, Danny Kaye, Alan King, Robert Klein, Paul Krassner, Harvey Kurtzman, Bert Lahr, Norman Lear, Fran Lebowitz, Jack E. Leonard, Jerry Lester, Sam Levenson, David Levine, Jerry Lewis, os Irmãos Marx, Bette Midler, Henry Morgan, Zero Mostel, Lou Myers, S. J. Perelman, Carl Reiner, Don Rickles, Joan Rivers, Leo Rosten, Philip Roth, Mort Sahl, Dr. Seuss, Dick Shawn, Al Shean, Allan Sherman, Max Shulman, Phil Silvers, Shel Silverstein, Neil Simon, Saul Steinberg, Barbra Streisand, Larry Storch, Gerald Sussman, Calvin Trillin, Sophie Tucker, Ira Wallach, Billy Wilder e Gene Wilder.

Embora os judeus representem apenas 3% da população norte-americana, 80% dos comediantes dos Estados Unidos são judeus. Os que apareceram antes de 1950 foram criados em famílias que falavam ídiche, e seu humor é mais judaico do que o dos comediantes e escritores mais recentes. De qualquer maneira, porém, a maioria deles tem problemas com sua identidade judaica (que os leva, às vezes, a trocar de nome); mas todos usam seu humor como um "exorcismo ritual", no qual a autodepreciação é um fator constante.

Muitos desses humoristas celebrizaram-se graças ao cinema, ao teatro ou às colunas em grandes jornais e revistas. Daí seu estilo leve, a ênfase em gags, as piadas voltadas para o cotidiano norte-americano, como se verá em Art Buchwald, S. J. Perelman, Woody Allen, Lenny Bruce, Groucho Marx, Zero Mostel, Mel Brooks. Mas é basicamente o mesmo humor que se encontra nas historietas sobre a vida judaica norte-americana e também nas tiradas de escritores, jornalistas e artistas judeus.

■

OS BANANÓFILOS & O PRIMEIRO DEPÓSITO

O mais importante humorista de língua ídiche, depois de Sholem Aleichem, foi um escritor chamado Itzchak Reiz, que se tornou famoso no mundo judeu dos anos 1920 e 1930, sob o pseudônimo de **Moishe Nadir**. Nascido em Naraiev, vilarejo na Galícia oriental, em 1885, tinha apenas dez anos quando se radicou em Nova York, onde faleceu em 1943. Foi poeta, dramaturgo, jornalista, tradutor, mas antes de tudo foi um extraordinário prosador e grande humorista. Tinha tanto capacidade de ternura quanto dilacerante ironia.

Muitos dos relatos de Moishe Nadir tratam, como os que incluímos aqui, de imigrantes recém-chegados aos Estados Unidos e de seus desencontros com o mundo americano e suas regras. Pode-se dizer que se trata de uma literatura de transição entre a mentalidade do *shtetl* e a do ianque; ou do choque entre ambas.

Passaram-me a informação de que convinha comprar um lote de ações de certa companhia dedicada ao cobre. A Bolsa não se tem revelado para mim uma amiga íntima. Conheço-a de longe, mal nos cumprimentamos. Mas como se tratava de fazer fortuna — ao menos foi assim que o agente conseguiu convencer-me! — peguei algumas centenas de dólares e os apliquei. Fiquei esperando a chegada do emissário que viria comunicar-me: "Tenho a honra de trazer ao seu conhecimento o fato de que, finalmente, você já é milionário. Muito obrigado".

Esperei, portanto. Esperei, pacientemente, que a Bolsa desse seu salto e eu me transformasse em um grande magnata; que Deus me perdoe a ambição.

Meu lote pagava um dividendo de dez por cento e custava quinhentos dólares cada lote. Comprei cinco lotes por dois mil e quinhentos dólares, que era tudo que eu possuía; caso contrário, teria comprado mais. Porque quem pode me impedir de fazer milhões de forma sadia, limpa, honrada? Eh?

Mas o notável foi que, logo que comprei minhas ações, estas começaram a cair... a afundar-se, e caíam e afundavam — de hora em hora. A queda de minhas ações foi tão rápida e tão profunda que podia ser vista a olhos nus. Não importava se chovesse ou fizesse sol, minhas ações caíam implacavelmente.

Fui ao escritório do agente e lhe disse:

— Mister, como vai terminar essa queda de minhas ações?

Ele me deu uma detalhada explicação, enquanto sacudia com um dedo as cinzas de seu cigarro:

— O que acontece é completamente lógico. A culpa é do Brasil...

E relatou a difícil situação vivida pelo Brasil, devido ao fracasso de colheita de bananas, incidindo negativamente sobre a indústria do cobre e, portanto, em nossas ações.

— Isso significa — disse para mim mesmo — que agora meu destino depende completamente do Brasil e de suas bananas... Muito bem. Sendo assim, não vou tirar o olho de cima do Brasil e de suas bananas... Muito bem.

Eu seguia pensando assim e nesse entremeio minhas ações seguiam seu curso: caíam com notável velocidade. Primeiro caíram cinco por cento, logo seis por cento, mais tarde sete por cento e assim sucessivamente, até que finalmente chegaram a trinta e cinco por cento abaixo do preço que eu havia pagado por elas.

Comecei a dar voltas em torno das carroças dos vendedores de frutas, perguntando se compravam bananas e em que quantidades.

Em caso afirmativo, se compravam as brasileiras, aquelas bem grandes...

Os vendedores me olhavam com simpatia e em sua maioria me respondiam que os negócios não estavam piores porque pior seria impossível e, quanto ao Brasil e suas bananas, por eles poderia incendiar-se e se transformar em cinzas.

— Por quê?

— Porque sim, nada mais; sem motivo...

Ao ouvir essas declarações, fui correndo ao escritório de meu agente e lhe disse:

— O Brasil que se incendeie; venda minhas ações e terminemos com esta história.

— Sabe o que eu tenho para lhe dizer? Precisamente, agora é o melhor momento *para comprar* ações. Dê ouvidos às minhas palavras, compre mais três ou quatro lotes e torne-se rico.

— Onde está a lógica?

— A lógica — diz — consiste no fato de que a próxima colheita de bananas pode ser boa ou não. Se não é boa e as bananas são de má qualidade, as ações caem, mas, se em contrapartida a colheita é boa, neste caso...

— Neste caso as ações continuam caindo da mesma forma...

— Brincadeiras à parte — diz. — Invista outro par de milhares de dólares em ações; o que tem a perder?

Mandei-o a certo lugar e saí.

Minhas ações, contudo, seguiam seu caminho: caíam...

Em poucos meses, chegaram a valer cinquenta por cento do preço que eu havia pagado. Comecei, então, a interessar-me mais pelo Brasil e suas bananas. Que tipo de país tão miserável é esse Brasil? Por que está sempre em situação difícil?

Eu pensava sobre isso, mas não fiquei só nisso. Decidi que deveria fazer algo, de forma direta, para ajudar a melhorar a situação de meus irmãos brasileiros e, por seu intermédio, melhorar também a desgraçada situação de minhas ações, que já tinham chegado ao último escalão.

Com esse propósito, organizei uma sociedade chamada "Os Bananófilos", cujo objetivo era que cada membro comesse tantas bananas quantas pudesse e, se possível, mais algumas.

Um nobre objetivo!

No curso de algumas semanas, "os bananófilos" se reuniram várias vezes em um sótão onde as bananas amadureciam. Ali, antes de mais nada, nos enchíamos com quantidade dessas frutas generosas; logo começamos a sentir-nos mal e a proclamar a necessidade de constituir um movimento nacional em prol da bananofilia.

É desnecessário esclarecer — ou talvez não — que a maioria dos membros da sociedade era possuidora das mesmas ações que eu.

Passou-se outro mês, durante o qual nossos bananófilos levantaram uma tormenta pela imprensa, pedindo explicações sobre por que não se consomem mais bananas, por que não se dá bananas aos doentes em lugar de ovos e coisas do estilo.

O movimento, ao qual se aliou a imprensa, tomou enormes dimensões.

"Coma uma banana" transformou-se em lema, estandarte. Signo de cumplicidade entre acionistas, o movimento "coma uma banana" se propagou rapidamente, como incêndio em bosque, até envolver o país inteiro. Em todas as salas de vaudeville cantavam "coma uma banana". Em toda parte tocava-se o disco, grandes bailarinas, como a Isadora Duncan, dançavam a música, descalças, em diferentes salas...

Os homens mais importantes do país tornaram-se bananófilos. As mais distintas damas não saíam de suas casas sem levar consigo uma cestinha com bananas. Em poucas palavras, nosso pequeno movimento deu grandes frutos. O comércio bananeiro cresceu de forma insólita, tornou-se importante, mas nossas ações não se mexeram. Seguiam caindo...

Corri de novo ao meu agente da Bolsa para queixar-me:

— Em que vai dar essa queda de minhas ações? *Guevald!* Estou ficando na miséria, estou ficando pobre! — gritei, batendo com o punho na mesa.

— Silêncio — disse —, a propósito de quê, tantos gritos? Graças a Deus, agora o Brasil está muito bem!

— Ao diabo o Brasil! — digo. — De que me serve o Brasil se eu caio na miséria? Além do mais — digo — você me havia dito que a razão para que minhas ações de cobre estivessem caindo tanto era que as bananas brasileiras não tinham saída aqui; então — digo — o que vai me dizer agora? Agora — digo — que todo o país está motivado pelo "coma uma banana"? Eh? Como vai explicar agora que as ações do cobre sigam irremediavelmente caindo?

— Well — diz —, é realmente difícil explicar. Mas, se você me desse atenção, compraria essas mesmas ações por alguns mil dólares a mais, assim, só para especular... Porque — diz — quando essas ações deixarem de cair, é absolutamente seguro que ficarão estacionadas em um lugar ou que venham a dar um salto e então sim — diz — você vai juntar dinheiro com as mãos...

No final, a duras penas consegui desfazer-me das ações, com uma perda líquida de sessenta por cento, sem contar angústias e penas...

E o que me ficou daquelas ações foi uma terrível dor de barriga por ter comido demais aquelas malditas bananas.

∎

Não sei como aconteceu, como pude sequer pensar em pegar meu dinheiro, ganho com sangue, para confiá-lo a um banco! Mas aconteceu. Foi depois do último Chanuká que peguei esse dinheiro que me havia custado saúde — meus vinte dólares — e os levei ao banco, onde, em troca do dinheiro, de um dinheiro real, vivo, com o qual se pode comprar o que se queira, recebi *epes* — uma caderneta verde, dentro de um envelope amarelo e... e nada mais.

Dei uma olhada na tal caderneta; senti que o sangue se me gelava até a última gota; o que estava ali escrito era ilegível. Como se sabe que aí diz vinte?, pensei. Ai, essa coisa não está me agradando!...

Voltei correndo ao balcão, dei um empurrão no judeu que estava na fila e gritei para o jovenzinho que atendia o guichê:

— Ei! Acabo de te entregar vinte dólares!

— E o que quer agora? — me responde o caixa, sem me olhar, apontando um lápis.

— Antes de mais nada, quero que não sejas tão insolente — digo —, porque caso contrário vais levar um soco no focinho que te fará ver estrelas.

— Que quer, mister? Eu não lhe dei a caderneta de depósito? *That's all!*

— Ah, não! — digo. — Com você não quero mais conversa, sanguessuga, já estou vendo em que mãos fui cair. Devolva-me o dinheiro e não sejamos mais sócios.

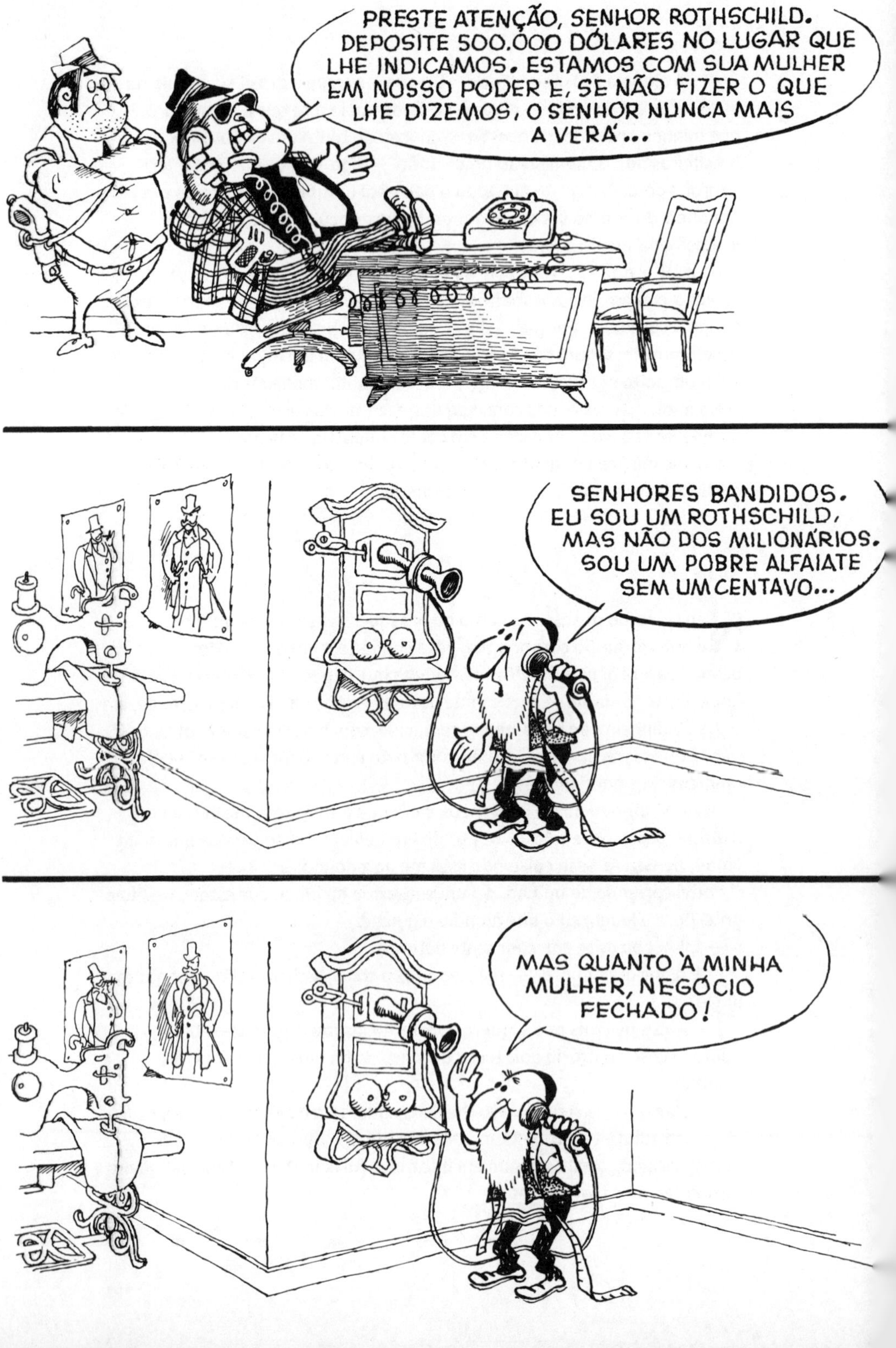
PRESTE ATENÇÃO, SENHOR ROTHSCHILD. DEPOSITE 500.000 DÓLARES NO LUGAR QUE LHE INDICAMOS. ESTAMOS COM SUA MULHER EM NOSSO PODER E, SE NÃO FIZER O QUE LHE DIZEMOS, O SENHOR NUNCA MAIS A VERÁ...
SENHORES BANDIDOS. EU SOU UM ROTHSCHILD, MAS NÃO DOS MILIONÁRIOS. SOU UM POBRE ALFAIATE SEM UM CENTAVO...
MAS QUANTO À MINHA MULHER, NEGÓCIO FECHADO!

— *It's impossible* — diz.

— *Tsimpasibl?* Vou te dar um *tsimpasibl* que vai te mandar para o inferno, vigarista. Comigo não vais fazer esses joguinhos. Devolve o meu dinheiro antes que eu chame a polícia e antes que eu peça socorro aos gritos. *Guevald!* So-cor-ro! — me ponho a gritar a plenos pulmões. — *Guevald!*

Ao ouvir meus gritos, o jovenzinho se acalmou um pouco e começou a explicar-me que neste momento não podia devolver-me o dinheiro, que teria que esperar duas semanas, pois assim constava no regulamento.

— Sendo assim — digo —, leia o que escreveu nesta caderneta. Vamos ver se sabe o que anotou aqui. Você escreveu demasiadamente rápido. Não creio que pode anotar tão rapidamente tanto dinheiro.

Ele tomou a caderneta de minhas mãos e leu: "Vinte dólares".

— *All right.* Mas lembre-se! São vinte dólares! E que estes judeus que esperam em frente ao guichê sejam testemunhas! Judeus, vocês são testemunhas de que aqui, neste banco, tenho duas notas novinhas de dez!

E vou para casa com a caderneta. Subentende-se que dormir, nesta noite, nem pensar. Passei toda a noite sonhando que ladrões assaltavam o banco e roubavam até o último centavo. Acordei várias vezes pedindo socorro aos gritos e logo que clareou o dia a primeira coisa que fiz foi correr ao banco.

Não havia sido roubado. Estava lá, as portas e janelas intactas. Tirei um peso da cabeça. Mas enquanto estava assim, em frente ao banco, observando sua janela, passou-me pela cabeça a certeza de que as grades eram demasiado frágeis, que deviam colocar grades novas. Então fiquei ali, com o lanche na mão, esperando que chegasse o presidente do banco.

Quando chega o presidente, levo-o para um cantinho e lhe comunico que o banco necessita de novas grades. E, segundo minha opinião — digo —, o prédio todo deveria ser reconstruído. Seria recomendável que o edifício fosse de mármore puro, porque o mármore é duro.

Diz: — *All right.* Grato pelo conselho.

Digo: — Por Deus, não se esqueça! Um edifício novo, todo de mármore! E grades novas...! E que haja boa vigilância... Vim a propósito disso correndo de Brownsville, porque sonhei que nos haviam roubado...

E vou correndo para meu trabalho.

De tarde, ao preparar-me para voltar para casa, penso: Vou passar pelo banco, ver como estão as coisas. Aqui nunca se pode saber, isto é a América!

Enquanto me aproximo do banco para dar uma olhada, vejo que um judeu *epes* sai voando do banco e se põe a correr...

Começo a gritar *Guevald!* Socorro! e saio correndo atrás dele até que um guarda o detém. E o que estava acontecendo? Acontecia que esse

105

homem era empregado do banco e corria para tomar um bonde porque sua esposa estava por dar à luz...

Fiquei um pouco envergonhado e fui para casa.

Mas continuei sem poder dormir.

Durante toda a noite, não fiz mais do que imaginar o caixa que me havia entregue a caderneta correndo com uma sacola de dinheiro e eu atrás dele... E tornei a gritar *Guevald!* em sonhos, dando socos no ar, quase matei minha filhinha...

No dia seguinte, fui cedo à casa de um patrício que vive, casualmente, em frente ao banco e lhe prometi trinta por cento de meu dinheiro, com a condição de que pusesse os olhos no banco e o observasse. — *Natch!* — pedi. — Senta e olha, não tires os olhos do banco e tão logo, com a ajuda de Deus, passem as duas semanas, tiro em seguida meus vinte dólares e então que se incendeiem todos os bancos. Nunca mais — digo — ponho os pés ali!

Passam outros dois dias e leio no jornal que assaltaram um banco ali no Bronx. Vou correndo ao presidente de meu banco e lhe digo: — Terrível!

Me diz: — O que está acontecendo?

Lhe digo: — Roubam!

Diz: — Não vão nos roubar. Nosso banco é bem seguro.

Digo: — *Nu*, e que faz o senhor, por exemplo, se seu caixa pega o dinheiro e se escapa?

Diz: — Mister, você não sabe o que diz.

Digo: — *Nu*, que seja... Eu não sei o que digo, não tenho razão... A propósito, você colocou as grades novas?

Diz: — Não.

Digo: — E tampouco reconstruiu o edifício...

Diz: — Por favor, o senhor vai me enlouquecer.

Digo: — Se não colocou grades novas e não reconstruiu o edifício e não botou na rua seu belo caixa, então devolva o meu dinheiro!

Diz: — Tem que esperar até que terminem as duas semanas.

Digo: — *All right.* Vou esperar. Mas sabe onde vou esperar? Aqui fora, em frente ao banco vou esperar. Comigo você vai comer mas não vai tirar proveito. Saiba que meus filhos vão ficar sem pai, mas não vou sair da frente do banco até o momento em que me devolvam meu dinheiro. Não vou deixar o banco ao deus-dará. Eu vou vigiar e meu patrício que vive aqui defronte também vai vigiar... Comigo é assim! Vou ficar ali fora apesar do frio e vamos ver se acontece alguma coisa!

Diz: — Você é um homem estranho. Vamos lá embaixo no caixa e vou mandar que lhe paguem seus vinte dólares.

Digo: — Não! Se você quer devolver-me o dinheiro, então não quero levá-lo. Isso é um truque. Você não pode me obrigar...

Diz: — *All right*. Se você não quer, então *não* tire seu dinheiro.
Digo: — Como "não tire seu dinheiro"! Se quero, vou sacá-lo.
Diz: — Por favor, saia daqui e deixe de me incomodar.
Digo: — *All right*. Saio mas fico ali fora. Por mais frio que faça, vou estar ali fora cuidando de meu dinheiro. E meu sangue inocente, e o sangue inocente de meus filhos, vai cair sobre a sua cabeça. Delinquente! A cadeira elétrica é pouco para você! Vigarista! Criminoso! *Guevald!* So-cor-ro!

Terminaram me devolvendo os vinte dólares. Quando eu voltava do banco para casa me roubaram o dinheiro do bolso... Assim findou a história.

E desde então jurei que meus pés não vão cruzar nunca mais o umbral de um banco. São delinquentes profissionais; ladrões de carteiras. Que se incendeiem todos os bancos!...

A MOEDA JUDAICA
Philip Roth nasceu em New Jersey em 1933. Estudou literatura na Universidade de Bucknell e na de Chicago. Seu primeiro livro, *Adeus Columbus*, ganhou o National Book Award de ficção, em 1960. Seguiram-se vários sucessos de público e crítica, entre os quais *O professor do desejo* e *A lição de anatomia*.

O texto ao lado foi extraído de *O complexo de Portnoy*, tradução de Paulo Henriques Britto, publicado em 2004 pela editora Companhia das Letras.

Mas voltemos a meus pais, para o senhor ver que, permanecendo solteiro, ao que parece, eu só trago infelicidade a esses dois. O fato, mamãe e papai, o fato de recentemente o prefeito ter me nomeado comissário adjunto da Comissão de Recursos Humanos da Prefeitura de Nova York não representa, pelo visto, merda nenhuma para vocês em termos de realização e status — só que isso não é bem verdade, eu sei, pois, para ser honesto, toda vez que meu nome aparece no *Times* eles mandam uma enxurrada de cópias da notícia para todos os meus parentes vivos. Metade da aposentadoria do meu pai ele gasta com despesas de correio, e mamãe passa dias direto no telefone, tem que ser alimentada por via intravenosa, porque a boca não para de falar no filho querido dela. Na verdade, é exatamente como sempre foi: eles estão deslumbrados com minha genialidade e meu sucesso, meu nome no jornal, o trabalho com o novo e magnífico prefeito, trabalhando pela Verdade e pela Justiça, inimigo dos donos de cortiços, racistas e ratos ("estimular a igualdade de tratamento, impedir a discriminação, promover a compreensão e o respeito mútuos...", é esse o propósito humanitário da minha comissão, conforme consta no decreto da Câmara Municipal)... mas apesar de tudo, se o senhor entende o que eu quero dizer, ainda não sou inteiramente perfeito.

Já viu ingratidão maior que essa? Com todos os sacrifícios que fizeram por mim, de tanta propaganda que fazem de mim, melhor do que qualquer firma de relações públicas (é o que eles mesmos dizem) que um filho poderia arranjar, mesmo assim eu não quero ser perfeito. O senhor já ouviu falar numa coisa igual a essa em toda a sua vida? Eu simplesmente me recuso a ser perfeito. Que menino mais difícil.

Eles vêm me visitar: "Onde você arranjou esse tapete?", pergunta meu pai, fazendo uma careta. "Foi no brechó ou foi alguém que te deu de presente?"

"Eu gosto desse tapete."

"Ora, não me venha com histórias", diz meu pai. "Um tapete gasto como esse."

Bem-humorado. "Está gasto, sim, mas ainda dá pro gasto. Está bem? Chega?"

"Alex, por favor", diz minha mãe, "esse tapete está muito gasto."

"Você vai escorregar nesse troço", diz meu pai, "e escangalhar o joelho, e aí você vai ver o que é bom."

"E com o joelho que você tem", diz minha mãe, cheia de insinuações, "não vai ser fácil, não."

Do jeito que a coisa está indo, a qualquer momento eles dois vão enrolar o tapete e jogá-lo pela janela. *E depois me levar para casa!*

"O tapete está ótimo. Meu *joelho* está ótimo."

"Não estava tão ótimo assim", diz minha mãe mais que depressa, "quando você teve que engessar a perna toda, meu amor, até a virilha. Me lembro dele arrastando aquela coisa de um lado para outro. Como ele sofreu!"

"Eu tinha catorze anos, mãe."

"É, e quando tirou aquele troço", diz meu pai, "você não conseguia dobrar a perna. Pensei que você ia ficar aleijado pro resto da vida. Eu dizia: 'Dobra essa perna! Dobra!'. Eu praticamente implorava, de manhã, de tarde e de noite. 'Você quer ficar aleijado pro resto da vida? Dobra essa perna!'"

"Você quase nos deixou *malucos* por causa desse joelho."

"Mas isso foi em 1947. Estamos em 1966. Eu já tirei esse gesso há quase vinte anos!"

Qual a réplica relevante de minha mãe? "Você vai ver, um dia você ainda vai ser pai, aí vai ver como é. E quem sabe aí você vai parar de debochar da sua família."

A legenda inscrita na moeda judaica — no corpo de cada criança judia! — não é em Deus confiamos, e sim um dia você vai ser pai e ver como é.

"Será", pergunta meu pai satírico, "que ainda vamos viver para ver isso, Alex? Será que vai ser antes de eu ir pra cova? Não — ele prefere se arriscar com um tapete gasto!" Satírico e lógico! "... E quebrar a cabeça! E deixe eu lhe perguntar mais uma coisa, meu filho independente — quem é que ia saber que você estava caído no chão, morrendo de hemorragia? Quando eu ligo pra cá e você não atende, eu imagino você caído no chão, sei lá por que motivo — e quem é que vai tomar conta de você? Quem é que vai trazer um prato de sopa pra você, se — Deus me livre! — acontecer alguma coisa terrível?"

"Eu sei me virar sozinho! Não sou como certas pessoas" — puxa, ainda pega pesado com o pai, hein? — "certas pessoas que eu conheço, que vivem aguardando uma catástrofe final!"

"Você vai ver", diz ele, acenando com a cabeça, trágico, "você vai ficar doente" — e de repente um grito de raiva, um gemido, que brota do nada, e exprime um ódio absoluto *de mim!* — "*você vai ficar velho, e quero ver como é que vai ser sua independência!*"

"Alex, Alex", começa minha mãe, enquanto meu pai vai até a janela para se recuperar e, no caminho, fazer um comentário de desprezo sobre "esse bairro em que ele se meteu". Eu trabalho para a prefeitura de Nova York, e ele continua querendo que eu vá morar na bela Newark!

"Mamãe, estou com trinta e três anos! Sou o comissário adjunto da Comissão de Recursos Humanos da Prefeitura de Nova York! Fui o primeiro da minha turma na faculdade de direito! A senhora se lembra?

Fui o primeiro aluno de *todas* as turmas por que eu já passei! Aos vinte e cinco anos eu já era consultor especial de uma subcomissão... do Congresso Federal, mamãe! Dos Estados Unidos! Se eu quisesse ir pra Wall Street, mãe, eu podia estar em Wall Street! Sou um profissional muito respeitado, é uma coisa óbvia! Neste exato momento, mãe, estou realizando uma investigação das práticas discriminatórias ilegais no mercado imobiliário de Nova York — *discriminação racial*! Estou tentando obrigar o Sindicato dos Metalúrgicos a me revelar os segredos da instituição, mamãe! Isso é só o que eu fiz *hoje*! Olha, ajudei a resolver aquele escândalo daquele programa de televisão de perguntas e respostas, a senhora lembra...?" Ah, para que continuar? Para que insistir, com aquela voz aguda e estrangulada de adolescente? Jesus Cristo, um homem judeu com os pais vivos continua sendo um menino de quinze anos, e vai continuar sendo *até eles morrerem*!

■

Uma das coisas mais maravilhosas de ver e lembrar é uma cena de morte num teatro ídiche. Ali está Maurice Schwartz, ou algum outro grande ator; acaba de descobrir sua mulher na cama com outro homem; tem um ataque cardíaco e se vai. Mas não morre assim sem mais. Primeiro ele grita: — Estou tendo um enfarte, estou morrendo! — Aí ele cai, e só nisso leva um minuto até despencar no sofá; aí ele urra e geme, depois ele levanta e vai cambaleando pelo quarto, esbarrando nos móveis e berrando: — Estou morrendo, ai, meu Deus, estou morrendo. — Então cai fora de cena e geme e berra, volta à cena aos tropeções e agarra-se à cortina e desaba. A essa altura, toda a família já está reunida em volta, gritando e chorando: — Meu Deus, ele está morrendo! — E quando finalmente ele está no chão, respirando com dificuldade, faz um discurso intercalado de soluços. E nesse discurso está o conhecimento filosófico do Talmud aprendido durante toda uma vida; é um legado de conselhos aos seus filhos e sua despedida; e só nesse discurso leva seis minutos. Faz um esforço enorme para pôr-se de pé novamente, quase consegue, mas, quando a gente acha que ele vai ficar bom de novo, ele deixa escapar aquele rugido horrível, um gemido dilacerante, cambaleia pelo palco inteiro outra vez, derrubando o que resta da mobília e da família, e finalmente morre. Essa cena de morte sempre leva uns quinze minutos.

MORTE NA SEGUNDA AVENIDA
O humorista norte-americano **Allan Sherman**, nascido em 1924 e morto em 1973, dedicou-se principalmente a textos de humor para teatro, como este, que extraímos de *The Big Book of Jewish Humor*.

Se a peça for musical, acontece exatamente a mesma coisa só que acompanhada de música e dança, e uma melodia muito melancólica serve de fundo. E o público, judeus que têm seus próprios problemas, sente a dor desse homem e geme e chora, e quando ele finalmente morre eles suspiram aliviados e são tomados por uma sensação maravilhosa de satisfação total.

■

A DÍVIDA
Lenny Bruce (1925-1966) talvez se trate do comediante judeu mais discutido de todos os tempos. Sua falta de preconceitos o levou a buscar a espontaneidade como gênero, uma espontaneidade que não conhecia fronteiras, que só podia ser compartilhada com o público. Na tradição dos *one man show*, chegou ao diálogo perfeito com a plateia, foi cúmplice, agressor, profeta de liberdades impossíveis, príncipe valente enviado para romper o duro casco da censura moral e política que era sequela do macarthismo da década de 1950.

Temas: os negros, as putas, a polícia e a moral, a Igreja, o sexo, os judeus, as religiões, Kennedy, os homossexuais, os problemas locais, os impostos, as eleições, o prefeito de Chicago, ou Nova York, o cardeal Spellman, o antissemitismo, o futuro, as drogas, os anticoncepcionais, o amor, a vida.

Segundo o dicionário, um judeu é alguém que descende das antigas tribos da Judeia, ou alguém que se tem como descendente dessas tribos. Assim diz o dicionário, mas você e eu sabemos o que é um judeu... é um "que matou Nosso Senhor". Não sei se isso representou para nós uma grande promoção aqui em Illinois, mesmo porque já faz uns dois mil anos que isso aconteceu. Dois mil anos de moleques polaquinhos loirinhos nos arrebentando a cara a socos na saída da escola. Por mais que acredite que deveria ser criada uma lei de prescrição para esse crime, parece que os que não possuem a virtude das ações cristãs, nem o suficiente senso de humor, vão continuar a nos atormentar, a ser nossos credores pelo menos por outros dois mil. Pergunto, por que temos que continuar pagando os juros dessa dívida? Por que vocês nos enchem o saco sem parar por esse crime antigo?

— Sabe por quê, judeu de merda? Porque vocês insistem em evitar o assunto. Porque querem jogar a culpa nos soldados romanos.

— Está bem. Então eu quero esclarecer de uma vez por todas. E confessar: Sim, nós o fizemos. Fui eu. Eu e minha família. Foi um desses casos que escapam de nosso controle. Sabe? Provavelmente matamos Cristo porque ele não quis se formar em medicina. É. Foi por isso que o matamos.

■

"Sugeri de brincadeira que sacrificasses Isaac e, imediatamente, achaste que era boa ideia."
E Abraão caiu de joelhos: "Estais vendo? Nunca sei quando estais brincando!".
E o Senhor fulminou-o: "Que falta de senso de humor. És uma besta!".
"Mas isso não prova o meu amor por Vós?", insistiu Abraão.
"Não. Prova apenas que alguns idiotas seguirão qualquer ideia imbecil, desde que venha de uma voz ressonante e bem modulada."

■

[...]
Weinstein finalmente acabou de barbear-se e entrou no chuveiro. Ensaboou-se e, enquanto a água fervendo corria pelas suas costas, pensou: "Aqui estou eu, tomando banho, em algum ponto do tempo e do espaço. Eu, Isaac Weinstein, uma das criaturas de Deus". E então, pisando no sabonete, deslizou pelo banheiro e foi de cabeça contra a parede. Que semana aquela! Na véspera, seu barbeiro cortara-lhe pessimamente o cabelo e ainda não tinha conseguido vencer a depressão que aquilo lhe causara. A princípio, o barbeiro estava indo bem, tosando-o judiciosamente, mas depois começou a cortar onde lhe desse na telha. Quando notou que ele tinha ido longe demais, Weinstein gritou:
— Ponha meu cabelo de volta!
— Não posso — respondeu o barbeiro. — Não vai ficar seguro!
— Então me dê essas mechas, de qualquer jeito. Vou levá-las para casa.
— Depois que caem no chão de minha barbearia, passam a me pertencer, sr. Weinstein.
— Isso é o que você pensa. Quero meu cabelo!
Weinstein falou e espumou, mas, finalmente, sentiu-se culpado e desistiu. Esses góis, pensou. De um jeito ou de outro, acabam levando a melhor.
[...]

O SACRIFÍCIO DE ISAAC
Woody Allen nasceu no Brooklyn em 1935. Começou a escrever humor desde o fim da faculdade, e em 1964 passou a montar seus próprios shows. Seguiu-se uma carreira brilhante em que filmes e livros se alternam. Entre os primeiros, cita-se *Manhattan* e *A rosa púrpura do Cairo*.

Entre seus livros traduzidos para o português está *Sem plumas*, editado pela L&PM, tradução de Ruy Castro, em 1980.

Miniantologia

WOODY ALLEN

- Não só não existe Deus como tente achar um encanador num fim de semana.
- Defino "homem moderno" como aquele que nasceu depois da proclamação de Nietzsche — Deus está morto —, mas antes que aparecesse.
- Acredito no sexo e na morte — duas experiências que só acontecem uma vez na vida.
- Não é que eu tenha medo de morrer. Só não quero estar lá quando acontecer.
- Não quero atingir a imortalidade através de meu trabalho. Quero atingi-la não morrendo.
- A diferença entre sexo e morte é que morrer é uma coisa que você pode fazer sozinho, sem ninguém debochando.
- Morrer é uma das poucas coisas que se pode fazer simplesmente deitando.
- Minha mulher era muito imatura. Sempre que eu estava na banheira, ela vinha e afundava meus barquinhos.
- Uma relação é como um tubarão, que tem sempre de se mover ou morre.
- A vida se divide entre o horrível e o miserável.
- Mais que em nenhuma outra ocasião na história, a humanidade está numa encruzilhada. De um lado, o desespero completo e a falta de perspectiva. De outro, a ameaça de completa extinção. Tenhamos a sabedoria de escolher corretamente.
- Sim, como diz a profecia de Isaías, o leão e o cordeiro deitarão juntos, mas duvido que o cordeiro consiga dormir.
- Ser bissexual dobra suas chances para um encontro no sábado à noite.
- O amor é a resposta, mas, enquanto você espera por ela, o sexo levanta algumas boas perguntas.

— Não posso, amor, me converti judia.

GROUCHO MARX

- Ninguém fica completamente infeliz com o fracasso de seu melhor amigo.
- Quando me disseram que as entradas para *Hair* estavam sendo vendidas a dez dólares, fui ao banheiro, tirei a roupa, olhei-me ao espelho por dez minutos e disse: "Não vale isso".
- Não posso fazer parte de um clube que me aceita como membro.
- Só há uma maneira de saber se um homem é honesto: pergunte-lhe. Se responder que sim, você saberá que é um vigarista.

ZERO MOSTEL

- O grau de liberdade em qualquer sociedade é diretamente proporcional ao riso que nela existe.
- (*Respondendo ao Comitê de Atividades Antiamericanas do Senado Norte-Americano, 1955*):
Pergunta: — O senhor tem Zero por apelido?
Resposta: — Sim, senhor. Está de acordo com a minha posição financeira na comunidade.

MEL BROOKS

- Que história é essa de ter de morrer? Quando você é criança, te dão um belo terno, com bonitos sapatos e gravata; depois você encontra uma boa moça, casa, trabalha uns anos e aí tem de morrer? Que merda é essa? Não estava no contrato, pô!

- Mau gosto é simplesmente dizer a verdade antes do momento em que deva ser dita.

Goldwyn, famoso produtor cinematográfico e um dos donos da Metro-Goldwyn-Mayer, não era exatamente um intelectual. Esse fato, associado ao peculiar uso que fazia do idioma inglês, traduziu-se em numerosas frases cômicas, próprias ou a ele atribuídas.

SAMUEL GOLDWYN

- Em duas palavras: im-possível.

- Vamos ver se conseguimos alguns clichês realmente novos.

- Eu te daria um definitivo talvez.

- Quero uma história que comece com um terremoto e termine com um clímax.

- Qualquer pessoa que vai a um psiquiatra deveria mandar examinar sua cabeça.

- (*No enterro de Louis B. Mayer, em 1957*): A única razão pela qual tantas pessoas apareceram é que queriam se certificar de que ele tinha mesmo morrido.

OUTROS

- Penso, logo Descartes existe. SAUL STEINBERG

- A competição obtém o melhor dos produtos e o pior das pessoas. DAVID SARNOFF

- A inflação é uma forma de taxação que pode ser imposta sem legislação. MILTON FRIEDMAN

- Se Deus, como dizem, morreu, foi sem dúvida tentando encontrar uma solução justa para o conflito árabe-israelense. I. F. STONE

- Quando você vive bastante, é acusado de coisas que nunca fez e elogiado por virtudes que nunca teve. I. F. STONE

- Até os dezoito anos, a menina necessita de bons pais; dos dezoito aos trinta e cinco, de boa aparência; dos trinta e cinco aos cinquenta e cinco, de boa personalidade; dos cinquenta e cinco em diante, de um bom dinheiro. SOPHIE TUCKER

- Fui pobre e fui rica. Ser rica é melhor. SOPHIE TUCKER

- Sucesso e fracasso são ambos difíceis de suportar. Com o sucesso vêm as brigas, o divórcio, a fornicação, as viagens, a meditação, a depressão, a neurose, o suicídio. Com o fracasso, vem o fracasso.
JOSEPH HELLER

- A sátira é a indignação moral transformada em arte cômica.
PHILIP ROTH

- "Ele era nada: quando não ambivalente."
LESLIE FIEDLER, CRÍTICO LITERÁRIO, PROPONDO SEU PRÓPRIO EPITÁFIO

- Este negócio de ser um ator… Você sabe o que está fazendo: está atuando. Olhe para os médicos e os advogados: eles pensam que são pessoas reais. WALTER MATTHAU

- A comédia, como a sodomia, é um ato não natural.
MARTY FELDMAN

- A música popular é popular porque um monte de pessoas gosta dela. IRVING BERLIN

- O problema da televisão é que não tem página 2. ART BUCHWALD

- Se você não pode rir de um louco por sua loucura ou de um judeu por seu judaísmo, você nega a essas pessoas a sua humanidade.
KAREL REISZ

- Uma grande dose de inteligência pode ser investida na ignorância quando a necessidade de ilusão é grande.
SAUL BELLOW

- A política não é uma arte de princípios, mas de oportunidades. Os princípios são flexíveis o suficiente para se curvarem aos ventos políticos. O fundamental em política é ganhar o máximo possível numa situação favorável e pagar o mínimo possível quando a necessidade leva a uma linha impopular. **NORMAN MAILER**

- O casamento é o triunfo do hábito sobre o desagrado. **OSCAR LEVANT**
- Vote em quem promete menos: o desapontamento será menor. **BERNARD BARUCH**
- Quando todos pensam igual, ninguém está pensando. **WALTER LIPPMANN**
- Propaganda é aquela forma de mentira que às vezes engana os amigos sem enganar os inimigos. **WALTER LIPPMANN**

■

SAÚDE E DOENÇA

A preocupação judaica com os assuntos de saúde vem desde a Antiguidade. Uma boa parte dos textos bíblicos ocupa-se desse assunto. Por outro lado, a medicina sempre gozou de grande estima por parte da comunidade judaica, principalmente no que se refere a especialidades (psicanalista: médico judeu que tem medo de sangue). Histórias de saúde, doença, médicos, fazem parte do folclore judaico há muito tempo, mas nos Estados Unidos ganharam destaque e uma conotação especial.

—Você conhece Shloime Grossbart?
— O Shloime Grossbart que tem hérnia dupla?
— Esse mesmo!
— Aquele que tem problemas de fígado e uma perna defeituosa?
— O próprio.
— Claro que conheço. Ele tem a pele amarelada e está com a cabeça sempre balançando. Bem, o que foi que houve com ele?
— Morreu.
— *Oi*, um homem tão cheio de saúde!

■

Max Gelberg tinha setenta e dois anos quando ficou viúvo.

Após seis meses de luto, Max, que gozava de boa saúde, decidiu que a vida devia continuar e começou um programa de educação física. Em poucos meses transformou-se num maníaco da saúde. Max se sentia maravilhosamente bem e seu aspecto era excelente. Os amigos chegavam a pará-lo na rua, perguntando-lhe:

— Max, é você? Não te reconheci! Parece um homem de sessenta anos!

Sentindo-se estimulado, Max continuou com os exercícios, tornou-se vegetariano, comprou uma peruca, e os amigos ao encontrá-lo lhe diziam:

— Max, é você? Não te reconheci! Parece que tem cinquenta!

Max estava feliz. Juntou sua poupança e aposentadoria e se mudou para a Flórida, onde podia tomar sol o ano inteiro. No inverno seguinte encontrou um grupo de amigos na Collins Avenue.

— Max! — disse um deles. — É você? Não te reconheci! Parece um homem de trinta e cinco!

Era o que Max necessitava ouvir. Tinha chegado o momento de casar-se novamente. Conheceu uma universitária e com ela se casou. Na cerimônia o rabino olhou para Max com assombro e alegria.

— Max, é você? Não te reconheci. Parece que tem vinte e cinco! Fico feliz com seu novo casamento. Sua falecida esposa certamente o aprovaria e ficaria feliz que comece de novo a vida.

Quando a cerimônia terminou e os noivos estavam por partir em lua de mel para a Disneylândia, entraram no estacionamento e *bam*! Max foi atropelado por um Cadillac preto e morreu.

Ao chegar às portas do céu, Max estava aturdido e furioso.

Passou pelos anjos da recepção e pediu para falar diretamente com o Gerente. Não havia maneira de detê-lo. Não parou de vociferar até entrar na sala do Todo-Poderoso em pessoa.

— Não posso acreditar! — exclamou Max. — Tinha arrumado minha vida, estava começando a viver novamente e *puf*! É isso aí! Diga-me, que tens contra Max Gelberg?

— Max? — replicou o Todo-Poderoso. — Max Gelberg? É você? Você está formidável, nem te reconheci!

■

Tzvi Landau era um hipocondríaco crônico. Nada podia convencê-lo de que não estava à beira da morte. Desesperado, seu médico de cabeceira sugeriu que ele fosse se consultar com um médico da cidade grande para tranquilizar-se.

Dias mais tarde, numa exaustiva consulta, o especialista lhe diz:
— Sr. Tzvi, sua doença está somente na sua imaginação. Não há nada de errado com o senhor. Com o seu físico o senhor vai viver para enterrar sua mãe, seu pai, sua esposa e até seus filhos.
— *Oi, Doctor*, o senhor está me dizendo isso só para eu me sentir bem!

■

O SENHOR É JUDEU?
Duas tendências contrárias atuam sobre a identidade judaica nos Estados Unidos. De um lado, os judeus são tentados a se assimilar, saindo do estreito círculo da comunidade. De outro, querem preservar seus laços étnicos (especialmente valorizados entre os americanos). Um conflito que às vezes resulta em situações cômicas.

Finkelstein vai ao juiz.
— Gostaria de trocar de nome — diz.
— Muito bem, que nome o senhor gostaria de ter?
— Stewart.
O juiz toma nota.
— Está bem, está trocado.
Cinco minutos depois volta o ex-Finkelstein.
— Gostaria de trocar de nome.
— De novo? — reclama o juiz. — Mas o senhor acabou de mudar de nome.
— Eu sei. Mas é que eles podem me perguntar como é que eu me chamava antes.

■

Fridman e Greenberg abrem uma loja numa pequena cidade do Sul dos Estados Unidos: *Fridman & Greenberg, utilidades domésticas.* Mas não vendem nada. Depois de pensar no assunto, chegam à conclusão de que é o nome que atrapalha: demasiado judaico. Mudam então para *Smith & Smith*, com o que a clientela melhora. Mas cada vez que alguém pergunta por Smith, dizem:
— Qual deles? Smith Fridman ou Smith Greenberg?

■

Uma mulher dirige-se a um senhor de aparência distinta, num trem:
— Desculpe-me, mas o senhor é judeu?
— Não — responde o homem.
A mulher volta ao seu lugar e, após alguns minutos, torna a se dirigir ao homem:
— Desculpe-me de novo. Mas o senhor não é judeu mesmo?
— Não, minha senhora. Eu não sou judeu.
Mais uma vez, a mulher volta ao seu lugar. Mas, ainda outra vez, inconformada, ela retorna ao cavalheiro:
— O senhor vai me desculpar, mas... o senhor tem absoluta certeza de que não é mesmo judeu?
O cavalheiro entrega os pontos:
— Está bem, está bem. A senhora venceu. Eu sou judeu.
— Engraçado — observa a mulher —, o senhor não parece judeu.

■

Ben Landberg, membro leal do Partido Comunista da América, estava numa enrascada.
— *Oi*, tenho grandes preocupações! — queixou-se a seu cunhado.
— Que tipo de preocupações? — perguntou o cunhado.
— A qualquer momento minha mulher vai dar à luz. O médico diz que será um menino. Afinal, ela é sua irmã, você deve entender minha preocupação.
— E desde quando o nascimento de um menino é motivo de preocupação?
— Veja as coisas do meu lado. Como comunista, não posso seguir o mandamento religioso da circuncisão. Por outro lado, não quero que meu filho pareça um *gói*. Acredite, estou muito preocupado!
Um pouco depois, o cunhado acompanhou Ben ao hospital. Ele foi direto à ala da maternidade, enquanto o cunhado esperava no corredor. Em menos de meia hora, Ben volta com um sorriso radiante.
— *Nu?* — perguntou o cunhado.
— É uma menina, graças a Deus!
— Como é que você diz graças a Deus? Vocês, comunas, são ateus!

— Claro, mas nesse caso você tem de admitir que, se existe Deus, ele não somente não acredita em circuncisão como também está do lado do Partido Comunista!

■

Levinger, um comerciante de Utica, vai à estação de trem pegar o expresso das 11h30 para a Filadélfia. Um homem precavido, ele chega uma hora antes e começa a passear pela estação em busca de alguma distração. Acontece que Utica, uma cidade pequena, tem uma estação de trem bastante modesta, e, depois de visitar a pequena banca de jornais, Levinger tem como único divertimento colocar uma moeda numa balança que promete: "Seu peso e sua sorte — Apenas um centavo".

— O que é que eu tenho a perder? — pergunta-se Levinger ao pegar a moeda. Sobe na balança, coloca a moeda na abertura e retira um cartão: "Seu nome é Seymour Levinger" — diz o cartão — "você é judeu e pesa oitenta e cinco quilos".

Levinger fica espantadíssimo. Vai comprar um jornal, mas a atração da balança é mais forte. Sobe nela de novo e insere outra moeda. De novo, sai o mesmo cartão: "Seu nome é Seymour Levinger, você é judeu e pesa oitenta e cinco quilos".

Levinger está atordoado. Chama um guarda e pede que suba na balança, por conta de Levinger. O cartão diz: "Seu nome é Leroy Kackson, você é negro e pesa oitenta quilos".

— Está correto — diz o guarda, enquanto Levinger balança a cabeça, incrédulo.

Há apenas mais um passageiro na estação e Levinger corre até ele e pede-lhe que venha pesar-se na balança. O homem concorda. "Seu nome é Tony Callaghan", diz o cartão, "você é irlandês e pesa cem quilos." Confere, diz Callaghan. Agora Levinger está começando a ficar irritado. Está determinado a enganar a máquina. Ao lado da estação há um correio e Levinger conhece um dos funcionários; um anão armênio, perneta. Finalmente ele vai derrotar a máquina! Levinger procura o anão e convence-o a vir pesar-se na estação. O anão concorda e enquanto pula na balança Levinger enfia mais uma moeda. O cartão diz: "Seu nome é Stefan Mangossian, você é armênio e anão e pesa cinquenta e cinco quilos".

Levinger está enfurecido. Arrasta sua mala e pula para dentro de um táxi. A dez minutos dali há um restaurante chinês, onde trabalha uma garçonete cujo pai é do Egito e cuja mãe nasceu no Havaí. Levinger implora à mulher que venha com ele à estação e ela concorda. Ao chegarem, Levinger enfia outra moeda na máquina. O cartão diz: "Seu nome é Liana Mahofooz, meio egípcia, meio havaiana, e você pesa sessenta e oito quilos".

Levinger despacha a mulher de volta com o táxi. Ao lado da estação há uma loja de artigos teatrais e Levinger entra ali para sair dez minutos depois disfarçado de algo que tem o rosto preto, bigode falso, peruca loira, óculos escuros e bengala. Em seu casaco, alguns tijolos escondidos para aumentar o peso. Arrastando o peso do disfarce Levinger sobe na balança e gasta mais uma moeda. E lá vem o cartão: "Seu nome é Seymour Levinger, você é judeu e acaba de perder o seu trem para a Filadélfia".

Certa vez o famoso campeão mundial de peso leve Benny Leonard viajava para uma luta com destino a Chicago em companhia de seu técnico. Em uma das paradas a porta do ônibus em que viajavam se abriu e entrou um rapaz grandalhão, musculoso, que, olhando fixamente à direita e à esquerda, perguntou com voz preocupada:

— Viaja algum judeu neste ônibus?

Vermelho de raiva, Benny Leonard ergueu-se da sua poltrona, mas o técnico o deteve.

— Não podes brigar, Benny; pensa em teu título. Este rapaz deve estar bêbado.

Benny fez um esforço e voltou a sentar-se enquanto o jovem saía do ônibus.

Minutos mais tarde, esse mesmo jovem musculoso voltou e repetiu sua pergunta, olhando outra vez à direita e à esquerda:

— Não terá aqui algum judeu...?

Desta vez Benny Leonard, lívido, não pôde mais conter-se, saltou da sua poltrona e encarou o rapaz.

— Sim, eu sou judeu. E daí?

O rosto do jovem iluminou-se com um sorriso.

— Graças a Deus! Agora temos o décimo homem para o *minian*.

Viajando de avião, um judeu senta ao lado de uma bonita jovem. Puxa conversa e descobre que a moça é sexóloga.

— E o que é isso? — pergunta o *id*.

— Estudo as características sexuais das pessoas — responde a moça. — Por exemplo, descobri que os maiores pênis são os dos índios, mas quem tem a ereção mais prolongada são os judeus.

— Interessante — diz o judeu. — A propósito, permita que eu me apresente: sou o cacique Rosenbaum, a seu dispor.

OS RABINOS E O HUMOR
A busca de status e conforto material não deixou de ter reflexos na prática religiosa tradicional, que muitas vezes se transforma em oportunidade para *show off*, para exibicionismo. E os rabinos também não escapam das anedotas.

Um jovem de família muito religiosa, que havia se mudado para os Estados Unidos, retorna à Polônia anos mais tarde para visitar a família.
— Onde está sua barba? — pergunta a mãe.
— Mamãe, na América ninguém usa barba.
— Mas o Shabat você continua guardando, não é?
— Mamãe, negócios são negócios. Na América, todo mundo trabalha no Shabat.
— Mas você ainda come *kasher*!
— Mamãe, é difícil preservar *kasher* na América.
A velha senhora hesita um momento e, depois, num longo suspiro, pergunta:
— Shloime, diga-me uma coisa: você ainda é circuncidado?

■

Um rabino está andando pela rua no Shabat, quando uma nota de dez dólares cai de seu bolso. Horrorizado, um de seus discípulos indaga:
— Rabino, como pode o senhor violar o mandamento que proíbe portar dinheiro no Shabat?
— E você chama isso de dinheiro? — replica o rabino.

■

Um milionário acaba de comprar uma Mercedes zero-quilômetro e quer que um rabino abençoe o carro. Chama um rabino ortodoxo:
— Rabino, o senhor poderia fazer uma *brachá* para a minha Mercedes?
— Como posso fazer isso? Eu nem sei o que é uma Mercedes!
O milionário procura um rabino conservador:
— Rabino, o senhor poderia providenciar uma *brachá* para a minha Mercedes?
— Desculpe-me. Eu não sei se posso ou não. Tenho de estudar o assunto.

Desesperado, o milionário vai a um rabino reformista:
— Rabino, o senhor pode providenciar uma *brachá* para a minha Mercedes?
— Claro — responde o rabino. — Só há um problema. Mercedes eu sei o que é, mas o que é uma *brachá*?

■

Três mães judias estão conversando num restaurante em Nova York.
— O meu filho — diz a primeira — vai ser médico, e já está trabalhando com o maior cardiologista de Nova York.
— O meu filho — diz a segunda — vai ser empresário e já está trabalhando com o pai.
A terceira fica em silêncio.
— E o seu filho — pergunta-lhe a primeira —, o que vai ser?
— Rabino — é a resposta.
— Rabino! — diz a outra, atônita. — Que espécie de profissão é essa para um rapaz judeu?

■

A comunidade judaica de certa cidade americana desejava contratar um rabino. Apareceu um candidato. Para obter referências, a direção da sinagoga local enviou um telegrama à antiga comunidade do rabino e obteve a seguinte resposta: "Compara-se a Moisés, Shakespeare e Demóstenes". Com o que contrataram o rabino de imediato.
O homem revelou-se, contudo, uma tremenda decepção, sobretudo porque falava muito mal. A direção da sinagoga reclamou da antiga comunidade e recebeu uma carta: "Confirmamos os termos de nosso telegrama. Nosso antigo rabino compara-se a Moisés, porque Moisés não sabia inglês; a Shakespeare, porque Shakespeare não falava ídiche; e a Demóstenes, porque também é gago".

■

Um rico judeu procura um rabino acompanhado de seu cão, um belo dobermann.

— Senhor rabino, o meu cachorro aqui vai fazer treze anos. Gostaria que o senhor o preparasse para o Bar Mitzvá.

— Como? — diz o rabino, indignado. — Bar Mitzvá para um cachorro? O senhor está louco? Isso é sacrilégio!

— Desculpe-me, rabino — diz o homem. — Mas como há treze anos um colega seu fez a circuncisão nele por dez mil dólares, eu pensei que...

— Ah, bem — interrompe o rabino. — Se o garoto já é judeu, então é outra coisa.

— Eu não tenho pecado nenhum, mas mesmo assim eu jejuo no Dia do Perdão, porque fico com um crédito na frente.

NEGÓCIOS, HERANÇAS, STATUS

Os judeus adaptaram-se rapidamente ao clima competitivo norte-americano: subir na vida passou a ser um objetivo importante. Não tão importante, contudo, que não pudesse ser ironizado.

Manny e a mulher estavam olhando o noticiário na TV, que mostrava uma espaçonave sendo preparada para uma viagem à Lua.

— Você sabe — disse Manny — que esta viagem custa três milhões de dólares?

— É — disse a mulher. — E isso inclui as refeições e o traslado?

■

Millie Silverman e sua família mudaram-se para Denver, onde Millie, sem perder tempo, filiou-se à associação beneficente local.

— Lou — disse ela ao marido poucas noites depois —, você pode me dar duzentos dólares para um jantar beneficente?

— Duzentos dólares? — retruca o marido. — Você tem ideia de quanto me custou a mudança? Acabamos de chegar à cidade e eu não sou rico. Se você quer duzentos dólares, vá à luta!

— É isso mesmo que vou fazer — diz Millie e sai.

Volta quatro dias depois.

— Por onde é que você andou? — grita o marido.

— Arranjando o dinheiro.

— Como?

— Com os homens, claro. Você sabe que eu ainda sou atraente.

O marido se escandaliza, diz que aquilo é o fim, que vai se divorciar; por fim, mais calmo, pergunta quanto a mulher arranjou com os "programas".

— Duzentos dólares e vinte e cinco centavos.

— Vinte e cinco centavos? Quem te deu vinte e cinco centavos?

— Todos — foi a resposta.

■

Três fabricantes de roupas estão almoçando juntos. Discutem quem deles é o mais importante. Katz fala das enormes doações que faz às instituições de caridade. Gold trombeteia as quantias que paga ao imposto de renda. Dorfman descreve o império da moda que está construindo. Finalmente, Katz conta uma história: Há alguns meses tive de viajar para Washington. Estou eu andando pela rua quando de repente uma limusine preta breca do meu lado. E quem é que está lá dentro? O presidente em pessoa! "Katz", grita ele pela janela do carro, "o que é que você está fazendo em Washington?" Respondo que vim a negócios. "Onde você está hospedado?", ele pergunta. Digo que estou no Hotel Mayflower. "Não, senhor, você não está", diz o presidente, "entre no carro e venha hospedar-se na Casa Branca."

Ora, diz Gold, eu também tenho uma história parecida. Esses tempos fui a Londres. Caminhava tranquilo pelas ruas quando para perto de mim a carruagem real e a rainha Elizabeth em pessoa desce! "Olá, Gold, o que é que você está fazendo em Londres?" Respondo que estou ali a negócios. "Você certamente está em algum hotel?", pergunta ela. Aí eu digo que sim. "Mas que bobagem", diz a rainha, "você sabe que quando está em Londres você é nosso hóspede no Palácio."

Dorfman não diz nada. Mas três dias depois Katz e Gold recebem duas passagens de primeira classe no voo para Roma. Vão ao aeroporto, onde Dorfman está à espera deles. "Quero mostrar-lhes algo", diz.

Quando o avião aterrissa em Roma os homens tomam um táxi para o Vaticano. Dorfman leva-os ao palácio do papa, diante do qual estão milhares de turistas. "Esperem aqui, rapazes", diz Dorfman e desaparece. Minutos depois, a multidão explode em aclamações. Todos apontam para a janela, onde duas pessoas acenam para a multidão. Um turista americano então pergunta a Katz: "Desculpe, amigo, mas quem é aquele homem de vestes brancas ao lado de Dorfman?".

■

O próspero comerciante queria festejar o Bar Mitzvá de seu filho da forma mais espetacular possível. Contratou os serviços de uma grande agência de publicidade para que sua equipe de criação bolasse algo muito original. Após idas e vindas, veio a brilhante ideia: organizar um Bar Mitzvá-safári na África. E assim foi. Decolou um Jumbo lotado de convidados. Na África, a enorme caravana era encabeçada por um guia muito competente. Havia mais de duzentos negros carregando a bagagem e os mantimentos. Nosso homem de negócios gozava o sucesso dessa festa tão original. De repente, a caravana parou. Surpreso, o comerciante quis saber o que estava acontecendo. O guia respondeu:

— Tem outro Bar Mitzvá-safári antes do nosso; temos de esperar para não congestionar a selva.

■

Stein, um fabricante de roupas, volta de uma viagem pela Itália.
— Como foi sua viagem? — lhe pergunta o sócio.
— Maravilhosa — responde Stein.
— Você conseguiu ver o papa?
— Claro.
— *Nu?*
— Calculo que ele traja 46.

■

Quatro vendedores se encontram num trem e começam a jogar cartas.
— Sugiro que nos apresentemos — diz um deles. — Meu nome é Silva.
— Eu sou Cardoso — diz o segundo.
— Martinez — diz o terceiro.
— Eu também sou Cohen — completa o quarto.

■

Um judeu muito pobre viajou de Kovno a Nova York. Não tinha negócio nem profissão alguma, e, quando descobriu que as ruas da América não estavam inundadas de ouro, como lhe haviam dito em sua velha pátria, tornou-se vendedor ambulante de agulhas, alfinetes e dedais. A vida era dura: muitos insultos e pouco lucro. Ele procurava coisa melhor. Quando soube que na sinagoga da Attorney Street precisavam de um *shames*, correu a pedir emprego.

ELE NOS FAZ PARECERMOS GÓIS!

— Sabe ler e escrever em inglês? — perguntou-lhe o presidente.
— Não — respondeu o judeu.
— Me desculpe, cavalheiro — disse o presidente. — Na América um *shames* deve saber ler e escrever.

O pobre homem suspirou tristemente, e foi embora.

Passado um tempo, começou a prosperar e acabou tornando-se um rico empresário no ramo de imóveis.

Certo dia, precisando de duzentos e cinquenta mil dólares para financiar uma transação imobiliária, foi procurar seu banqueiro.

— Nenhum problema. O empréstimo é seu. Pode levar o dinheiro agora. É só assinar o cheque.

— O problema é que não posso assinar o cheque. Não sei escrever.

— Mas que maravilha — exclamou o banqueiro. — O senhor conseguiu tanto sem saber ler nem escrever, imagino onde teria chegado se soubesse!

— Isso é fácil — respondeu o empresário. — Seria *shames* na sinagoga da Attorney Street.

■

Goldfine, um fabricante de roupas de Nova York, tira férias e vai como de costume a Miami Beach, onde se hospeda num hotel de alto luxo. Acomoda-se numa espreguiçadeira na praia e fica lendo uma revista. De repente, uma estranha aparição surge das águas do mar, usando máscara, óculos de mergulhador e um macacão de borracha preta. Goldfine olha estarrecido; a criatura se aproxima, e finalmente tira os óculos e diz: — Goldfine! O que é que você está fazendo aqui?

Goldfine reconhece Schwartz, de Chicago, que há anos faz parte da sua turma da praia.

— Como, o que eu estou fazendo aqui? Estou me bronzeando, descansando e esperando o resto do pessoal. Eu é que pergunto: o que você está fazendo aqui desse jeito?

— Você não sabe? Este ano ninguém toma sol. Estamos todos praticando mergulho. É isso que estou usando: equipamento de mergulhador. Eu e todos os nossos amigos.

Goldfine resolve aderir à moda e pergunta o que tem de fazer.

— Vá à loja de artigos esportivos do hotel — diz Schwartz. — Eles cuidarão de tudo.

Goldfine vai à loja e compra o mais moderno equipamento e roupa de mergulho, incluindo um quadro-negro e um giz impermeável, única maneira, segundo o lojista, de comunicar-se embaixo d'água.

De volta à praia, Goldfine entra no mar e mergulha até o fundo. Maravilha-se com peixes estranhos e com os corais, e de repente avista o Siegel, de Seattle. Ao contrário de todos os outros, Siegel veste calça esporte, tênis e uma camisa verde com o desenho de um jacaré. Goldfine pega seu quadro-negro especial e escreve: "Olá, Siegel. Aqui é Goldfine. Como vai? Por que você não está usando o seu equipamento especial?". Siegel arranca o giz da mão de Goldfine e escreve: "*Schmok*, não vê que estou tentando me afogar?".

■

—O que fazem os seus filhos? — pergunta um judeu a outro.

— O primeiro, graças a Deus, é médico. O segundo, graças a Deus, é advogado. O terceiro é administrador.

— E você?

— Eu? Tenho uma lojinha. É pequena, modesta, mas dá, graças a Deus, para sustentar os três.

■

Dois judeus, um rico e um pobre, estão rezando numa sinagoga do Brooklyn.

— Perdoa-me, Senhor! — brada o rico. — Que sou eu? Sou um desgraçado, um nada!

— É isso mesmo, Senhor! — diz o pobre. — Perdoa-me! Eu também sou um nada!

O rico olha-o com desprezo:

— Olhem só quem quer ser nada!

■

Como distinguir um judeu de um inglês? Simples: o judeu é o que usa terno de casemira inglesa.

■

O ramo de alfaiataria andava tão mal que Feitelberg disse ao sócio:
— Só o Messias poderia nos ajudar.
— Como nos ajudaria o próprio Messias? — perguntou o sócio, desesperado.
— Ora — redarguiu Feitelberg —, ressuscitaria os mortos e estes, é claro, necessitariam de ternos novos.
— Mas alguns dos mortos são alfaiates — objetou o sócio.
— E daí? — perguntou Feitelberg. — Não teriam a menor possibilidade! Quantos estariam a par da moda deste ano?

■

Fridman, fabricante de roupas, sofria de insônia e mal conseguia ficar de olhos abertos no escritório.

— Aposto — disse seu sócio — que você não tentou o mais comum de todos os remédios.

— Qual é? — perguntou Fridman.

— Contar carneiros.

— Boa ideia — concordou Fridman. — Vou tentar.

Na manhã seguinte, Fridman mostrou-se mais cansado do que nunca.

— Fez o que lhe recomendei? — perguntou o sócio.

— Claro que sim — respondeu Fridman. — Mas algo terrível ocorreu. Contei cinquenta mil carneiros. Então, os tosquiei e num instante produzi cinquenta mil sobretudos. Mas aí passei a noite inteira me perguntando: onde arrumar cinquenta mil forros?

■

E não vamos nos esquecer daquele homem que estava com uma cara tão chateada e macambúzia que um amigo lhe perguntou:

— Morris, que é que há com você? Por que essa cara?

— Eu vou te dizer o que é. Na semana retrasada minha tia Rozele morreu e me deixou cinquenta mil dólares. Na semana passada meu tio Chaim morreu e me deixou setenta e cinco mil dólares. Mas esta semana nada! Não é horrível?

■

Um dia Jake diz à sua mulher:
— Becky, há algo que você deve saber. Como tantos outros homens de negócios, eu tenho uma amante.

— Tudo bem — diz Becky. — Se é isso que as pessoas fazem, que posso dizer? Você sempre foi um bom marido, você merece.

Algumas semanas depois, os dois estão no teatro. De repente Becky pergunta:

— Jake, quem é aquela mulher que sorriu para você?
— Aquela? — diz Jake. — É a minha amante. Aquela de quem te falei outro dia.
— Ah, sim. E quem é a outra?
— Ah, aquela é a amante de Feinberg.
Becky pensou um pouco, e concluiu:
— Sabe, Jake? A *nossa* é mais bonita.

■

Guitelman voltou para casa de uma viagem de negócios e descobriu que sua mulher lhe fora infiel durante sua ausência.
— Quem foi — berra —, aquele bastardo do Freedman, por acaso?
— Não — responde a mulher —, não foi Freedman.
— Foi Lowenthal, aquele asno?
— Não, não foi ele.
— Já sei, deve ter sido o idiota do Fishman.
— Não, não foi Fishman.
— O que há, mulher? — grita Guitelman, furioso. — Nenhum dos meus amigos te serve?

■

Um muçulmano emigrou para a América, trabalhou duro e acumulou uma grande fortuna. Ao morrer, deixou dito em seu testamento que a herança de cem milhões de dólares deveria ser dividida em partes iguais entre seus três melhores amigos: um católico, um protestante e um judeu. Havia apenas uma cláusula: cada herdeiro teria de depositar cem dólares no caixão antes que fosse enterrado.
O católico depositou seus cem dólares no caixão. O protestante fez o mesmo. O judeu retirou os duzentos dólares e colocou um cheque no valor de trezentos.

■

O velho Joseph começou lapidando diamantes, e com muito trabalho e bom senso tornou-se o proprietário de uma grande joalheria. Era realmente muito rico. À hora da morte, chamou sua mulher e disse:

— Goldie, eu sempre quis escrever um testamento, mas por alguma razão não cheguei a fazê-lo. Então, preste bem atenção nas minhas últimas vontades.

— Sim, estou ouvindo — soluçou Goldie. — O que você quiser, eu farei.

— Em primeiro lugar, a loja eu deixo para Harry.

— Oh, não, Joseph, para Harry não! — protestou a esposa. — O Harry só pensa em mulheres. Melhor deixar o negócio para Jerome. Pelo menos ele é confiável e tem boa cabeça para matemática.

— Muito bem. A casa de campo fica para a nossa doce Minnie.

— Minnie! — exclamou a mulher. — Para que é que a Minnie precisa de casa de campo? Ela nem gosta disso. Deixe a casa para Ana, o marido dela é pobre, e eles também têm o direito de descansar.

— Está bem, Ana fica com a casa de campo. Para o nosso caçula, Abbie, eu deixo o carro.

— Mas Abbie já tem carro, para que um outro? Ouça meu conselho e deixe o carro para Louis.

— Escute aqui — brada o marido. — Afinal quem está morrendo, você ou eu?

■

O grande empresário estava prestes a exalar o último suspiro, mas ainda encontrou suficiente lucidez para ditar sua derradeira vontade ao advogado.

— Abe — disse ele ao seu advogado —, quero que você inclua uma cláusula no meu testamento dizendo que todos os empregados que me serviram por vinte ou mais anos devem receber uma herança de vinte e cinco mil dólares cada um.

— Mas você só começou o seu negócio há dez anos — ponderou o advogado.

— Eu sei — respondeu o empresário. — Mas já pensou que bonito isso vai ficar nos jornais?

Hackman e Fleischer, sócios numa indústria de roupas, acabam de passar pela pior das temporadas. Dez mil casacos esporte xadrez ficaram nas prateleiras; nada de vendas, a falência parecia cada vez mais próxima.

De repente, entrou um comprador da Austrália.

— Será que vocês têm aí alguns casacos esporte xadrez? Ando procurando por toda a parte.

O negócio é rapidamente fechado. Dez mil paletós serão remetidos para a Austrália.

— Há um pequeno problema — diz o comprador. — Para um pedido assim grande preciso da confirmação do meu escritório central. Acho que eles concordarão, claro, mas é bom a gente se prevenir. Fazemos assim: se eu não mandar um telegrama até o fim da semana o negócio está em pé.

Passaram-se três dias, os sócios aguardando ansiosamente. Sexta-feira foi um dia de suspense. Hackman e Fleischer não viam a hora de fechar a loja. Às dez para as cinco bateram à porta:

— Telegrama!

Os sócios sentiram um calafrio. Trêmulo, Fleischer agarrou o telegrama e começou a ler. E aí seu rosto se iluminou:

— Graças a Deus, Benny, foi sua irmã que morreu!

■

Pinie Katz, fabricante de móveis, vai passar férias em Nova York. Na volta conta todas as suas aventuras ao sócio.

— Veja só, uma noite saímos com meu primo do Brooklyn e mais duas amigas dele. Quando acabamos de jantar, ele foi embora com sua namorada e me deixou sozinho com a amiga. Como eu não falo inglês e ela não falava ídiche, nos entendemos com desenhos no guardanapo.

"Primeiro, me desenhou um casal dançando. Eu entendi.

"Tomamos um táxi e fomos dançar numa boate. A seguir me desenhou uma garrafa. Aí eu pedi um uísque para o garçom. Depois desenhou um prato. Pedi um excelente jantar. Agora vem o incrível: ela, radiante, desenhou uma cama e me olhou bem firme.

"Até hoje me pergunto como adivinhou que sou fabricante de móveis!"

■

Um comerciante, conhecido por seus atrasos nos pagamentos, foi visto discutindo com um atacadista.
— Pra que discutir — lhe perguntam — se de todo modo não vais lhe pagar o que lhe deves? Para que regatear?
— Me dá prazer — responde o comerciante.
— Além do mais, quero que seus prejuízos sejam menores.

> **REGATEAR**
> Os personagens que aparecem no humor judaico são ou muito pobres ou muito ricos. O humor judaico nos Estados Unidos reflete o surgimento do judeu de classe média, uma classe média orientada para o comércio. Parte de seu sucesso provém da arte judaica do *dinguen zich*. Mais do que poupar dinheiro, o *dinguen zich* representa um processo social no qual comprador e vendedor ficam satisfeitos depois de acordos que ambos consideram o melhor possível.

■

—Meu filho — disse Blumberg ao deixar prematuramente seus negócios —, agora tudo isto é teu. Eu ganhei bem a vida graças a dois princípios: honestidade e sabedoria. A honestidade é muito importante. Se você promete a mercadoria para o dia 1º de abril, aconteça o que acontecer na loja, você deve entregá-la no dia 1º de abril.
— Sim, meu pai. Mas o que você me diz da sabedoria?
— Sabedoria significa não ser estúpido. Quem disse que se deve prometer?

■

Manoff e Siskind vão almoçar no bairro comercial judeu. Não dava para saber qual dos dois estava mais deprimido.
— Siskind, meu amigo, a vida me trata mal. Junho foi um desastre. Em toda minha carreira não tive um junho como esse. Me senti infeliz até julho. Depois, comparado com julho, até que junho me

pareceu um mês razoável. Não efetuei uma única venda durante o mês inteiro. Ver para crer! Na realidade...

— Espera um pouco — disse Siskind. — Você acha que tem problemas? Escuta só. Minha mulher tem câncer. Meu irmão se divorciou, e meu filho, meu único filho, veio ontem me contar que vai se casar com alguém que se chama *Harold*. Entendeu? Quer se casar com *um cara*. É um maricas. *Nu*, eu te pergunto, pode haver algo pior do que tudo isso?

— Sim — lhe responde Manoff —, agosto.

■

Finkel precisava de um terno novo, e foi ver seu velho conterrâneo Kaminsky, dono de uma loja de roupas na Canal Street.

Depois das saudações de praxe, Kaminsky começou a falar de negócios.

— Já que somos amigos há tantos anos, vou te dar uma verdadeira pechincha. Tenho aqui um terno na última moda e da melhor qualidade que há na praça. Na Quinta Avenida, o mesmo terno é vendido por cem dólares. Mas eu não vou pedir cem dólares por ele. Não vou pedir noventa e nove. Nem sequer vou lhe cobrar oitenta dólares! Dê-me setenta e cinco dólares e o terno é seu.

— Meu amigo, eu não quero que você perca dinheiro nessa venda somente porque somos conterrâneos — contra-argumentou Finkel. — Não vou lhe oferecer vinte e cinco dólares pelo terno. Nem vou oferecer trinta e cinco. Nem vou oferecer quarenta. Dou cinquenta. É pegar ou largar!

— Vendido! — exclamou Kaminsky.

Yetta, ao receber a visita de seus tios Saul e Bella, levou-os para jantar no Canter's, na Fairfax Avenue.

— Vou pedir *kreplach* — disse Yetta ao garçom.

— Os *kreplach* são de ontem — explicou o garçom. — Melhor você pedir algo fresco; os pimentões recheados, por exemplo...

— Tudo bem, traga os pimentões recheados — disse Yetta.

O garçom dirige-se à tia Bella:

— *Nu?*

— Por favor, traga-me a carne assada.

— Olha aqui, madame, a carne assada é somente para os góis. Se quiser algo realmente especial, peça o picadinho.

— Muito bem, que seja o picadinho.

Tio Saul, que estudava o cardápio todo compenetrado, ergueu os olhos:

— Garçom, não consigo me decidir. Qual a sua sugestão?

— Sugestão! — grita o garçom, indignado. — Com este movimento o senhor quer que eu perca tempo dando sugestões?

HISTÓRIAS DE RESTAURANTES
Grande parte das anedotas judaicas americanas se passa em restaurantes, um cenário pouco conhecido na Europa e que passou a cumprir uma dupla função: alimentar e dar status.

■

Chutspá tinha aquele judeu nova-iorquino. Entrou num restaurante pedindo do bom e do melhor, e quando o garçom apresentou a conta disse que não tinha dinheiro.

— Ou o senhor paga ou eu chamo a polícia.

— Isso não vai lhe adiantar nada — retrucou o homem. — Mas tenho uma ideia: vou sair e esmolar até conseguir exatamente o que devo aqui pelo meu jantar. Em seguida volto e lhe pago.

— Como é que eu vou saber se o senhor vai voltar? — perguntou o proprietário, desconfiado.

— Venha comigo e fique observando, se o senhor não me acredita.

— Quem, eu? — exclamou o proprietário. — Como é que o senhor ousa sugerir que um respeitável homem de negócios como eu possa ser visto em companhia de um esmoleiro?

— Bem, se o senhor não quer ser visto comigo — disse o *id* —, eu fico aqui esperando e o senhor pede esmola.

■

Durante vinte anos aquele freguês frequentava o restaurante ídiche e pedia sempre o mesmo prato — *borsht*. Durante todos esses anos, jamais reclamou nem da comida nem do serviço. O freguês ideal.

Certa noite, quando o garçom acabou de servir o prato habitual, o freguês chamou-o de volta à mesa.

— Garçom, experimente este *borsht*!
— Por quê? O que há de errado?
— Experimente.
— Escute, se está frio, se não está gostoso, seja lá o que for, eu levo de volta e trago-lhe outra porção.
— Experimente o *borsht*!
— Para que experimentar? O senhor não o quer, tudo bem. Vou trocar seu prato. Por que vou discutir com um bom freguês?

O cliente, com o rosto vermelho de raiva, levantou-se.

— Pela última vez, EXPERIMENTE O BORSHT!

Intimidado, o garçom sentou-se à mesa.

— Está bem, se o senhor insiste...

Olhou em volta e perguntou:

— Onde está a colher?
— Ahá! — fez o cliente.

■

Quando Mendel, o garçom mais popular da Sol Delicatéssen, morreu, alguns de seus fregueses decidiram visitar um médium que tentaria comunicar-se com ele.

— Batam com os dedos na mesa como faziam quando ele os servia — disse o médium —, e ele reaparecerá.

Todos bateram na mesa, e nem sinal de Mendel. Bateram mais

forte, chamaram-no pelo nome. Finalmente, surge Mendel, com um guardanapo dobrado sobre o braço.

— O que foi que houve, Mendel? — disse um dos participantes da sessão. — Por que você não apareceu assim que chamamos?

— Não era a minha mesa — respondeu Mendel.

∎

O freguês: — Garçom, esta galinha tem uma perna mais curta.
O garçom: — E daí? Você veio comer a galinha ou dançar com ela?

∎

— *Hoje não pode! É Yom Kippur.*

Bernstein vai a um restaurante chinês de comida *kasher* e, para sua grande surpresa, o garçom recém-chegado da China se dirige a ele em ídiche.

À saída, ele paga a conta e dá os parabéns ao proprietário:

— Um garçom chinês que fala ídiche! Grande sacada, a sua!

— Fale baixo — diz o proprietário. — Ele pensa que nós lhe ensinamos inglês.

■

A MÃE JUDIA
A personagem mais típica do folclore judaico nos Estados Unidos é, sem dúvida, a mãe judia, que, devidamente transplantada da Europa, teve, na América, suas energias grandemente multiplicadas, tornando-se a superalimentadora e a superprotetora. Do anedotário a mãe judia passou rapidamente à ficção, como nas histórias de Dan Greenburg e Sam Levenson.

Três senhoras judias estão à beira da praia, em Miami, falando sobre seus filhos.

— O meu filho — diz a primeira — todos os anos me traz aqui para Miami, me hospeda no melhor hotel, paga todas as contas e ainda manda me buscar de avião!

— Grande coisa — diz a segunda —, o meu filho me comprou um apartamento de cobertura e me leva todos os anos para passear na Europa.

— Pois o meu filho — diz a terceira — vai quatro vezes por semana ao psicanalista. Paga cem dólares por sessão e sabem de quem ele fala? De mim!

■

Uma amiga visita a sra. Ginsberg e pergunta pela filha.

— Que tal o marido dela?

— Homem maravilhoso! Trata minha filha como uma princesa. Não permite que suas mãos toquem um detergente. Ela dorme até às onze horas e a empregada serve suco de laranja e café na cama. À tarde, faz compras na Quinta Avenida. À noite ela encontra o marido para um drinque no Ritz. Somos gratos ao bom Deus por tanta sorte!

— E como vai o seu filho Raymond? Soube que ele casou também.

— *Oi*, nem pergunte. Eu só queria que ele tivesse um pouquinho da sorte da irmã Hanna! Ele casou-se com uma dessas bonecas da alta sociedade. Não toca em detergente nem para lavar um pires. Fica na cama até às onze horas, faz a empregada servir-lhe o café na cama. E você acha que à tarde se ocupa um pouco da casa? Que nada! Vai à Quinta Avenida comprar roupas caras. E à noite, você acha que ela recebe o meu Raymond com o jantar? Nunca! Arrasta o coitado para um drinque no Ritz! Me diga, que pecado cometi eu para que Deus me castigasse com uma nora dessas!?

■

Carol, trinta e sete, solteira, telefona para sua mãe:
— Alô, mamãe? É a Carol. Sim, estou aqui em Nova York. Escute, mãe, tenho novidades para te contar.
— Carol, é você? Em Nova York? Você está bem? Qual é a novidade?
— Bem, mamãe, enfim aconteceu! Encontrei o homem da minha vida, isto é maravilhoso! Vou me casar!
— Carol! Ótimo, querida, ótimo! Já estávamos preocupados que você nunca se casasse! Que linda notícia! Estou tão feliz por você!
— Mãe, antes de levar meu noivo para conhecê-los quero contar algumas coisas sobre ele. Eu sei que vai ser duro para vocês, mas ele não é da nossa religião.
— Um gói? *Nu*, não é tão terrível. Quando vamos ficando mais velhos o importante é encontrar alguém, qualquer "alguém" para construir uma vida juntos.
— Mãe, eu sabia que você compreenderia. É maravilhoso poder falar abertamente com você. Há mais uma coisinha que quero lhe dizer: ele também não é da nossa cor.
— Um *schvartze*! *Oi*, cor, e daí? Não importa. Se você está feliz nós também estamos.
— Mãe, você é uma pessoa incrível! Eu sei que realmente posso partilhar as coisas com você. Tem mais um problema: Richard está desempregado.
— Desempregado? E daí? Vocês vão sobreviver. Não se preocupe, a esposa deve apoiar o marido. Tudo vai dar certo, tenho certeza.
— Você é fantástica! Mamãe, só mais uma coisa: estamos sem di-

nheiro para alugar um apartamento e quando casarmos não vamos ter onde morar.

— Não vão ter onde morar? Não se preocupe, vocês vão morar conosco. Você e Richard podem dormir na suíte de casal, papai vai se acomodar no sofá.

— E você, mamãe? Onde é que você vai dormir?

— Querida, não se preocupe comigo. Assim que eu desligar o telefone vou me enforcar no chuveiro.

■

A jovem casada disca o telefone:
— Alô, mamãe?
— Sim, filhinha, qual é o problema?
— Oh, mamãe, nem sei por onde começar. As duas crianças estão com catapora, a geladeira acabou de pifar, a pia está com um vazamento, em duas horas o meu grupo de patronnesses de uma festa beneficente estará aqui para almoçar. O que é que eu faço?!
— Esther, querida, não se preocupe. Vou pegar um ônibus para o centro da cidade, e tomo o trem. Da estação, faço aquela caminhada de dois quilômetros até a sua casa. Tomo conta das crianças, e preparo um lindo almoço para as suas amigas. Posso até fazer o jantar do Barry.
— Barry? Quem é Barry?
— Barry, querida, o seu marido!
— Mas mamãe, o nome de meu marido é Steve. Escute, aí é 536-3530?
— Não, aqui é 536-3035.
(pausa) — Então — (pausa ansiosa). — Quer dizer que você não vem?

■

A sra. Levine empurrava o carrinho de bebê pelo Wilshire Boulevard, em Los Angeles. No caminho, encontra uma vizinha:
— Que lindo nenê — diz ela.
— Isso não é nada! — replica a sra. Levine. — Você deveria ver os retratos dele!

■

Uma mãe judia está passeando com seus dois filhos no Brooklyn.
— Que lindos meninos! — admira-se uma vizinha. — Que idade eles têm?
— O médico vai fazer quatro — replica a mãe —, e o advogado tem dois.

■

Sam "Killer" Kaplan, o gângster, é surpreendido pela Máfia num restaurante e metralhado ali mesmo.

Duramente ferido, ele arrasta-se por três quarteirões até a casa de sua mãe. Usando suas últimas forças, ele bate à porta e grita:

— Sou eu, mamãe. Estou morrendo!

— Entra, senta na mesa e come — ela grita lá de dentro. — Depois a gente conversa.

SETE SACRIFÍCIOS BÁSICOS A FAZER POR SEU FILHO
Algumas considerações sobre a mãe judia lançadas no livro *O manual da mãe judia*, de autoria do humorista **Dan Greenburg**, lançado em 1994 pela Editora 34 e traduzido por Simon Laderberg.

1. Passe a noite em claro, preparando um café da manhã especial para ele.
2. Fique sem almoço para poder acrescentar uma maçã ao lanche que ele vai levar na merendeira.
3. Abra mão de uma noite de trabalho voluntário numa instituição de caridade para poder emprestar-lhe o carro.
4. Disponha-se a tolerar a garota com quem ele está saindo.
5. Não deixe que ele saiba que você já desmaiou duas vezes no supermercado, de cansaço. (Mas procure se assegurar de que ele vá saber que você está fazendo tudo para não deixar que ele saiba.)
6. Quando ele chegar em casa do dentista, assuma a dor de dente por ele.
7. Abra mais a janela do quarto dele, para que tome mais ar fresco, e feche a do seu para não gastar o ar de fora.

■

Em termos de publicidade, nada melhor que uma mãe judia. Uma *ídiche mame* e seu filho foram à praia. O rapaz era médico — bom médico, mas mau nadador, de modo que se viu em apuros quando a correnteza começou a arrastá-lo. Ao que a mãe pôs-se a gritar:
— Socorro! Meu filho, que é médico, especialista em gastroenterologia, com vários cursos no exterior e consultório no Edifício Excelsior, está se afogando!

■

Oscar Levant, conhecido pianista e ator de vários filmes de Hollywood, contava que certa vez telefonou à sua mãe para dar uma boa notícia:
— Mamãe, propus casamento à minha namorada, e ela aceitou. Mamãe, vou me casar.
— Ótimo, Oscar — respondeu a mãe. — Mas diga-me uma coisa: você já praticou ao piano hoje como sua mãe recomendou?

■

A sra. Malka ouviu dizer que havia na cidade uma convenção de quiropodistas. Intrigada, perguntou à vizinha:
— Que é isto, quiropodista?

— É uma espécie de médico dos pés — respondeu a vizinha.

— Ótimo — disse Malka, esfregando as mãos. — Vou mandar minha filha lá. Com a quantidade de calos que ela tem nos pés, é certo que ali arranja um marido.

■

HISTÓRIAS DE PSIQUIATRAS E PSICANALISTAS
No folclore judaico norte-americano, o analista é uma figura especial, refletindo a mistura de ceticismo e admiração por uma profissão que sempre foi estranha aos olhos judaicos tradicionais.

—Tive o mais estranho dos sonhos ontem — diz o paciente ao seu analista. — Vi a minha mãe, mas quando ela voltou-se para mim reparei que ela tinha o teu rosto. Isso me perturbou tanto que acordei e não consegui mais dormir. Fiquei ali, deitado, esperando o dia amanhecer. Aí me levantei, tomei uma coca-cola e vim correndo para cá.

— Coca-cola? — diz o analista. — Isso é café da manhã que se tome?

■

Um homem vem ver o psiquiatra:
— Doutor, ando falando sozinho ultimamente.
— Ora, não se preocupe — diz o psiquiatra —, muitas pessoas fazem isso.
— Sim — responde o paciente —, mas o senhor não sabe como eu sou chato!

■

Este é o ABC da psiquiatria:
Neuróticos constroem castelos no ar, os psicóticos vivem neles e os psiquiatras cobram o aluguel.

■

Quantos psiquiatras são necessários para trocar uma lâmpada? Apenas um — mas a lâmpada tem de querer ser trocada.

Quantas mães judias são necessárias para trocar uma lâmpada? Uma, mas ela não trocará. Prefere ficar no escuro, chorando.

■

Dois analistas encontram-se à saída de seus consultórios. O mais jovem está totalmente exausto, cabelos desalinhados, roupa amassada, cara cansada e suada. O mais velho, por sua vez, parece que acabou de tirar uma sesta.

— Meyer — diz o mais jovem. — Eu não te entendo. Você acabou de trabalhar o dia todo e parece pronto para encarar mais oito horas. Não sei como você consegue. Meus pacientes estão me deixando louco. É o dia inteiro me trazendo os problemas. Com os seus pacientes deve ser a mesma coisa. Você não fica cansado e deprimido, tendo que ficar sentado o dia inteiro ouvindo o que eles dizem?

— Mas, quem é que ouve?

■

Conta-se que Sigmund Freud estava uma noite em sua casa quando, de repente, alguém bateu violentamente à porta.

Era uma judia da vizinhança, completamente apavorada:

— Doutor — gritou ela —, venha ligeiro! Meu marido está se queixando de muita dor na perna! Acho que é o reumatismo atacando!

— Perdão — disse Freud —, mas acho que não posso ajudá-la, minha senhora. Não entendo de reumatismo, sou especialista em psicanálise.

— Psicanálise? — disse a mulher. — E que doença é esta, psicanálise?

■

Aconselhada pelo clínico geral, uma mãe judia leva seu filho adolescente para consultar um psicanalista. Depois da sessão, ela pede para o rapaz esperar lá fora e volta-se para o médico, ansiosa:

— Diga a verdade, doutor: o que é que meu filho tem?

— Nada de grave — responde o psicanalista —, ele apenas tem um complexo de Édipo.

— Édipo? — disse ela, aliviada. — Quem se preocupa com Édipo? Desde que ele ame a mãe dele, tudo bem!

■

Um judeu ortodoxo foi internado numa instituição psiquiátrica. Logo no primeiro dia armou uma grande confusão: queria comida *kasher*, preparada de acordo com os preceitos da religião.

O psiquiatra foi consultado e opinou que, de fato, seria bom para o paciente se ele recebesse alimentos de acordo com a tradição religiosa. No sábado, ao passar pelo pátio, surpreendeu-se ao ver o seu paciente fumando um cigarro.

— Mas como, sr. Yakov? Como é que o senhor, um judeu religioso, fuma no sábado?

— Mas, doutor — retrucou o homem —, o senhor por acaso esqueceu que eu sou maluco?

■

O paciente estava no meio de uma longa divagação, quando de repente o psicanalista o interrompeu:

— Efraim, acho que você vai ter de parar de fumar. Imediatamente!

— Por quê? — perguntou o paciente, ansioso. — O senhor acha que o fumo está fazendo tão mal à minha saúde?

— À sua saúde não sei — disse o psicanalista. — Mas você está queimando o divã que foi presente de minha mãe com o seu cigarro, e isso eu não posso permitir.

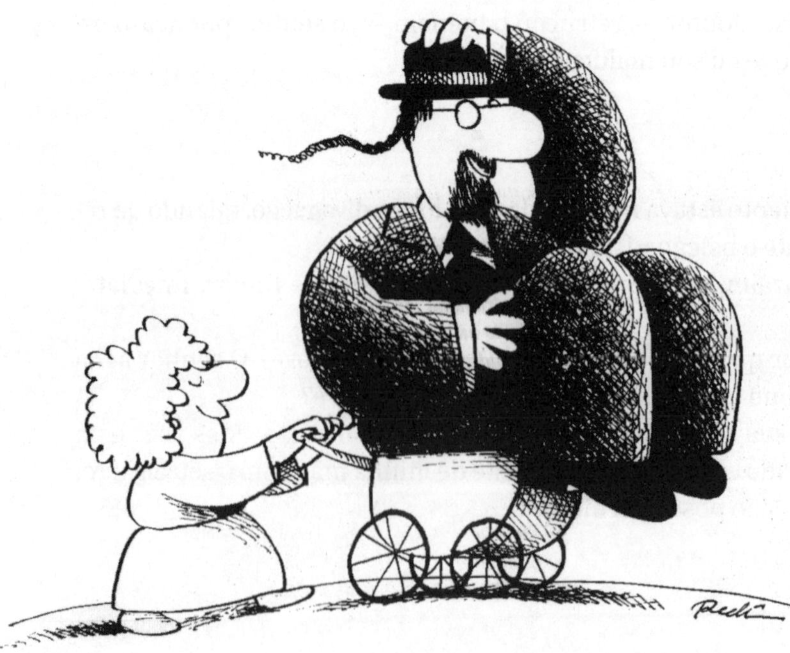

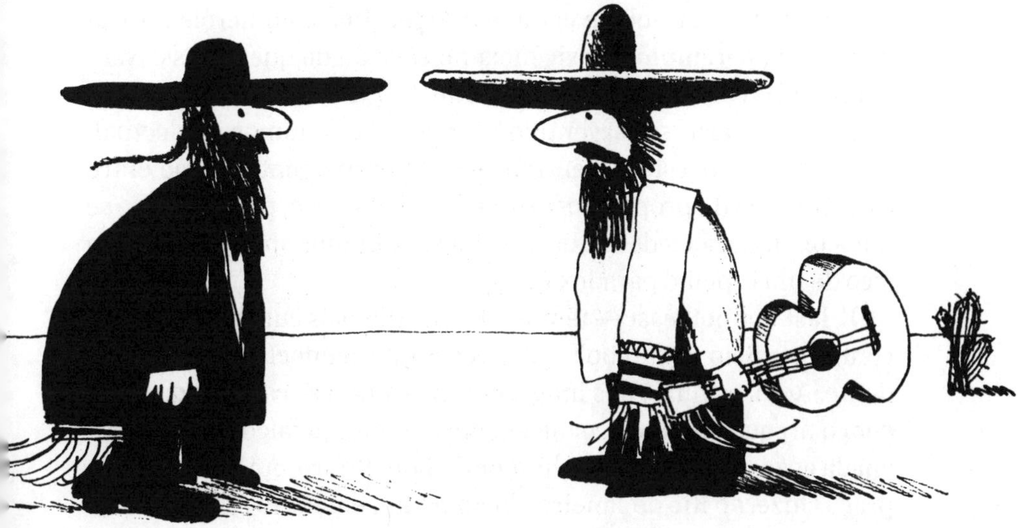

Da Amazônia à Patagônia

América Latina

Talvez não se possa falar ainda de um humor judaico latino-americano, pelo menos não tão nitidamente definido nem tão criativo como o dos judeus norte-americanos, comunidade estabelecida há séculos e integrada a uma sociedade pluralista, disposta a aceitar e a enaltecer as peculiaridades de um humor tão iconoclasta quanto o judeu.

Uma sociedade solene como é a Argentina, com heróis intocáveis e uma peremptória exigência no sentido de que se dissolvam as minorias com traços próprios, a fim de que adotem os de um inexistente e estéril "ser argentino", produziu um humor intelectual. No caso judaico, este se centralizaria na permanente tensão entre a legitimação do próprio rosto e a pressão do meio, para que este se dilua em uma sociedade que o rechaça. O humor aparece então no jogo de um espelho paradoxal.

E, last but not least — temos o Brasil, um país cujo humor só encontra paralelo no futebol: ágil, irreverente, iconoclasta, surpreendente. Aqui, os filhos dos imigrantes misturam as canções do *shtetl* com o breque do samba, o melancólico humor judaico com a escrachada gozação brasileira. O humor do Bom Retiro, em São Paulo, da praça Onze, do Rio de Janeiro, do Bom Fim, em Porto Alegre — este é o humor judeo-brasileiro, que já tem seus intérpretes: Alberto Dines, Moacyr Scliar, Eliezer Levin, Redi, Pitliuk, Azulay.

ÀS 20H25 A SENHORA ENTROU NA IMORTALIDADE

Com um humor bem menos inocente, mais ácido e irreverente, o romancista argentino **Mario Szichman** descreve em três romances a saga dos Pechof, em seu desespero por apagar da memória sua origem judaica, inventando uma genealogia gói. Jaime Pechof quer transformar-se em "Xavier Gutierrez Anselmi". Mas, para sua desgraça, nos momentos mais inoportunos aparece sempre algum parente mal enterrado, a desmentir a nova identidade.

O trabalho de Jaime era estafante. Para aproximar os Gutierrez Anselmi dos Pechof e eliminar sua parentada do mapa, antes do desembarque em Buenos Aires, tinha que imitar as aranhas, refazer incessantemente a história familiar do princípio ao fim e evitar que outras propostas se nitrassem através dos resquícios.

Diferentemente dos góis, que podiam dar-se ao luxo de parcelar suas lembranças e esquecer vários anos, sem abandonar a própria identidade, os Pechof viviam envolvidos com parentes que serviam apenas para armar confusões, que depois perduravam sem motivo algum, e com antecessores que, em vez de destacarem-se na corrente das gerações, eram nivelados por um pogrom na mesma fossa comum.

Para Jaime, era tudo vinho mal fermentado, desde o princípio.

Os arquivos de sua cidade natal haviam sido queimados no ano de 1917, pela gente de Pildsuski. Em lugar de carteiras de identidade, os habitantes de Volinin receberam o passaporte Nansen, um caprichado documento segundo o qual, diante de duas testemunhas, podia-se escamotear os dados que cada pessoa precisava ocultar.

No caso dos Pechof, além de desertores convertidos em "arrimo único de mãe viúva", houve alterações de idade e mudança de sobrenomes.

Na memória de Dora, Jaime figurava como o benjamim. Mas o passaporte Nansen atribuía esse papel a Itzik. Para evitar ciumeiras, resolveram inscrevê-los como gêmeos, causando evidentes transtornos. Certa ocasião, o caçula apanhou de um vizinho que estava farto de ver o garoto copiar os modos ousados de Jaime, tendo apenas a metade da estatura deste.

Por outro lado, cada Pechof escrevia o sobrenome de uma maneira. Salmen assinava Petjof, Dora, Petkoff e Natalio, Jaime e Itzik: Pechof. Entre o sobrenome de Salmen e o de Dora passaram-se vinte e quatro horas e um incidente político. Salmen foi atendido por um nacionalista que "polonizava" os sobrenomes, guiando-se pela fonética. Nessa mesma noite, o funcionário foi substituído por um barão bêbado que obsequiou Dora com um "efe" a mais. Os passaportes de Natalio, Jaime e Itzik foram selados na semana seguinte. Nesse ínterim, a cidade foi tomada pelos bolcheviques e o nacionalista voltou a seu posto, "russificando" os três irmãos e encobrindo, assim, seus arrebatamentos patrióticos.

Mas o problema mais grave era que os Pechof tinham suas lembranças interrompidas.

A culpa era do período histórico indeciso no qual lhes tocou viver. Caudilhos menores circulavam por todo o Leste Europeu, vencendo batalhas que nunca se inseriram nos livros.

Durante uma dessas escaramuças, os soldados de Kolchak caíram sobre a aldeia onde viviam os Pechof. Seus habitantes ignoravam que a marcha triunfal de Kolchak era, na realidade, uma fuga, decorrente de uma série de descalabros causados pelo chefe guerrilheiro Chapaiev. Kolchak prolongou o engano adotando ares de vencedor. Mandou arriar a bandeira vermelha que trazia pintados a cal a foice e o martelo, e ordenou que fosse içada em seu lugar a do comissário político. Depois, iniciou a caçada aos bolcheviques e judeus.

Os Pechof, que tinham experiência de outros pogroms, aguardaram que os soldados matassem trinta *idn*, violassem a idiota do povoado e pusessem o rabino a dançar um *cosachok*, entre os escombros do *schill*, antes de levantar o nariz.

Esses antissemitas, contudo, o eram à moderna. Haviam sido formados em academias militares do Império Austro-Húngaro e depois de queimar a tijolo quente o sexo de todo cidadão de costeleta cacheada trancaram os sobreviventes em sótãos e enclausuraram as rampas de acesso, para que morressem de fome.

Os Pechof colocaram dois baús e cinco filhos no carro e fugiram em direção a Gdinia. Ali subiram ao barco *Titania* e chegaram a Buenos Aires, depois de fazer escala em Liverpool e no Rio de Janeiro.

O *Titania* ancorou em frente ao Hotel dos Imigrantes; dali se descortinava um horizonte de edifícios cinzentos, barcos de casco oxidado, gruas e árvores.

O *zeide* Pechof se inquietou porque o porto se parecia ao de Gdinia. Não haviam lhe contado tanto de Buenos Aires que esperava algo menos plausível.

As suspeitas cresceram quando o carregador lhes falou em polonês e no hotel foram saudados por *idn*.

O *zeide* informou à mulher com amargura:

— Um mês para isto. *Noch a mul* na Polônia.

— Até quando vais continuar com tuas manias? — perguntou a *babe*.

— Mas sim, continuamos na Polônia. Todos falam igual. Não é verdade que em outro país se fala de forma diferente?

— Aquele que nos carimbou os papéis falava diferente — recordou a *babe*.

— Porque era da alfândega. Também o que nos carimbou em Gdinia falava diferente. É assim em todas as aduanas.

— Eu daqui não saio. Que seja o que Deus quiser — anunciou a *babe*.
— Nem precisa. Eles vão te tirar daqui.
— Que tentem. Dou um *setz* em quem me tocar.

No dia seguinte, começou a Semana Trágica e se dissiparam as dúvidas.

Enquanto a polícia metralhava os operários de Vasena, os guardas brancos rodearam o Hotel dos Imigrantes. Chegaram em Daimler e em bondes interligados por portas sanfona. Baixaram um canhão Madsen e apontaram em direção à fachada. Eram comandados por um homem magrinho, usando chapéu rancheiro e com um tique nervoso que agitava todo seu corpo.

Perto do meio-dia, chegou um carro dos bombeiros e obstruiu a entrada do hotel. Conectaram uma mangueira e escreveram com o esguicho de tinta marrom *Judeus para a Rússia*. O homem magrinho fez soar um apito e levantou o assédio, à espera de reforços.

Os Pechof tornaram a colocar no carro os dois baús e os filhos e rumaram para o interior, por caminhos bamboleantes.

O *zeide* queria retornar ao povoado, seguindo o rumo inverso às ondas de destruição. Bastava encontrar o primeiro morto para orientar-se. Não importava a forma do cadáver. O pogrom se irradiava por emparia e deixava sua marca até mesmo nos mortos naturais. Às vezes era uma cicatriz recuperando a cor e a crosta de sangue num rosto, ou o modo com que um corpo se alojava no ataúde.

Três dias depois, surgiu uma paisagem não prevista: terras pantanosas, casas de formas estranhas, junto a árvores muito altas, tropilhas de cavalos cinzentos e, por fim, animais cujo perfil coincidia com o das moedas recebidas em troca dos *zlotys* e imagináveis tão somente nos pampas argentinos.

O *zeide* desceu do carro e, empurrando uma vaca, beijou a terra.

■

MÚSICOS E RELOJOEIROS

O modo de ser judaico dos pais e avós encontra na escritora argentina **Alicia Steimberg** um sorriso bastante mais benévolo do que o de Szichman, porém não desprovido de ironia.

Dizia minha avó que noventa e cinco por cento dos males do homem provinham da prisão de ventre. Em minha casa, todos padeciam do mal e havia um contínuo ir e vir de receitas para combatê-lo. Apesar de saber muito a respeito disso, minha avó sofria mais que todos. Quando conseguia mobilizar o ventre, andava durante certo tempo com um grande sorriso, contava o fato a todo mundo e era até capaz de fazer alguma piada ou lembrar-se da primavera em Kiev.

Essas é que eram verdadeiras primaveras, vindo depois de invernos que também eram verdadeiros invernos. Quando já parecia que o frio e a neve seriam eternos, uma manhã qualquer ela abria as cortinas e via passar torrentes de vento por sua janela. Nem bem escorria a água e os bosques se enchiam de cerejas. Cerejas doces, não como as daqui. E assim era no dia seguinte, e no outro, e no outro. Não como aqui, nestas primaveras que não se sabe o que são.

Assim falava minha avó de seu país natal, quando a marcha de seus intestinos a deixava de bom humor.

TEMPO AO TEMPO
O humor judaico do escritor peruano **Isaac Goldemberg** é mais complexo. Filho, ele próprio, de uma mestiça e de um vendedor ambulante judeu, em seu romance *Tiempo al tiempo* relata os conflitos de Marquitos Karushansky com seu judaísmo, dando-lhe a forma do relato de uma singular partida de futebol (Peru x Brasil).

Intensificam-se as ações deste eletrizante encontro: bola com Vides Mosquera: estende para Seminário: atrasa para Marquitos: buscando com afã seu pai que não chega; recupera Brasil: Didi com a bola, aos vinte minutos do segundo tempo: habilita-se Vavá: cruzada é de Vavá, salta Pelé de cabeça e, olhem, com que tranquilidade, que desenvoltura, Montenegro detém: atento Marquitos: olhando seu cronômetro, o juiz da partida: cinco mil anos de história judaica marca o relógio do estádio: recebe Marquitos a meia altura: olhem vocês a competência do rapaz: com que sabedoria ancestral para a bola!... quando sem mais aquela, milagre dos milagres, uma sombra que aparece na porta do ambulatório: ali está um fora de lugar que confirma o juiz de linha: tiro livre para Belini, entregando para Dom Yehuda: este cruza o umbral e avança com o colega baixo, quarenta noites e quarenta dias, lentíssimo, o velho: aproxima-se da cama de seu filho: encontra o caminho aberto: agora o velho pega uma cadeira e senta; espera de séculos: oportunidade defensiva para Marquitos, que se tapa com o cobertor: desvia o olhar: silêncio confuso entre pai e filho: olhar distante do velho: Marquitos à beira de tirar-lhe a bola: quase lhe pede que o tome pela mão: já quase lhe roga que despeje a ansiedade que lhe inunda o peito: mas Dom Yehuda resiste, agita-se na cadeira, cruza as pernas e braços qual imponente Abraham: balão de ar: sobre a linha:

— No próximo sábado, começas a preparar-te para o Bar Mitzvá — diz Dom Yehuda, tratando de amenizar a situação:

Palavras que Marquitos recolhe cheio de assombro: com o mesmo assombro de todos nós: mas não deve um pai ocupar-se com o estigma de seu filho?: acusação dolorosa lhe aperta o peito.

— Como é possível que coisas como estas aconteçam no colégio? Pior que animais: Quem foi? Da quarta ou quinta séries?

— Da terceira — diz Marquitos, disfarçando: seu pai o persegue, continua firmemente em seus calcanhares.

— Da terceira? Tens certeza de que não estás me enganando?

— Não — defende-se debilmente o rapaz.

— E por que te bateram?

— Foi uma briga: estavam me insultando.

— Te insultando? Como?

— Disseram que eu era um judeu de merda...!

Muito bem, direto, o disparo de Marquitos tentando surpreender o arqueiro:

— Não significa nada que te digam judeu de merda — rebate Dom

Yehuda, em retirada ágil e felina: — Se te chamam de judeu de merda, não te importes: e se acontecer novamente a mesma coisa, não brigues: te faz de bobo e segue teu caminho: és o único judeu do colégio e o melhor que tens a fazer é não te meteres em problemas:

Sim senhores: nova falta cometida contra Marquitos, que cai rodando, como por uma encosta arenosa, ferido de humilhação e vergonha, pelo terreno do jogo: Por quê — quem não sabe? —, amigos aficionados, os judeus não podem ver sangue?

— No entanto — salta felinamente do Ocidente o diretor do Colégio Pinelo —, vejam vocês o número de cirurgiões que tem dado, através da história, nossa escola:

É assim que, como todos os sábados a esta mesma hora, Helen Curtis pergunta, por 64 mil *soles de oro*, o que é ser judeu e/ou peruano: responda a esta intrigante pergunta e passe à segunda etapa do nosso sensacional concurso:

Vejamos: Ser judeu e/ou peruano é:

Um Ser:
Um Estar:
Uma Ester:
É pertencer a um país de contrastes:
É ser um traste de país:
É provir de uma Mame judia:
Ou de uma mãe judiada:
É prevenir uma Mãe Judia:
É pertencer a uma raça:
É rezar pelos pertences:
É buscar uma orientação espiritual:
É sentir-se um espírito desorientado:
É um povo:
É uma religião:
É povoar uma região:
É uma integridade de raças:
É arrasar com a integração:
É sionismo:
Cinismo:
Nonismo:
É um desatino:
Um destino:
Uma necessidade:
Disparate:
Uma história:

Uma histeria:
O que é?:

Marque com uma cruz (ou com uma estrela) a definição que considere correta e passe à segunda fase de nosso genial concurso Helen Curtis Pergunta, por 64 mil *grushim* de ouro, transmitido até seus lares por este seu Canal 4, primeiro em sintonia em todo o Peru: que agora move a bola pela mediação de Marquitos:

Marquitos procura desprender-se da pergunta: saem para marcá-lo o rabino Goldstein e o padre Camacho: reforço no setor esquerdo do campo: marcação homem a homem por parte da equipe carioca: Marquitos entrega erradamente para Dom Yehuda: este se atrapalha com a pergunta e devolve apressadamente para Marquitos: que descarta com agilidade o rabino, deixa jogado na grama o padre Camacho e dispara de esquerda... e Dom Yehuda se vê forçado a defender com a mão:

Bola novamente em poder da equipe peruana: Soria adianta para Vides Mosquera: tenta deslocar-se pela ala direita: joga bem o Peru: Vides entrega de sola para Terry: atrasa para Calderón: jogada em profundidade para Marquitos: ingressa na pequena área perseguido por dois contrários: quebra: cruza a linha de marcação do rio Jordão: a de Rimac: domina a bola com a direita: chute rasteiro e... Gooooool!: Goooooool de Marquitos: Karushansky: Avila!: Gooooooool!: Como ficou parado, estático, como uma estátua, o rabino Goldstein!:

■

SCHMIL E A POLÍTICA INTERNACIONAL
Nem só de olhares de soslaio sobre a própria condição judaica é feito o humor judeu latino-americano. Também sabe mostrar, com a ironia de um sorriso sutil, e um tanto amargo, uma velha sabedoria. É o caso deste relato do jornalista **Alberto Dines**, publicado em *Entre dois mundos*, pela editora Perspectiva.

Aos gritos de "gringo sujo", "mata", "esfola", o batalhãozinho das melhores famílias do bairro caiu em cima do velho, desancando-lhe uma surra tremenda. Logo, soava um apito e, antes que algum dos passantes pudesse acudir, os fascistazinhos afastaram-se numa corrida disciplinada. Fiquei tão chocado que engoli as lágrimas junto com o lanche e até hoje lembro-me deste amargo pedaço de pão. Quando cheguei até o homem, já ele estava rodeado por um grupo de pessoas que limpavam seu sangue e o consolavam.

"Seu" Schmil chorava feito criança. Ao mesmo tempo, tentava amimar com os dedos nervosos e trêmulos os guarda-chuvas que os pequenos terroristas tinham rebentado. Sacudia a cabeça recriminando alguém mas, quando finalmente pôde falar, disse apenas:

— *Oi!*... Eu não devia ter saído de casa hoje...

Ponto, parágrafo.

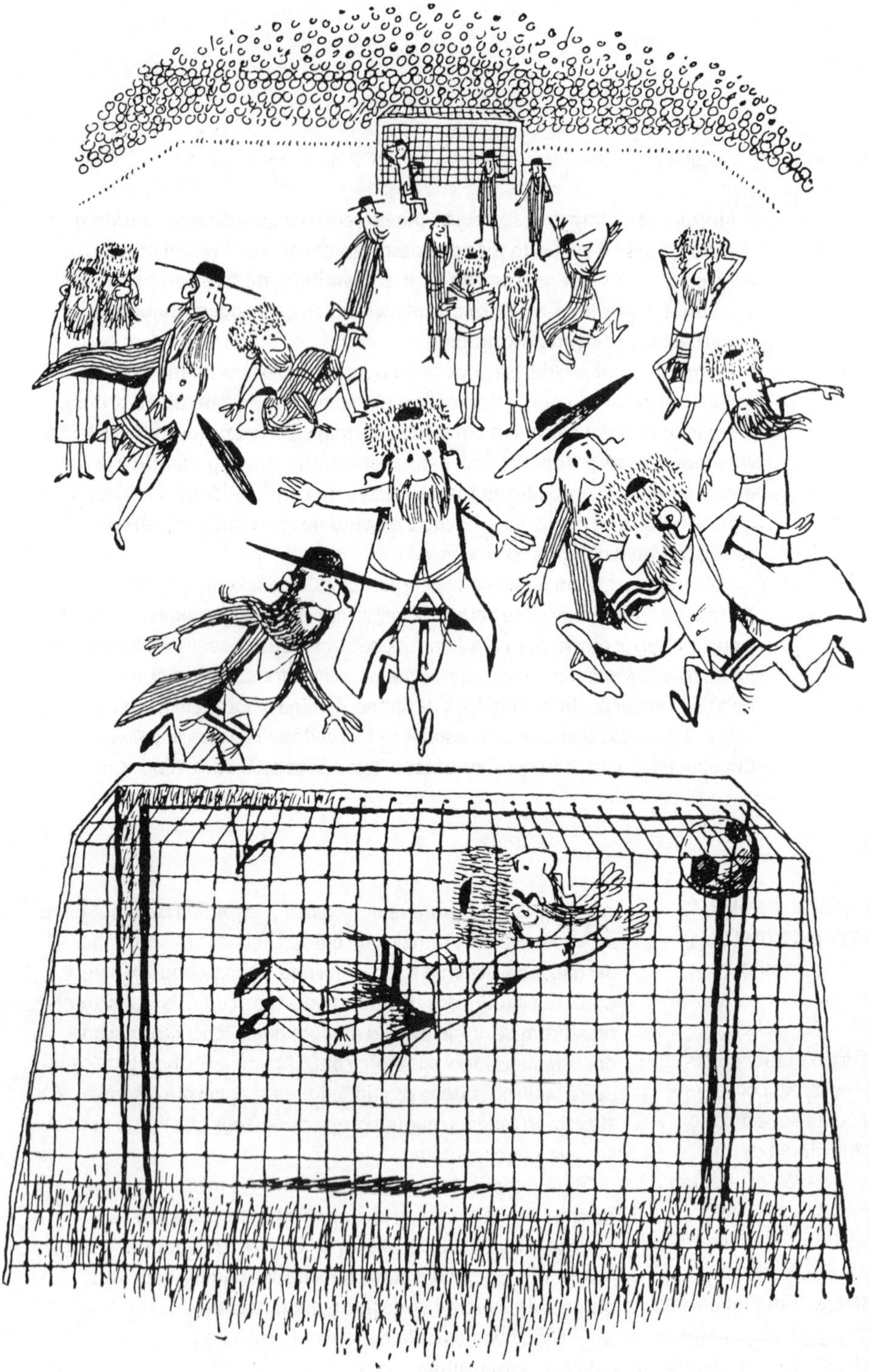

EM FAMÍLIA
Prosador argentino nascido numa colônia agrícola e radicado em Israel, **Samuel Pecar** (1922-2000) é autor de coleções de contos que pintam com humor a vida judaica portenha dos anos 1950: seus personagens, seus bairros, seus teatros e suas confeitarias. Este relato, publicado no jornal *Amanecer de Buenos Aires*, nos conta como era um dos mais famosos desses cafés judeo-portenhos da época.

Faça o favor de acompanhar-me. Quero mostrar-lhe uma das confeitarias mais singulares de Buenos Aires.

Ela está encravada no coração do bairro judeu. Seus largos janelões se abrem ao longo de toda a fachada, como dois braços estendidos para acolher o transeunte. Sobre os vidros em umas poucas letras douradas, empalidecidas pelo tempo e pelas exalações quentes do local, anuncia o nome do estabelecimento. Não o recordo bem, mas creio que guarda alguma relação com as atividades mercantis.

É difícil resistir à nossa confeitaria. As vozes, os gritos, os cochichos e os risos fervem em seu interior como um *sambation* fascinante, o rio de paraíso que arrasta em suas águas aquele que as contempla. E se você não se sente atraído por semelhante imagem poética, é possível que se decida diante de um quadro mais prosaico: através das vitrines, verá um apetitoso par de salsichas reclinadas, como duas odaliscas morenas, sobre um colchão branco de purê de batatas. A fome roncará em seu ventre; você cruzará correndo o umbral... Bem-vindo, senhor.

Como todo recém-chegado, antes de efetuar seu pedido, você desejará saber o que comem os demais, além das salsichas. Não perca seu tempo. Nossa confeitaria é uma babel gastronômica. Observe: um cavalheiro calvo ingere uma fatia de pão preto com chucrute; uma dama leva à boca um croissant reluzente de geleia; um velho sorve um pote de coalhada; um jovem apanha com seu garfo fatia após fatia de presunto, enquanto sua companheira — olhos ligados nos seus, a dez centímetros de distância — se delicia com uma montanha de creme gelado. Mais adiante, pastéis e mostardas, merengues e pimentas, geleias e salmouras... Uma arca de Noé à hora do lanche. Você se conformará com uma vulgar salsicha? Não irá ao menos provar algo dessa sinfonia de doces e salgados? Deixamos você com seu dilema. Nós seguiremos bisbilhotando pelo salão.

Aqui e ali, rostos magros e pálidos; testas altas, reflexivas; olhares distantes, perdidos, cabeleiras revolucionárias; sobrancelhas enciclopédicas; faces contraídas, a revelar introspecção. Junto deles, em grupos completamente diferenciais, judeus empertigados, poderosos, a expressar em seu ídiche a condição de caudilhos dos negócios, de industriais prósperos. Mais adiante, mulheres delgadas, de feições ascéticas, com casacos de pele sobre os ombros, joias nos dedos e no pescoço, se expressam com gestos desenvoltos e livres, manejam seus cigarros com maestria tragando avidamente, revirando os olhos e franzindo o rosto, como se em lugar do fumo tragassem punhais.

Mais adiante, mães judias, daquelas antigas, calmas matronas de peitos opulentos, bocas pequenas, bochechas coradas de carmim, bebem seu chá com limão erguendo o dedo mínimo ao apurar o copo, enquanto lutam com seus barulhentos filhos que, guardanapo no pescoço, recusam o dia:

— Não quero!... — E mais adiante, jovens de ambos os sexos, estudantes, sentados em torno de duas ou mesmo três mesas unidas, discutem aos gritos, enquanto comem e bebem comida dos judeus e bebidas dos gentios. E, logo adiante, estranhos moços vestindo casacos e jaquetas de couro, ao lado de moças de rostos queimados, livres de adereços, que entoam canções em hebraico, polemizam em castelhano com voz gutural e fazem desaparecer entre os dedos — com presteza de malabaristas — sanduíches, tortas e doces. E, mais adiante, personagens de rostos sombrios, taciturnos, a evidenciar a atormentada vida interior, e vestindo exótica indumentária colorida, que proclamam aos quatro ventos: "Somos atores". E, mais adiante, espécimes estranhos, curiosos desse meio. Por exemplo, aquele homenzinho de testa diminuta, olhos penetrantes como estiletes, gestos curtos, nervosos e rápidos, que fala sem tomar fôlego, inclinando-se em direção ao interlocutor, buscando seus olhos, gesticulando diante de seu rosto, como se desejasse agredir o interlocutor com as confidências. Apenas olhando para suas mãos, será possível compreender o conteúdo do relato feito com tamanho calor: levar as mãos ao peito, uma sobre a outra, quer dizer: "E este foi o pagamento que recebi, depois de tudo que fiz por ele". E o patético entrelaçamento dos dedos, acompanhado de um movimento fatalista da cabeça: "Diga-me, isso lhe parece justo?". E o rápido girar dos indicadores, um em torno do outro, indica coisas enredadas, confusões, catástrofes. E esse gesto de levar à frente as mãos unidas, como se carregasse água nas palmas: "Eu pergunto a você!"... E mais adiante, o patrício que vai, como varejeira, de uma mesa para outra, senta, cumprimenta, escuta e, logo no instante seguinte, olha em torno de si, contrai o rosto com um "Alô! Como vai?" e já se muda para a mesa vizinha, onde torna a cumprimentar, a escutar e a voar novamente. E em meio a toda esta heterogênea galeria, dando o toque definitivo, duas figuras singulares; um vendedor de bilhetes de loteria e um gato. O vendedor — obeso, atarracado, sonolento — se detém diante das mesas, estende as frações sem proferir uma palavra e espera que os comensais decidam, se as compram ou se as rejeitam. E o gato — um belo gato, grande, pelo reluzente — percorre as mesas, coça as costas contra as meias de náilon das senhoras, lambe os sapatos dos cavalheiros, salta sobre a cadeira ou se coloca diante dos patrícios, com a cabeça para o alto, os olhos de gatuno fixos neles, como se entendesse as conversas em ídiche.

PERDÃO, MAS O SEU NOME É REALMENTE **MAURICIO DE LA FUENTE**?
VEJA SÓ O SENHOR...
QUANDO EU MORAVA NA FRANÇA ME CHAMAVAM **MAURICE LA FONTAINE**.
EM COMPENSAÇÃO NA ALEMANHA ME CHAMAVAM **MORITZ SPRITZER** MAS, NA REALIDADE, EU NASCI NUM POVOADO DA POLÔNIA.
E LÁ COMO O CHAMAVAM?
EH... EH... **MOISHE PISHER**.

Em nossa confeitaria, tudo é íntimo, caseiro... Os recém-chegados apertam as mãos dos patrícios sentados; os das mesas saúdam com amplos gestos aqueles que chegam; os que estão na porta fazem gestos interrogativos aos que estão dentro... No corredor, grupos compactos conversam animadamente, em pé, como no foyer de um teatro. Em família! A caixa, do fundo do salão, chama aos gritos os comensais solicitados ao telefone. Em família! Em uma das paredes, o presidente do Estado de Israel confraterniza com seu primeiro-ministro e este, por sua vez, com o presidente argentino; os três, ombro a ombro sobre o mesmo fundo de papelão, na mesma moldura, por trás do mesmo vidro, com o objetivo, talvez, de tomar imediatamente as providências cabíveis no caso de uma repentina crise de gabinete. Em família!

As exalações, os sussurros, as palavras em ídiche, o barulho de talheres e copos trarão ao visitante de nossa confeitaria recordações distantes, imprecisas, borradas, que, desde sua bruma interior, tentará se definir. Que antigas vivências o fazem evocar este quadro? As inesquecíveis festas da colônia judaica? Os casamentos? As circuncisões? Onde foi que você escutou antes esta melodia que ressoa dentro de si? Por que estará sentindo esse imperioso desejo de cantarolar? Em seguida, você irá compreender. É a profunda, a inefável alegria de sentir-se em família. E a melopeia judaica, oculta em sua alma, se comporá com o vozerio de salão:

— Chirimbombom... chirimbombom...

■

Aquele ano foi terrível — recorda Avram Guinzburg. — Nosso pai e nossa mãe discutiam o dia inteiro com Mayer. Ele não queria estudar; afirmava que o estudo era só um mecanismo de ascensão social; também não queria trabalhar, porque dizia que não iria enriquecer nenhum porco capitalista.

Nossa mãe contava que Mayer Guinzburg sempre fora rebelde. Em pequeno não gostava de comer. Nossa mãe sentava à frente dele com um prato de sopa.

— Come.

Mayer não queria.

Nossa mãe empunhava a colher. Mayer cerrava a mandíbula, fechava os olhos e ficava imóvel.

1930
Grande parte da obra do escritor gaúcho **Moacyr Scliar**, habitada por singulares personagens judaicos, tem como cenário o bairro do Bom Fim e está impregnada desse típico humor judaico que fica a meio caminho entre o desespero e a ironia. Um bom exemplo é este capítulo de *O exército de um homem só*, publicado pela editora L&PM.

— Come.

Nossa mãe metia-lhe a ponta da colher na boca. Mayer sentia o gosto da sopa, aquela sopa boa e quente, aquela rica sopa que nossa mãe fazia — e mesmo assim não abria a boca. Nossa mãe insistia com a colher em busca de uma brecha para entrar. Houve uma época em que Mayer perdeu dois ou três dentes e ficou com uma falha; por ali nossa mãe derramava um pouco do líquido. Depois que os dentes cresceram, ela descobriu, entre a bochecha e a gengiva, um reservatório que considerou providencial; acreditava que bastaria depositar ali um pequeno volume de sopa; mais cedo ou mais tarde Mayer teria de engoli-la. A resistência de meu irmão, contudo, era fantástica; podia ficar com a sopa ali minutos, horas — dias, acredito.

— Come. Come.

Nossa mãe começava a ficar nervosa. Nosso pai vinha em auxílio dela, inutilmente. Mayer não abria a boca.

— Come.

Nossa mãe abandonava a sopa e tentava o pão, a batata, o bife, a massa, o bolinho, o pastelão, o embutido, o frescal, o quente, o frio, o sólido. Nada. Mayer não comia.

Outras vezes ele nem aparecia à mesa. Tinha um esconderijo no fundo do quintal, uma espécie de barraca feita de galhos, tábuas e folhas de zinco. Ali ficava escondido durante horas.

— Por que te metes aí, Mayer? — eu perguntava.

Está usando o cocar pela primeira vez. É o Bar Mitzvá dele.

É bom, ele dizia. É escuro, é quentinho. Levava para lá muitos livros, e, segundo descobri depois, comida também — pedaços de pão dormido, lascas de queijo velho, tudo isto ele comia com apetite e assim se mantinha vivo. Suspeito que a barraca era o palácio do governo de um país imaginário; porque em frente havia um mastro e ali ele hasteava uma bandeira. Naquela época nosso pai tinha alguns bichos no quintal — uma cabra, se bem me lembro, comprada por bom dinheiro da mulher do Beco do Salso; uma galinha também. Com aqueles animais, com aquelas bestas, Mayer falava e até tratava a cabra por companheira; me lembro que uma noite acordei com barulho de temporal; a cama de Mayer estava vazia, a porta que dava para o quintal, aberta. Saí debaixo de chuva, de lampião na mão, e fui encontrar Mayer com a cabra na maldita barraca. A custo pude trazê-lo para dentro; para convencê-lo, tive de trazer a cabra também.

Estas coisas todas nosso pai e nossa mãe lembravam, em 1930, em suas tristes conversas à beira do fogão, comendo sementes de girassol e tomando chá com bastante açúcar. Não sabiam o que fazer. Nosso pai descia a Felipe Camarão atacando as pessoas, pedindo que falassem com Mayer, que explicassem a ele que era preciso trabalhar, casar, ter uma boa família ídiche. Todos estavam convencidos disto, mas ninguém se atrevia a falar com Mayer — aquele irascível.

Um dia nosso pai voltou para casa entusiasmado. Disse que ia chegar a Porto Alegre um médico judeu famoso, o dr. Freud.

— Este homem — exclamava nosso pai — faz curas maravilhosas! E não usa remédios! Trabalha só com um sofá de couro — e a força da palavra! Mas — acrescentou em seguida —, o dr. Freud estará em Porto Alegre só de passagem, pois vai a Buenos Aires. Terá de atender Mayer no aeroporto mesmo; mas não tem importância, porque no aeroporto há sofás, já me certifiquei disto.

— E se Mayer não quiser ir? — perguntou nossa mãe.

Mayer não quis ir. Disse que não acreditava naquelas bobagens. "Mas é como a Torá, meu filho!" — dizia nosso pai, angustiado. "É a força da palavra!" Mayer não se deixou convencer. Nosso pai decidiu ir sozinho ao aeroporto, expor o caso de Mayer ao dr. Freud e pedir ao menos um conselho.

Dr. Freud chegou a Porto Alegre na véspera do Natal. Era a época do ano em que nosso pai, trabalhando muito, conseguia ganhar um pouco mais; mesmo assim achou que deveria largar tudo e ir ao aeroporto.

Chegou antes mesmo da comissão de recepção composta de pessoas destacadas: líderes da coletividade, médicos, professores. Com um retrato do dr. Freud recortado de uma revista, nosso pai corria de um lado para outro, incomodando as pessoas com seu nervosismo.

Finalmente o avião pousou e Freud entrou no saguão do aeroporto. Nosso pai, empurrando e acotovelando, conseguiu chegar perto daquele homem famoso.

— Meu nome é Guinzburg, dr. Freud — disse ele, agarrando a mão do criador da psicanálise. — Vim aqui especialmente para falar com o senhor... Não foi fácil, o senhor sabe... É véspera de Natal...

Dr. Freud estava perplexo:

— Sinto muito, meu senhor...

Nosso pai interrompeu-o.

— Eu sei que o senhor vai dizer: que está só de passagem, que vai para Buenos Aires. Sei de tudo, sou um homem bem informado, conheço sua carreira, admiro-o muito, acho que o senhor vai longe... Mas o senhor vai ter de me ouvir.

Dr. Freud olhava para os lados como a pedir socorro. Estava no aeroporto o dr. Finkelstein, um médico do Bom Fim que conhecia nosso pai. Ele resolveu intervir, puxando nosso pai pelo braço.

— Venha, sr. Guinzburg... Fale aqui comigo...

— Faz favor! — gritou nosso pai, desvencilhando-se. — Posso falar com o dr. Freud ou não? É só vocês que têm direito? Eu também sou gente, sou um judeu com problemas! Não é, dr. Freud?

— Mas é que o avião... — disse dr. Freud, embaraçado.

— O avião pode esperar. O avião não manda na gente. Os problemas são mais importantes. Dr. Freud, o senhor tem de me ouvir. O senhor não imagina como esperei por este momento. Quando eu soube que o senhor ia chegar eu disse para minha mulher: o dr. Freud vai resolver nosso problema, tenho certeza. Mayer não quer ir, está certo — ou melhor, está errado, ele deveria vir — mas eu falo com o dr. Freud, eu explico o caso, o dr. Freud dá um jeito, ele usa o poder da palavra, se for preciso ele usa um sofá do aeroporto. Dr. Freud — eu deito no sofá se o senhor quiser! Eu deito! Eu sei que o senhor tem capacidade, dr. Freud. O senhor me lembra muito um rabino que nós tínhamos na Rússia, um rabino formidável, a gente contava os problemas, ele fechava os olhos, pensava um pouco, e pronto, dizia o que as pessoas tinham de fazer. Não errava nunca! Problemas de marido com mulher, de pais com filhos, de dinheiro, de doença — resolvia tudo! Tudo! E ele não escrevia! É o que eu digo para a minha mulher, o dr. Freud, além de falar, ainda escreve — *O ego e o id, Totem e tabu*... O senhor vê, eu conheço o seu trabalho.

Sigmund Freud nasceu em 1856 em Freiberg, na Morávia; desde os quatro anos viveu em Viena. Trabalhou com Breuer e Charcot. Descobriu o inconsciente. Introduziu a livre associação. Escreveu *Psicopatologia da vida cotidiana, Interpretação dos sonhos* e *O chiste e sua relação com o inconsciente*. Em 1930 passou por Porto Alegre e no aeroporto foi abordado por nosso pai, de quem agora se defendia pedindo aos circunstantes que interviessem, o que eles tentavam, inutilmente, fazer.

— Dr. Freud — dizia nosso pai, sempre agarrado à manga do visitante —, é o seguinte: eu tenho um filho... Eu lhe explico num minuto, dr. Freud, o senhor logo vai entender e já me dirá o que tenho de fazer; o meu filho, ele — bom, eu queria que ele fosse rabino, o senhor sabe, nós não temos nenhum rabino em Porto Alegre, e ser rabino é uma profissão digna, não é, dr. Freud?, é mais ou menos como a sua, é só ouvir e dar conselhos, só que não usa o sofá, mas no fundo é tudo a mesma coisa, não é?, então eu queria — mas ele é um rebelde, ele não quer fazer nada, não estuda, não trabalha, já de pequeno era assim, a mãe dizia: "Come! Come!", ele não comia nada, nem a sopa, tão boa aquela sopa, que a mãe dele fazia — não é um malvado, dr. Freud? É, sim, é um rebelde, eu lhe garanto, e eu...

O alto-falante chamou os passageiros para o embarque. Dr. Freud apanhou sua maleta e começou a despedir-se dos circunstantes. Nosso pai continuava, agora atrás dele, falando sem cessar.

— E no ano passado, dr. Freud, ele se meteu no mato, com uns outros amigos dele, aquele José Goldman, um esquerdista sem-vergonha, e até moças eles levaram, o senhor vê que pouca-vergonha, meninas judias, de boa família — não é uma barbaridade? Ah, dr. Freud, se o senhor quiser eu lhe conto uns sonhos dele — porque ele fala de noite, de tanto que lhe pesa a consciência por incomodar os pais que só querem o bem dele; ele fala de noite, eu vou lá e anoto o que ele diz, eu nem sabia por que fazia isto, agora já sei, era um pressentimento que eu tive um dia que o senhor haveria de vir a Porto Alegre e eu lhe consultaria sobre este meu filho e se o senhor precisasse de um sonho dele para interpretar, eu já teria um sonho, vários sonhos, até por escrito...

Freud queria dirigir-se para o portão de embarque, nosso pai não deixava.

— Eu posso lhe pagar, dr. Freud — continuava nosso pai —, por esta consulta; não posso lhe pagar muito, mas também o senhor não vai cobrar o que costuma — que eu sei que é uma fortuna, o senhor não poderia viajar de avião de um lado para outro se não ganhasse muito dinheiro — porque afinal esta é uma consulta bem rápida, aqui no aeroporto, eu não deitei no sofá, e além disto o senhor é judeu como eu, e vai me fazer um bom desconto, não é?, depois eu não ganho muito, o suficiente para poder viver, para vestir e alimentar a minha mulher e os meus filhos, mesmo aquele Mayer, aquele rebelde, que se lhe disser que está contra mim porque eu não dou comida para ele é mentira, eu dou comida, sim, a mãe dele até insistia com ele, "Come! Come!", ele não comia porque não queria...

Dr. Freud parou. Estava furioso, via-se. Gritou para nosso pai.

— Mas será que o senhor não vê que eu não posso lhe atender agora?

Aí nosso pai até se assustou, e recuou.

— Mas dr. Freud...

— Por que não procura um psiquiatra aqui de Porto Alegre?

— Não, dr. Freud — disse nosso pai, consternado —, não vou procurar. Eu sei que o senhor é melhor. E o senhor acha que para o meu filho, para o meu próprio filho, eu iria dar alguma coisa menos que o melhor? Não, dr. Freud, não. Tenha paciência. Não me fale em outro médico, o senhor até me ofende. Sou pobre, mas tenho meu orgulho.

Nosso pai estava emocionado. Tremia. Tirou um lenço do bolso e enxugou os olhos. E o dr. Freud teve pena dele.

— Olhe, eu pretendo ainda voltar a Porto Alegre. Quem sabe numa próxima vez...

Nosso pai riu tristemente:

— O senhor está querendo me enganar, dr. Freud, eu sei disto... Mas eu não sou tão tapado assim, não. Sei que o senhor não volta. O senhor é um homem ocupado, tem os seus compromissos, os seus clientes, eu também trabalho e sei o que é isto. Não, o senhor não volta. Além disto...

Nosso pai aproximou a boca da orelha do dr. Freud.

— Dizem por aí que o senhor está com câncer, e que o senhor não vai longe.

Dr. Freud ficou pálido. Nosso pai recuou, pôs a mão na boca.

— Meu Deus! O que fui dizer! Talvez o senhor nem soubesse! Desculpe-me por favor, dr. Freud! Ou melhor — era mentira! Sim, era mentira minha, dr. Freud! Era brincadeira, eu sou muito brincalhão! Não, não era brincadeira, quero dizer — era um truque, uma trapaça que eu estava fazendo para convencê-lo a me atender agora...

O alto-falante chamava repetidamente o dr. Freud. Nosso pai pegou a maleta dele e seguiu-o.

— O senhor também vai embarcar? — perguntou o dr. Freud, surpreso.

— Não, vou só acompanhá-lo e aí termino de contar o caso do meu filho.

Dr. Freud abanava para os amigos. Nosso pai ia falando.

— Quando eu discutia a Torá com meu filho, ele me respondia de maus modos, torcendo as palavras sagradas...

Caminhavam já pela pista.

— Debocha da Guemará, da Mishná... O senhor acha que isto é coisa que um filho faça para o pai?

Chegavam à escada de embarque. A aeromoça pediu a ficha de embarque ao dr. Freud, ele começou a procurá-la.

— E o senhor? — perguntou ela ao nosso pai.

— Sou amigo do dr. Freud, estou só acompanhando — respondeu nosso pai, e baixinho, ao dr. Freud: — Não quero que ela saiba que vim consultá-lo. Não gosto que comentem os problemas da minha família. O senhor compreende, não é, dr. Freud?

— Compreendo — disse o dr. Freud —, minha maleta, por favor.

— Bem, dr. Freud, agora que o senhor já sabe do caso do meu filho, eu queria uma orientação sua. O senhor vê, eu tenho um vizinho, um alfaiate, é um homem muito inteligente, mas muito cínico. Ele leu um livro sobre o senhor, e disse que já sabe o que meu filho tem. É um complexo, ele disse. Me diga, dr. Freud, é complexo que meu filho tem?

— Talvez — gritou o dr. Freud, já do alto da escada, e entrou no avião.

— Talvez? Então pode ser que não seja complexo. Eu disse que aquele alfaiate não sabia nada!

O avião decolou. Nosso pai ficou abanando para o dr. Freud, que sumia entre as nuvens.

Relatando esta conversa aos amigos, nosso pai elogiava muito o dr. Freud.

— Grande médico — dizia —, grande sábio. Acertou direitinho o problema do meu filho. E vou dizer uma coisa: não cobra caro.

MOTL, O CORINTIANO
Nesta crônica do escritor paulista **Eliezer Levin**, temos um personagem do Bom Retiro, um dos bairros judeus de São Paulo.

Não seria exagero tomar o Motl como o corintiano mais fanático do *Lar*. Na verdade, tirando alguns enfermeiros, um ou outro médico (o *Doctor* com certeza), não havia por ali mais nenhum torcedor. Dos únicos que entendiam alguma coisa do chamado "esporte bretão", como ele próprio costumava dizer, constavam apenas dois hóspedes, mas estes, um tanto doentes e envelhecidos, não haviam durado muito. O fato é que, sobre futebol, atualmente não tinha mesmo com quem falar, e isso o martirizava um bocado.

Achavam estranho ver esse homem grudado no radiozinho de pilha, ouvindo as ruidosas narrações das partidas que aconteciam no Pacaembu, no Morumbi ou no Maracanã. Mas, para ele, aquela algaravia toda era uma música mais deleitável do que qualquer sinfonia de Beethoven.

— Vocês gostam desse tal Beethoven, não é? — dizia ele para a turma dos *ieques*, quando estes ligavam a vitrola —, eu gosto é da música que vem deste rádio, gosto da voz do locutor: Gooooool! Gooooool do Corinthians!

Olhavam para ele com o desprezo que merecem as criaturas inferiores. Diante de tais olhares, Motl, que era um sujeito alto, com cara de lua cheia e uns ares de garotão apesar dos cabelos brancos, ficava meio sem graça. No fundo, não passava de um tímido.

Possuía um radiozinho de pilha e tinha de contentar-se com ele, pois o aparelho de televisão, que era coletivo, por voto da maioria estava sempre reservado a outro tipo de programa.

— Pelo amor de Deus, hoje tem Corinthians — implorava.

Aos domingos pela manhã, procurava desde logo "cabalar" votos entre os que ficavam junto da televisão.

— Vai ser uma transmissão direta, ao vivo. Um jogaço... — comentava com eles.

Ninguém lhe dava ouvidos. O que eles queriam era outra coisa: filmes ("drogas de filmes água com açúcar", dizia ele), programas de auditório ("estou cheio desse Silvio Santos"), documentários didáticos ("não estou mais em idade de escola"), concertos de Beethoven ("ti-ti-ti-ti, isso só me leva ao sono").

— Minha gente, hoje vai ter Corinthians — anunciava pelos quatro cantos. — Está certo, não temos mais um Teleco, um Baltazar, um Luizinho, mas ainda temos Sócrates, Casagrande, Zenon. Vamos lá, minha gente.

Riam dele. E ligavam a televisão para assistir a um documentário sobre focas. Ah, mas ele se vingava na hora certa, elevando o volume do seu radiozinho cheio de estática e dando um urro quando algum jogador do Corinthians enchia o pé e marcava o gol da vitória, ou o gol do empate, ou qualquer gol, nem que fosse um golzinho miserável.

— Goooooool! Goooooool do Corinthians!

— Pshi, silêncio, gói — os velhinhos e, principalmente, as enfatuadas velhinhas caíam em cima dele.

— Meu Deus, um gol maravilhoso do Sócrates e vocês me pedem silêncio!

Dava outro berro e saía da sala, eufórico, vermelho, comemorando a vitória espetacular de seu clube. Comemorava sozinho, é verdade, mas comemorava. Não era como nos velhos tempos, quando podia ficar comentando horas inteiras jogadas desse ou daquele, seus dribles, suas cabeceadas, seus passes geniais. Agora, metido em seu quarto solitário, ele apenas podia falar sozinho.

Foi chamado um dia ao gabinete do diretor. Este conhecia todos os internos e, de certo modo, tratava-os bem, naturalmente sem descuidar-se da disciplina.

— Motl, nada temos contra seu Corinthians, mas você não pode continuar perturbando a ordem desta casa, feito um baderneiro. Está entendendo? Vamos parar com esses urros medonhos, afinal não estamos numa Copa do Mundo. Vá ouvir seu rádio em outra sala e deixe-os em paz.

Motl chegou a empalidecer. Arrancou do bolso sua amarfanhada carteirinha, por sinal já conhecida de todos, e a exibiu ao diretor.

— Por favor, dê uma olhada nela.
— Que é que tem?
— Veja o número, sou dos primeiros sócios. Quando o Corinthians jogava na várzea, eu já tinha carteira, ouviu?

Houve uma pausa. Motl nunca fora homem de chorar, mas a voz dele daquela vez estivera bastante embargada.

— Eu acho que merecia um pouco mais de consideração — explodiu. — Não me deixam assistir a uma só partida, isso não é justo.

O diretor, pessoa severa, porém correta, sentiu-se na obrigação de prometer alguma coisa:

— Bom, veremos o que se pode fazer.

De fato, Motl acabou ganhando o direito de assistir ao seu joguinho de futebol: uma vez ou outra, pelo menos, e, bem entendido, em final de campeonato.

O primeiro deles aconteceu naquele histórico domingo em que o Corinthians enfrentou pela centésima vez o Palmeiras, seu clássico adversário.

Na sala de televisão, só havia o Motl e mais uns três ou quatro velhinhos, a quem, aliás, nem foi preciso convencer, pois estes assistiam a qualquer coisa.

— Nós vamos acabar com esses *periquitos* — dissera ele aos seus impassíveis companheiros, esfregando as mãos com gosto. — Ah, vocês vão ver!

Por protesto, os demais ficaram do lado de fora, no pátio, conversando, cochichando, trocando risadas. Estavam, de certo modo, aguardando as habituais manifestações do Motl. No entanto, para surpresa deles, daquela vez não se ouviu nenhuma aclamação. Os famosos urros de "Gooooool", com os quais Motl costumava saudar os lances supremos do seu timaço, morreram-lhe todos na garganta.

Mais tarde, quando lhe perguntaram como é que tinha sido o jogo, Motl meneou a cabeça e sussurrou:

— Meu Corinthians não estava mesmo numa tarde inspirada.

Faltara-lhe coragem de contar que o clássico tinha terminado por um vergonhoso 3 a 0.

∎

MANUAL DE CONVERSAÇÃO JUDAICA

É extensa a lista de humoristas judeus que a partir do teatro, do rádio ou da televisão, em Buenos Aires e outras cidades latino-americanas, criaram e criam um humor renovado e eminentemente judaico, ainda que muitas vezes sem adotar a forma escrita. Apenas para citar, a título de exemplo, recordemos alguns que se destacaram nesse sentido. Entre estes, figuras do passado como Paulina Singerman, Marcos Caplán, Adolfo Stray, Tato Bores, Norman Erlich. E, entre os atuais, mencionemos Jorge Schussheim e Rudy Chernikoff; deixemos para trás todos aqueles que fizeram época no velho teatro em ídiche. Mas detenhamo-nos em um caso especial: **Jorge Schussheim**, cujo humor instigante adotou diversas formas ao longo do tempo. É seu o texto que segue, composto especialmente para esta obra.

Somos, sem qualquer dúvida, o Povo da Palavra. Desde o Santíssimo, que derramou seu Verbo urbi et orbi, até minha prima Sofia, que se sente herdeira direta d'Ele e é capaz de falar até mesmo amordaçada, não houve judeu que não dominasse à perfeição a difícil arte da palavra.

É claro que, salvo pequenas exceções, representadas por Maimônides, Espinosa, Freud, Bialik, Einstein e outros tantos, a Palavra entre os judeus foi cultivada de forma caótica e assistemática. Bastaria assistir (como tive oportunidade de fazer, por sorte) a uma sessão do Knesset, para comprovar a veracidade dessa assertiva.

Algum pequeno setor *ieque* de minha cadeia de DNA deve ser responsável pela velha preocupação que sempre senti pela desordem da palavra judia. Essa herança fez com que eu me dedicasse finalmente a tentar colocar um pouco de ordem na Verborragia do povo bíblico.

A tarefa tem se mostrado, de todos os pontos de vista, monumental, e seria impossível transcrevê-la aqui. Pesa ainda o fato de que este é um livro sobre humor e meu trabalho, pelo contrário, se reveste de grande seriedade. Assim sendo, publicarei apenas o índice temático de meu célebre Manual de conversação judaica. Com ele, caro leitor, contarás ao menos com uma possibilidade de compreender e disciplinar-te. Ou não, mas não importa.

MANUAL DE CONVERSAÇÃO JUDAICA
Índice temático

CAP. 1. *Definição e origem*
1.1. Definição histórica
1.2. Definição de minha prima Sofia
1.3. Contradefinição de minha mãe
1.4. A reputação Fridman (minha sogra)
1.5. O Princípio Axiomático de Dziewczepolsky ("Conversação-
-Schnoversação")

CAP. 2. *Objetivos*
(Depois de profundos estudos e longas meditações, decidi suprimir totalmente este capítulo, pois cheguei à conclusão histórica de que, mesmo sendo riquíssima sob todos os aspectos e matizes, a Conversação Judaica carece completamente de objetivos.)

CAP. 3. *Circunstâncias*
3.1. Nas quais se dá
3.2. Nas quais deveria dar-se
3.3. Nas quais nunca deveria dar-se
3.4. Nas quais, apesar de tudo, sempre se dá
3.5. Naquelas que "para que deveria dar-se?"

CAP. 4. *Pretextos para iniciar uma conversação judaica*
4.1. Interesse comercial (ver "Rentabilidade", cap. 18)
4.2. Interesse afetivo (idem)
4.3. Interesse social (ibidem)
4.4. Sem interesse algum (ver cap. 2)

OH, MON DIEU!
AI, MEU DEUS!
DOUTOR, ELA JÁ VAI DAR À LUZ
NÃO, AINDA NÃO...
OH MY GOD!
AGORA, DOUTOR.
NÃO, AINDA NÃO...
ACH MEIN GOTT!
SOSSEGA, AINDA NÃO...
OI VEI, MAME MAINE!
AGORA SIM, CHEGOU A HORA...

CAP. 5. *Pretextos para encerrar uma conversação judaica*
5.1. Pessoalmente
  5.1.1. A desqualificação do tema
  5.1.2. Técnica do golpe sobre a mesa
    5.1.2.1. Com peças de dominó (escola galitziana)
    5.1.2.2. Com fichas de gamão (escola de Esmima)
    5.1.2.3. Sem mesa nem fichas (gambito romeno)
  5.1.3. Estratégias diversas
    5.1.3.1. O Epílogo Lapidar de Fainsod (e eu sei lá, nem sei o que lhe farão) [repetir a frase até a extinção total da conversa]
    5.1.3.2. O uso do "Oi!" suspirado e suas consequências
      5.1.3.2.1. Finalização abrupta
      5.1.3.2.2. Mudança de tema ("O caminho oblíquo de Szlemensozon)
    5.1.3.3. Artes marciais
      5.3.3.3.1. Golpes baixos
      5.3.3.3.2. Estrangulamento com *tefilin*
5.2. Por telefone
  5.2.1. Manejo correto do fone
  5.2.2. "Não estou ouvindo, já te ligo"

CAP. 6. *Desculpas para introduzir-se em uma conversação judaica*
6.1. Interesse no tema
6.2. Novas informações
6.3. Absoluto desconhecimento do que está se falando
6.4. Sem apresentação prévia
  6.4.1. "Perdão, mas sou de opinião que…"
  6.4.2. "Perdão, mas sendo judeu o senhor afirma isso?"
  6.4.3. "Perdão, mas essa piada não termina assim"

CAP. 7. *Do desenvolvimento da conversação judaica*
7.1. O uso dos idiomas conhecidos pelos interlocutores judeus
7.2. O domínio de idiomas desconhecidos entre os interlocutores judeus
7.3. As diversas formas de estar mas não estar
7.4. De como conversar dormindo
7.5. A astúcia no manejo da aparente humildade
7.6. De como transformar uma conversa casual em permanente
7.7. Vice-versa

CAP. 8. *A lógica na conversação judaica*
8.1. Compartilhando o mesmo tema
8.2. Cada um com seu próprio tema
8.3. A constante rotação de temas

8.4. Conversação sem tema algum
8.5. Técnicas
   8.5.1. Manter-se na trilha
   8.5.2. Deixar-se levar por subterfúgios

CAP. 9. *O uso das mãos*
9.1. Escola russo-lituana (ambas as mãos no ar)
9.2. Escola polaca (ambas as mãos sobre o oponente)
9.3. Escola húngaro-romena (ambas as mãos dentro do oponente)
9.4. Escola sefardi (ambas as mãos por todas as partes todo o tempo)
9.5. Dicionário gestual ítalo-judaico

CAP. 10. *Moral e ética na conversação judaica*
10.1. Do uso da verdade
10.2. Do uso da mentira
10.3. Da sábia combinação entre verdade e mentira
10.4. Como ganhar dinheiro em uma conversa judia sem dizer nada em excesso (ver cap. 71, "Psicanálise em poucas palavras")

CAP. 11. *Temas pré-moldados*
11.1. Meteorologia e antissemitismo
11.2. Schifbriderkeit na época dos Jumbo 747
11.3. O *shtetl*
11.4. A vida (*oi, vei!*)
11.5. A morte (*nu?*)
11.6. Os filhos (*shá!*)
11.7. Os negócios (*fê!*)
11.8. A política (*vus?*)
11.9. O último concerto (*ach!!!*)
11.10. Casamento (*guei indrerdarain*)

CAP. 12. *Miscelânea*
12.1. O manejo do tempo em conversas a longa distância
12.2. Técnicas de porteiro eletrônico
12.3. De como simular que está se escutando quando, na realidade, é a gente quem fala
12.4. A rara conversa judia entre mudos
12.5. A frequente conversa judia entre surdos
12.6. Conversar com a boca cheia sem cuspir
12.7. Idem, com a boca vazia cuspindo no rosto do outro

CAP. 13. Epílogo
13.1. Cale a boca e me deixe falar!

ALÔ, SOU SAMUEL... NASCEU UM MENINO E POR AQUI NÃO TEMOS NEM MOHEL. TE PEÇO QUE ME MANDES UM PARA FAZER A CIRCUNCISÃO.

MAZAL TOV, SAMUEL! TE ENVIAREI UM DAQUI DE BUENOS AIRES.

DE QUE ESTÃO RINDO? NUNCA VIRAM U[M] PORTENH[O]

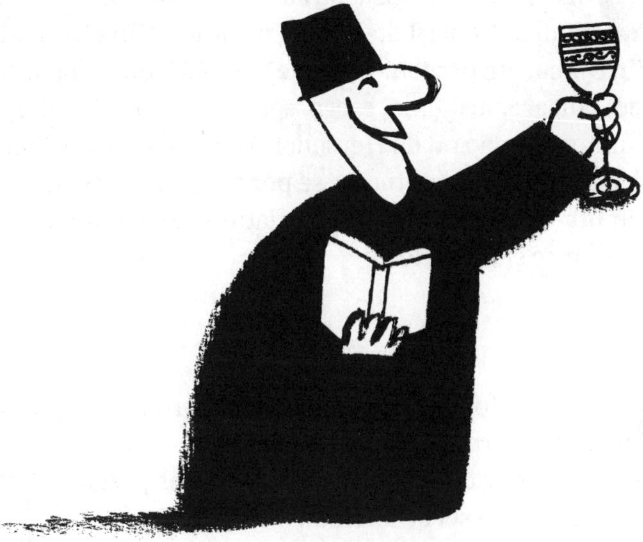

Os rivais de Cervantes

Humor sefardi

O humor sefardi tem como uma de suas maiores expressões a figura de Giohá (h aspirado), também conhecido como Johá, Hodka, Goha, Jeka, Djoha ou ainda Mulá Nasrudin, ou Nasrudin Djoha, um personagem que também se encontra nos folclores turco, búlgaro, armênio, grego, sérvio. Espécie de Till Eulenspiegel do humor alemão ou de Herschel Ostropolier do humor judaico da Europa Oriental, caracteriza-se por apresentar-se nas histórias ora como um tolo, ora como uma criatura extremamente inteligente, mas sempre engraçado.

•

Um vizinho foi pedir a Giohá uma corda para pendurar a roupa.
— Sinto muito — foi a resposta —, mas preciso da corda para secar farinha.
— Mas como vais secar farinha sobre uma corda?
— Bom, quando não se quer emprestar alguma coisa, qualquer desculpa serve.

> Observe-se a inclusão de termos hebreus "espanholizados": *sehorento* (sombrio) vem do hebraico *schachor* (negro). No relato seguinte, *hamorico* é o diminutivo de *hamor* (asno, em hebreu).

•

Giohá estava muito sombrio. Perguntaram-lhe os amigos:
— Por que estás assim, Giohá? Que te aconteceu?
— Minha mulher morreu.
— Não sejas bobo. Vai arranjar uma mais formosa.
— Pode ser. Mas esta noite, que faço?

Giohá estava mucho sehorento. Le demandaron los amigos:
— ¿De qué estás ansi, Giohá? ¿Qué te aconteció?
— Se murió mi mujer.
—¿No sos bovo? Una más hermoza te van a dar.
— Verdad es lo que dizix. Ma esta noche, ¿qué hago yo?

■

Um dia, o vizinho pediu emprestado a Giohá o asno. Giohá respondeu:
— Por desgraça, ele acaba de morrer.
Neste momento, o pequeno asno se pôs a zurrar. O vizinho disse então a Giohá:
— Por que me enganas? Estou escutando a voz do asno.
Giohá meneou a cabeça tristemente e disse:
— Que homem desconfiado és! Não te fias no que digo, eu que já tenho as barbas brancas, e confias na voz de um tolo asno.

Un dia, el vizinho le demandó a Giohá a que le emprestara al aznico suyo. Giohá respondió: "Por desgracia agora me se murió el hamorico". Em aquella ora el aznico se mitió a emberrar. El vecino le dixo estonses a Giohá: "¿Porqué m'engañas? Yo estó sintiendo la boz del asno". Giohá maneó la caveza com tristeza y le dixo: "¡Que hombre bechimsis sos tu! No te fias de la bos mia, cuando yo tengo uma barva grande y blanca, y te fias de la bos de un hamor bovo".

■

Esta é a clássica história do homem que queria ensinar o cavalo a não comer, na versão sefardi.

Giohá tenía um aznico. El le dava a comer com mezura, una livrica de sevada al día. Una ves, Giohá se dixo: "Yo lo vo a uzar a comer más poco". De día em día él mengüó al aznico lo poco que le dava, hasta que, un día, no le dió más nada, para que se uzara y a no comer. El azno, que ya estava flaco y atemado, murió a la tarde. Cuando vido el aznico muerto, Gioha se travó los cavellos de la cavexa y el dixo a la bema [béhemá, *animal em hebraico*]: "¡Agora que te uzí a no comer te muerites!".

■

Já idoso, Giohá foi passear com seus amigos. Falavam da sua juventude e da força que tinham quando eram mais jovens.

Disse um: — Jovem eu era mais forte do que sou hoje. Podia caminhar vinte quilômetros sem descansar.

Disse outro: — Quando era jovem quebrava um grosso sarrafo com uma só mão.

Disse o terceiro: — É, a força da juventude não se compara à da velhice.

Disse Giohá: — Não é verdade, sou tão forte hoje como era na juventude.

— Não sabes o que estás dizendo — replicaram os amigos.

— É a pura verdade — disse Giohá —, e posso demonstrá-lo.

— Demonstra-nos então!

Nesse momento chegaram a um campo. Giohá se aproximou de uma pedra grande. Tentou levantá-la, não conseguiu.

— Vistes? Eis a demonstração!

— Mas tu não a levantaste! — disseram os amigos.

— Pois então? Quando era jovem tampouco podia levantá-la!

■

Mas não é Giohá o único personagem do humor sefardi. Outras histórias existem, tendo por objeto, por exemplo, a comida (que neste caso é vital como um deleite sensorial, diferente portanto da concepção asquenaze, segundo a qual a única finalidade do alimento é saciar a fome), o sexo, a vida das comadres, como mostram os relatos compilados na Bulgária por Isaac Moscona.

Na sexta-feira após o meio-dia, um judeu chamado Iomtov foi à casa de banhos. Feita a ablução, estirou-se numa cadeira, pediu ao empregado que trouxesse doces de figo e água gelada, e, para aproveitar melhor o sol que entrava pela janela, abriu o roupão. E aí aconteceu o imprevisto: entrou uma abelha e o picou bem na ponta do membro. Louco de dor, Iomtov vestiu-se e foi para casa. A mulher fez de tudo: colocou gordura de ganso, compressas — nada resolvia. No dia seguinte, foram à sinagoga, rezar a Deus para que Iomtov melhorasse. Só que Iomtov queria ficar completamente curado; ao passo que sua mulher rezava ao Senhor para que a dor passasse, mas que o inchume — bendito inchume! — continuasse.

■

Um judeu chegou, certa vez, morto de cansaço, à casa de um camponês de quem costumava comprar couros, aves e outros produtos. Vendo o judeu tão esgotado, o camponês convidou-o a repousar e ofereceu-lhe comida. O judeu agradeceu, mas disse que não poderia fazê-lo, porque a comida não era *kasher*. Surpreso, o camponês perguntou se essa obrigação existia sempre.
— Sim — disse o judeu. — A menos que a vida esteja em perigo.
O camponês ofereceu-lhe então um copo de vinho. O judeu de novo recusou, alegando a mesma coisa: não era *kasher*. O homem, furioso, sacou o punhal:
— Recusas o meu vinho? Toma este copo, senão te mato!
Tremendo, o judeu emborcou o vinho. O camponês sorriu:
— Eu estava brincando contigo. Só queria ver se aquela coisa de não respeitar o *kasher* quando a vida está em perigo é verdade.
— É verdade — disse o judeu. — E só lamento que não me ameaçaste antes. Pois assim eu teria comido umas três ou quatro daquelas codornas que me ofereceste...

A tia Benvinda convidou duas amigas, a tia Flor e a tia Amada, para uma visita. Como era muito esquecida (como as amigas, aliás), pediu ao filho, Moise, que anotasse num papelzinho o que tinha de servir. "Comece com o café", anotou Moise. "Siga com as cerejas, queijos e por fim os doces."

Chegaram as visitas, conversaram um pouco, e tia Benvinda foi até a cozinha. Olhou no papelzinho, viu que tinha de servir café e voltou com o café. Tomaram café, conversaram mais um pouco, tia Benvinda recolheu as xícaras, foi até a cozinha e olhou de novo o papelzinho: "Comece com café...". De modo que trouxe café. Tomaram café, conversaram, de novo a anfitriã foi até a cozinha e... mais café. Assim se passou a tarde.

Finalmente, as duas idosas senhoras levantaram-se, despediram-se e se foram. No caminho, tia Flor comentou com tia Amada:

— Que jeito grosseiro de receber tem esta Benvinda! Nem nos serviu café!

Ao que a outra a olhou com surpresa:

— Benvinda? Benvinda, disseste? E quando a viste?

Nesse meio-tempo Moise chegara à casa da mãe, e perguntou como havia sido o encontro.

— Não vale a pena preparar tanta coisa — foi a resposta. — As visitas nem apareceram.

■

Também os ditados sefardis refletem este peculiar humor.

Ya no cabo de pie, viene la gata me pare diez: "Mal me aguento em pé, vem a gata e pare dez (filhotes)". Alusão a algo que é excessivo.

Ten buena fama y pishate na cama: "Tem boa fama e urina-te na cama". Se tens boa imagem, pouco importa o que faças quando estás só.

Al rico, el gayole mete guevo. Al povre, ni la galina: "Para os ricos, até os galos põem ovos; para os pobres, nem as galinhas". Refrão semelhante a "pobre, quando come galinha, um dos dois está doente".

Sosh bien convidados y bien amados; la caza se me corre, lugar onde echar no hay, michor que no vengash. Declaração que começa com votos de boas-vindas e termina dizendo que não há condições nem lugar para hospedar. Uma situação semelhante à da história abaixo, coletada por Beki Bardavid em Istambul.

∎

Metin, que se chamava Moshe quando era pequeno, foi de Istambul para Israel há muitos anos. Agora quer passar o verão em Istambul, na casa da mãe. Telefona:
— Mamãe, és tu?
— Sim, filhinho da mamãe. Como estás?
— Bem, mamãe. Eu queria ir neste verão passar um mesinho aí em Istambul.
— Mas claro, querido. Te espero ansiosamente.
— Irei com minha mulher. Onde nos porás?
— No meu quarto. Mereces!
— E tu, onde vais ficar? E o papai?
— Ficamos na sala. Não te preocupes.
— Mãe, iremos com nossos filhos. Onde os porás?
— Na sala.
— Mas tu e o papai, onde vão ficar?
— No quartinho pequeno.
— Mãe... Não tenho onde deixar minha sogra.
— Bom, filho, podes trazê-la.
— E onde vais colocá-la?
— No quartinho pequeno.
— E tu e o pai, para onde vão?
— Bem, eu vou saltar pela janela. Teu pai que faça o que quiser!

OS VALOROSOS

Albert Cohen (1895-1981) nasceu na ilha grega de Corfu, estudou direito e trabalhou como diplomata. Seus livros, escritos em francês, retratam com humor e ironia a vida dos judeus sefardis da Grécia, antes da Segunda Guerra Mundial. Os personagens de sua obra, na qual se destaca a *Bela do Senhor*, eram judeus pobres mas felizes sob o sol da Grécia. Este trecho foi extraído do livro *Os valorosos*, publicado em 1988 pela editora Nova Fronteira e traduzido por Waltensir Dutra.

Com as costas da mão enxugou as lágrimas, olhou-se uma última vez no vidro, desabotoou a sobrecasaca sob a qual, desprovido de camisa, seu tronco estava nu. Transpirando de emoção e torcendo os cabelos do peito, ele refletiu demoradamente sobre a forma de suicídio a adotar, decidiu-se por fim pelo enforcamento, que lhe pareceu nobre e prático. Mas só encontrou um fino barbante que considerou insuficiente para o seu peso. Optando então pelo veneno, remexeu num cofre incrustado de nácar, e como possível tóxico só encontrou um pacote de bicarbonato de sódio! Aconteça o que acontecer suicidamo-nos com bicarbonato! Com efeito, misturado com água, o bicarbonato produzia gases e em consequência, se engolisse todo o pacote, seu estômago se dilataria o máximo possível, seus diversos órgãos explodiriam, tudo estaria acabado, as preocupações com dinheiro, as responsabilidades familiares! Encontrando no fundo do cofre biscoitinhos de sésamo, achou que seria pena esperdiçá-los, e os trincou nos dentes antes de morrer.

No último biscoitinho, lembrou-se de que o bicarbonato tinha um gosto ruim. Explodir e morrer, estava bem, de bom grado, estava pronto! Mas ter aquele horrível gosto desagradável e medicinal na boca, nunca! Que outro meio, então? Uma arma de fogo, evidentemente, uma metralhadora de preferência com tiro em rajadas para ter bastante certeza, mas um simples revólver poderia bastar, na pior das hipóteses. Sim, mas esses instrumentos custavam dinheiro, e já lhe restava uma única dracma. Deu um sorriso doloroso,

— Ó sorte funesta, ó miséria maldita, nem sequer tenho os meios para me matar.

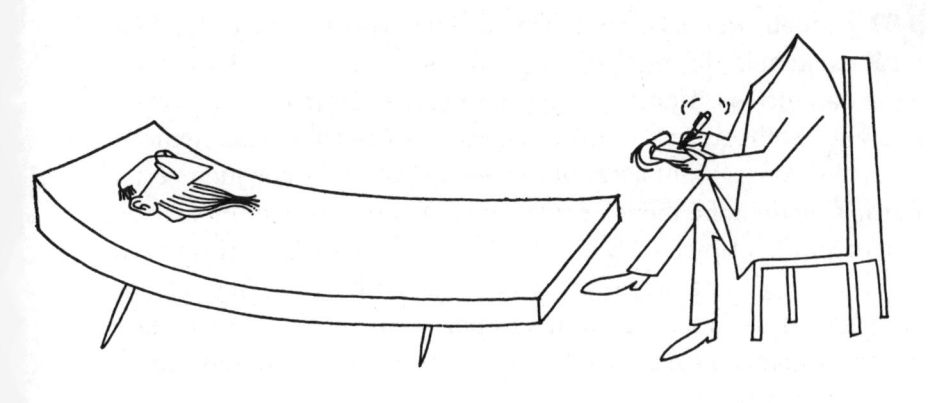

A ironia do intelecto

Europa Ocidental

Enquanto na Europa Oriental os judeus viviam em pobres e pequenas aldeias, o judaísmo da Europa Ocidental tinha uma existência de relativo conforto e sofisticação: os judeus ali eram banqueiros, industriais, grandes comerciantes, profissionais liberais, intelectuais — enfim, apesar da discriminação sempre presente, conseguiam ascender socialmente. O humor judaico na Europa Ocidental é menos exuberante, menos rico em historietas e personagens típicos; no entanto, não lhe faltam o sarcasmo e a ironia, dirigidos principalmente aos aristocratas, aos ricaços, aos autoritários de todo tipo. Também por ser menos folclórico, esse humor se expressa na obra de poetas, de escritores ou mesmo de filósofos e cientistas.

O HUMOR DE HEINRICH HEINE E MOSES MENDELSSOHN

O poeta **Heinrich Heine** e o filósofo **Moses Mendelssohn** (avô do compositor Felix) exemplificam bem o tipo de humor da Europa Ocidental. Ambos bem situados socialmente, sofreram contudo a discriminação antissemita; Heine era, inclusive, convertido, embora fosse cético quanto a seu próprio batismo.

As obras em prosa de Heine, diz Menachem Diesendruck, se distinguem pelo humor sarcástico, como *Die Beader von Lucca, Herzreise* etc. As historietas de Heine coletadas por Varnhagen von Ense no seu ensaio *Anekdoten aus H. Heine Leben* contêm muito humor.

O tio de Heine, Salomão, conhecido banqueiro de Hamburgo, queria que seu sobrinho Heinrich estudasse direito e lhe pagava as mensalidades. Heine, no entanto, não estava feliz na faculdade; a jurisprudência com seus parágrafos tão rígidos não entrava na sua cabeça, e ele continuava escrevendo poesia. Um dia, seu tio lhe deu uma tremenda bronca.

— Meu filho, você não precisaria ser poeta se aprendesse algo importante e se tornasse banqueiro como eu.

Heine lhe respondeu:

— Eu também tenho pena de você, tio, pois, se você aprendesse algo importante, seria um poeta como eu e não um simples banqueiro.

Sobre esse tio, Heine comentava:

— Minha mãe gostava de literatura e poesia e por isso teve um filho poeta; a mãe de meu tio gostava de contos policiais e nota-se a consequência: seu filho se tornou um banqueiro.

Heine frequentava o barão Rothschild, em Paris, onde era recebido com muito prazer e carinho. Um dia o barão lhe disse brincando:

— Por quanto dinheiro eu poderia comprar todos os poetas e escritores?

Heine lhe respondeu:

— Por quanto vossa senhoria pretende vendê-los?

Seu humor áspero não tinha limites; moribundo, disse ao sacerdote que o instava a pedir o perdão divino:

— Deus vai me perdoar, pois perdoar é o seu negócio.

■

Moses Mendelssohn também era famoso por suas saídas e respostas mordazes, por seus provérbios e piadas, mas principalmente suas réplicas aos antissemitas alemães eram célebres. Algumas destas foram extraídas do livro de seu biógrafo Meyer Kaiserling.

Um aristocrata alemão, feroz antissemita, lhe perguntou com sarcasmo:

— Judeu, quais são os teus negócios?

Mendelssohn lhe respondeu:

— Negocio com algo que o senhor não tem e que lhe faz muita falta: "inteligência".

Certa vez em que, como de costume, vagabundeava pelas ruas de Berlim totalmente abstraído, empurrou sem querer um oficial prussiano. Pediu-lhe desculpas mas o outro berrou furioso:

— Porco!

— Mendelssohn, muito prazer em conhecê-lo — lhe respondeu o filósofo.

Mendelssohn era feio e corcunda, mas, como era muito crente, dizia que tudo o que foi criado pelo Eterno é maravilhoso.

— O senhor também foi criado assim perfeito por Deus? — lhe perguntou um antissemita.

— Como corcunda, perfeitíssimo — respondeu.

∎

O REI DOS SHNORRERS
Israel Zangwill (1864-1926) viveu em Londres, e foi um dos principais autores judeus de língua inglesa, celebrizando-se por seu humor e sua ironia. Dele conta-se que estando num elegante jantar, sentado ao lado de uma matrona muito bem-vestida, sentiu-se cansado e, sem querer, bocejou na cara da dama que estava ao seu lado. Desconcertada ela lhe disse:

— Peço-lhe tomar cuidado com seus modos judaicos. Me assustei. Pensei que ia me engolir.

— Não tenha medo, minha senhora — lhe respondeu Zangwill —, minha religião o proíbe.

Contista e romancista, Zangwill descreve em sua obra mais conhecida, *The King of Shnorrers*, o confronto entre o judaísmo do gueto e a sofisticação ocidental. Joseph Grobstock, rico filantropo e dirigente da sinagoga, distribui a mendigos esmolas contidas em pacotinhos de papel. Um dos mendigos recebe um pacotinho vazio e fica indignado.

—É é assim que se auxilia um irmão em Israel? — indagou o *shnorrer*, atirando o papel desdenhosamente no rosto do filantropo. O pacote estava vazio, o *shnorrer* tirara um em branco; o único que o bom homem colocara na bolsa.

Manteve a calma, podia ter castigado o sujeito mas não o fez. Era homem de boa índole; começou por sentir-se envergonhado e procurou timidamente no bolso uma coroa; hesitou, então, como se temesse que essa oferta de paz não fosse suficiente a um espírito tão raro; achava que devia ao estranho mais do que prata — devia-lhe desculpas.

— Você é um velhaco impertinente — disse ele —, mas suponho que esteja ofendido. Quero assegurar-lhe que não sabia que o pacote estava vazio. Realmente, eu não sabia.

— Então seu criado me roubou! — exclamou o *shnorrer* excitado. — Você mandou-o fazer os pacotes e ele roubou o meu dinheiro, o ladrão, o transgressor, três vezes maldito que rouba o pobre!

— Você não entendeu — interrompeu o magnata, humildemente. — Eu mesmo fiz os embrulhos.

— Então, por que diz que não sabia o que continham? Ora, você está querendo zombar da minha miséria!

— Não, ouça-me! — disse Grobstock, desesperado. — Em alguns coloquei ouro, noutros, prata, noutros, cobre, e somente um estava vazio. Foi esse o que você tirou. É azar seu.

— Azar *meu*! — repetiu o *shnorrer* desdenhosamente. — O azar é seu, não fui eu quem o tirou. O Sagrado Nome, abençoado seja Ele, puniu-o por sua malvada zombaria com os pobres. A boa ação que você poderia somar a seu crédito ao dar-me uma espórtula, Deus tomou-a de você. Ele o declarou indigno de atingir a honradez por meu intermédio. Siga seu caminho, assassino!

— Assassino! — ecoou o filantropo, desnorteado com essa perspectiva demasiado severa de seu ato.

— Sim, assassino! Não está escrito no Talmud que aquele que envergonha um semelhante é como se derramasse seu sangue? E você não me envergonhou? Se alguém tivesse testemunhado seu ato de caridade, não teria rido nas minhas barbas?

O pilar da sinagoga sentiu como se seu ventre estivesse se contraindo.

— Mas os outros? — murmurou ele quase suplicante. — Não lhes dei espontaneamente meu ouro ganho a duras penas?

— Para sua própria diversão — retrucou o *shnorrer*, implacável. — O que diz o Midrash? Existe uma roda girando no mundo: não é aquele que é rico hoje que o será amanhã, mas a um Ele abate, a outro eleva, como está escrito no Salmo 75. Portanto, não levante muito sua cabeça, nem fale com o pescoço duro.

Olhava o infeliz capitalista como um antigo profeta que condenasse um enfatuado monarca. Grobstock sentia-se mal.

— Você é um homem sem caridade — gemeu.

— Não o fiz por libertinagem, mas por fé no Céu. Sei muito bem que Deus gira uma roda; por isso, não pretendia girá-la sozinho. Não deixei que a Providência escolhesse quem ficaria com o ouro, quem ficaria com a prata, quem teria o cobre e quem restaria sem nada? Além disso, somente Deus conhece aquele que realmente necessita de minha ajuda; eu O fiz meu esmoler; entreguei ao Senhor o meu fardo.

— Blasfemo! — gritou o *shnorrer*. — Você então pretende trapacear com os textos sagrados? Esquece o que diz o versículo: "Os que têm sede de sangue e os falsários não viverão a metade de seus dias"?. Devia se envergonhar, você, um *gabai* da Grande Sinagoga. Como vê, eu o conheço, Joseph Grobstock. Por acaso, não se vangloriou diante de mim o bedel da sua sinagoga, de ter ganhado um guinéu para lustrar as suas polainas? Pensaria em oferecer a ele um dos pacotes? Não, os pobres é que são pisados, eles, cujos méritos são maiores do que os dos bedéis. Mas o Senhor encontrará outros que levantem

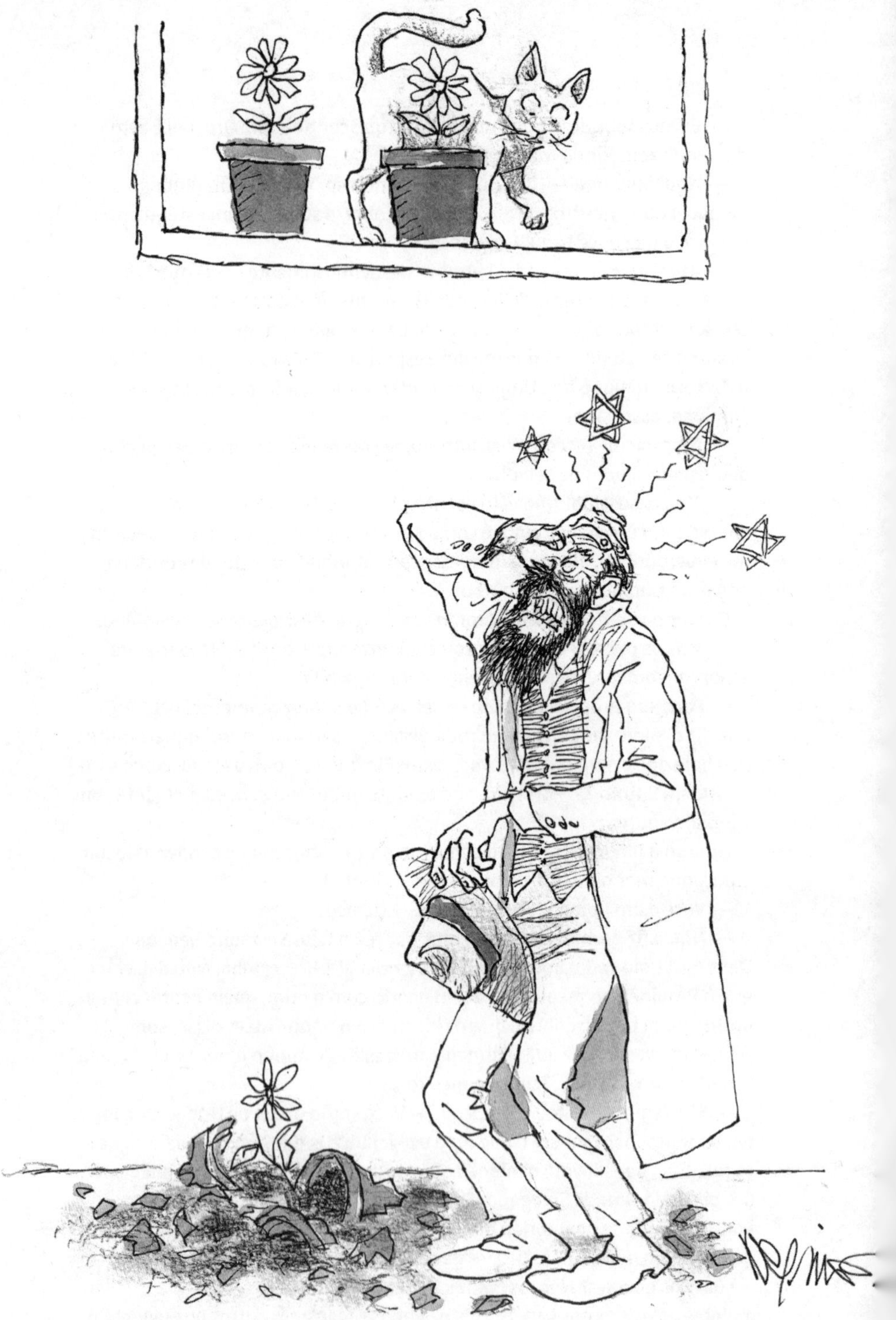

seus empréstimos, porque aquele que tem dó dos pobres é grato aos olhos de Deus. Você não é um verdadeiro filho de Israel.

A tirada do *shnorrer* foi suficientemente longa para permitir que Grobstock recobrasse a dignidade e a respiração.

— Se você realmente me conhecesse, saberia que Deus está em considerável dívida comigo — retorquiu ele calmamente. — Nunca negligenciei os necessitados. Mesmo agora, apesar de você ter se mostrado insolente e severo, estou pronto a ampará-lo, se você precisar.

— Se eu precisar! — repetiu o *shnorrer* com escárnio. — Existe algo de que eu não precise?

— Você é casado?

— Pode censurar-me: mulher e filhos são as únicas coisas que *não* me faltam.

— Isso nunca falta ao pobre — disse Grobstock com uma ponta de humor.

— Não — assentiu o *shnorrer* firmemente. — O pobre teme os Céus. Obedece às Leis e aos Mandamentos. Casa enquanto jovem, e sua esposa não é amaldiçoada com a esterilidade. O rico é que transgride o Julgamento, que retarda a hora de entrar debaixo do pálio nupcial.

— Pois bem, aqui está um guinéu, em nome de minha esposa — interrompeu Grobstock rindo. — Espere: já que você não lustra polainas, tome outro.

— Em nome da minha esposa, eu lhe agradeço — retrucou o *shnorrer* com dignidade.

— Faça-o em seu próprio nome — disse Grobstock. — Isto é, diga-me quem é.

— Eu sou Manasseh Bueno Barzillai Azevedo da Costa — respondeu ele simplesmente.

— Um sefardi! — exclamou o filantropo.

— Não está escrito em minha face, como está escrito na sua que você é um tedesco? É a primeira vez que recebo dinheiro de alguém de sua linhagem.

— Oh! deveras! — murmurou Grobstock, começando a sentir-se outra vez diminuído.

— Sim, a nossa comunidade não é muito mais rica do que a sua? Que necessidade tenho eu de privar das boas ações a meu próprio povo; eles têm tão poucas oportunidades de fazer o bem, embora sejam quase todos ricos; corretores, mercadores das Índias Ocidentais e...

— Mas eu também sou um financista, e diretor das Índias Orientais — interrompeu-o Grobstock.

— Talvez; mas a sua comunidade é ainda jovem e luta por um nome; seus homens ricos, pode-se contá-los como os homens bons de

Sodoma entre a multidão. Vocês são os imigrantes de ontem; refugiados dos guetos da Rússia, da Polônia e da Alemanha. Mas nós, como você sabe, estamos estabelecidos aqui há várias gerações; na Península nossos antepassados honraram as cortes de reis e controlaram os cordões das bolsas de príncipes; na Holanda, tivemos o cetro do comércio. Nossos foram os poetas e sábios em Israel. Vocês não podem esperar que reconheçamos a plebe de vocês, que nos diminui aos olhos da Inglaterra. Fizemos o nome de judeu honrado; vocês o degradam. Vocês são como a misturada multidão que chegou do Egito com nossos pais.

— Bobagem! — disse Grobstock rispidamente. — Todos em Israel são irmãos.

— Esaú era irmão de Israel — respondeu Manasseh sentenciosamente. — Mas agora queira desculpar-me, pois vou fazer compras; é tão bom lidar com ouro.

Havia uma nota de tão patética seriedade na última frase que Grobstock sentiu remorsos por estar discutindo com um homem faminto, cujos entes queridos estavam, por certo, morrendo de fome em casa, resignadamente.

— Sem dúvida, vá depressa — disse.

— Até à vista — despediu-se Manasseh com um aceno e, batendo o bastão nas pedras do calçamento, retirou-se sem conceder uma única olhadela ao seu benfeitor.

O caminho de Grobstock levava-o a Petticoat Lane, na esteira de Manasseh. Não pretendia segui-lo, mas não viu motivo para mudar de rota por medo do *shnorrer*, tanto mais que Manasseh não olhava para trás. De súbito, através de uma brecha numa compacta massa humana, divisou um pequeno e atraente salmão na banca de um peixeiro. Seus olhos brilharam, a boca encheu-se de água. Abriu caminho com os cotovelos até o vendedor, cujos olhos captaram um brilho correspondente e cujos dedos se dirigiram ao chapéu numa saudação respeitosa.

— Boa tarde, Jonathan — disse Grobstock jovialmente. — Levarei aquele salmão; quanto é?

— Desculpe — elevou-se uma voz na multidão —; estou justamente comprando este peixe.

Grobstock sobressaltou-se. Era a voz de Manasseh.

— Pare com essa bobagem, da Costa — respondeu o peixeiro. — Você sabe que não poderá pagar-me o preço. É o único que me resta. Não posso dá-lo por menos de dois guinéus.

— Aqui está seu dinheiro — gritou Manasseh com impetuoso desdém, e jogou as duas moedas de ouro, que tilintaram musicalmente sobre a banca.

Grobstock, fulminado, emudeceu por um instante. Sua face tingiu-se de púrpura. As escamas do salmão luziam como uma visão celestial que se desvanecia, por sua própria estupidez.

— Levarei esse salmão, Jonathan — repetiu ele, tartamudeando. — Três guinéus.

— Perdoe-me — interveio Manasseh —, é tarde demais. Isto aqui não é leilão. — Pegou o peixe pela cauda.

Grobstock virou-se, à beira da apoplexia devido ao acicate.

— Você! — gritou ele. — Seu... seu... velhaco! Como se atreve a comprar salmão?

— Velhaco é você! — retrucou Manasseh. — Você queria que eu roubasse o salmão?

— Você roubou meu dinheiro, patife, biltre!

— Assassino! Derramador de sangue! Você não me deu o dinheiro livre e espontaneamente, em intenção da alma de sua esposa? Eu o intimo perante essas testemunhas a confessar que você é caluniador!

— Caluniador, verdade! Repito que você é um patife e um mequetrefe. Você... um pé-rapado... um mendigo... com mulher e filhos. Como é que tem coragem de gastar dois guinéus... dois guinéus inteirinhos, tudo o que você tem no mundo, em um simples luxo como um salmão?

Manasseh ergueu as sobrancelhas arqueadas.

— Se eu não comprar salmão quando tenho dois guinéus — respondeu ele com calma —, então quando poderei comprá-lo? Como você diz, é um luxo; e muito caro. Somente em raras ocasiões como esta os meus recursos mo permitem.

Grobstock, perplexo, calou-se.

— Em nome da minha esposa — continuou Manasseh, balançando o salmão pela cauda —, peço-lhe que limpe o meu bom nome que você difamou na presença dos próprios vendeiros meus. Outra vez exorto-o a confessar perante essas testemunhas que você mesmo me deu o dinheiro como caridade. Vamos! Nega isso?

— Não, não o nego — murmurou Grobstock, incapaz de compreender por que parecia a si mesmo um vira-lata surrado, ou por que aquilo que deveria ter sido um elogio a si próprio se transformara numa desculpa ao pedinte.

— Em nome de minha esposa, eu lhe agradeço — disse Manasseh. — Ela adora salmão, e frita-o com arte. E agora, já que não tem maior utilidade para essa sua bolsa, aliviá-lo-ei desse peso, levando nela o salmão para casa.

Pegou a bolsa de lona do atônito Grobstock e nela guardou o peixe.

— Boa tarde a todos — disse o *shnorrer* cortesmente.

— Um momento — gritou o filantropo, quando recuperou a voz. — A bolsa não está vazia; ainda contém alguns pacotes.

— Tanto melhor! — respondeu Manasseh em tom apaziguador. — Você estará salvo da tentação de continuar derramando o sangue dos pobres, e eu estarei salvo de gastar *tudo* o que você me deu com o salmão, uma extravagância que você tem razão em deplorar.

— Mas... mas! — começou Grobstock.

— Nem mas... nem meio mas — protestou Manasseh, balançando a bolsa, de modo suplicante. — Você tem razão. Admitiu que antes estava errado; e, por isso, devo ser menos magnânimo agora? Na presença de todas as testemunhas, reconheço a justiça de sua repreensão. Eu não devia ter desperdiçado dois guinéus num peixe. Não era justo. Venha cá, tenho algo a lhe dizer.

Saiu do alcance dos curiosos, enveredando por uma das vielas opostas à banca, e acenou com a bolsa. O diretor das Índias Orientais não teve outro jeito senão obedecer. Provavelmente tê-lo-ia seguido de qualquer forma, a fim de acertar o caso com ele, mas agora sentia a humilhante sensação de estar às ordens do *shnorrer*.

— Quero salvar o seu dinheiro no futuro — disse o pedinte num tom baixo e confidencial. — Esse Jonathan é um filho da separação! O salmão não vale dois guinéus, não, por minha alma! Se você não tivesse aparecido, eu o teria conseguido por vinte e cinco xelins.

O financista olhava-o boquiaberto.

— Você encontrará mais dezessete xelins na bolsa — disse, por fim.

— Ah! Mas você é um cavalheiro! — bradou Manasseh, enlevado. — Pena que não nasceu sefardi. Vale o que pretendo fazer? Jantarei com você sexta-feira. Nunca sentei-me à mesa com alguém que não fosse sefardi, mas para você abrirei uma exceção!

■

O CAFÉ MIRABELLA

Representante típico desse espírito de Budapeste que ele mesmo ajudou a cristalizar, **Ferenc Molnár** (1879-1952) estreou com *A cidade faminta*, romance de que a própria capital é a protagonista. Observador agudo e malicioso, mas não isento de sentimentalismo e ternura, Molnár manteve essas características noutros romances, cujo cenário (um cenário ativo, se podemos dizer) é sempre a sua cidade natal. Vários de seus textos foram adaptados ao teatro e ao cinema (por exemplo, *O cisne*, com Grace Kelly). Homem de intensa vida social, um dos festejados donos da vida da Budapeste do começo do século, aplaudido em todas as capitais da Europa, Molnár decerto não teria imaginado o fim de sua existência. Fugindo ao nazismo, estabeleceu-se em 1940 em Nova York, onde passou os últimos anos da vida, num isolamento quase completo, entregue às suas reminiscências, que relatou em alguns livros comoventes.

O trecho a seguir, extraído do livro *Entre dois mundos*, da Coleção Judaica publicada pela editora Perspectiva, em 1967, com tradução de Geraldo Gerson de Souza, dá uma amostra do humor de Molnár.

Vou contar-lhes rapidamente a história do proprietário do Café Mirabella. Era um judeu de meia-idade. Você sabe onde é o Café Mirabella?

— Na Andrassy?

— Certo. Num grande edifício de quatro andares, na esquina. Dizem que pertencia a outro judeu chamado Pollak. Bem, uma tarde um judeu polonês de barba comprida e longo *caftan* preto entrou no Café de Pollak. O Mirabella estava cheio de mulheres vestidas de seda, tomando café. O homem do *caftan* sentou-se a um canto, numa mesinha, e esperou. O garçom passou por ele umas dez vezes sem perguntar o que desejava.

Finalmente chamou o garçom: — Uma xícara de café, por favor. — O garçom olhou-o e respondeu: — Não temos café. — O homem do *caftan* observou-o espantado. — O quê? Não há café num Café grande como este? — Começou a desconfiar que não queriam servi-lo porque tinham vergonha do seu *caftan*, ante todos os outros judeus elegantes.

Dirigiu-se à caixa onde se achava o proprietário, cumprimentou-o polidamente e perguntou: — Por favor, é verdade o que me diz o garçom, que não há café aqui? — O proprietário olhou-o desdenhosamente e respondeu: — Não para você.

— Obrigado — disse o homem do *caftan* e foi embora. Chovia lá fora; isto também é importante. Ficou de pé na chuva, fora do elegante Café, por alguns minutos, com uma dor no coração. Sei disso porque ele mesmo me contou. Seu coração doía porque o judeu dono do Café se envergonhava dele por causa dos fregueses, também judeus. — Se se tratasse de um antissemita, eu não abriria a boca — disse ele.

Ficou de pé fora do Café por algum tempo, depois entrou no prédio e perguntou ao porteiro onde morava o dono do edifício. Morava no segundo andar. Subiu para vê-lo. Contou-me que discutiram o assunto durante quase uma hora.

Depois de uma hora telefonaram ao advogado, porque o homem do *caftan* comprara o prédio. Pagou o preço integral da compra no ato e, então, desceu ao Café com o advogado e deu a notícia ao proprietário. Este ficou tão embasbacado com a história que somente uma hora mais tarde desmaiou no salão de jogo.

Isto aconteceu há uns oito anos; desde aquela época, o atual dono do Café dobrou sua fortuna. Pode escrever a história, mas ponha o título "A raiva é má conselheira".

■

DIANTE DA LEI

Pode parecer estranho falar de humor na obra de um escritor que descreveu, como ninguém, o pesadelo da alienação no mundo moderno. Sob a aparência sombria é possível, contudo, encontrar elementos típicos de humor judaico. Aliás, **Franz Kafka** (1883-1921) não era, segundo os que o conheceram, um homem triste. Seu amigo e biógrafo Max Brod conta que, quando lia seus trabalhos para outras pessoas, frequentemente ria com as próprias histórias. E Gustav Janouch transcreve em seu *Conversas com Kafka* (Londres: André Deustch, 1971) um diálogo muito significativo, a propósito de Chesterton.

Kafka disse:
— Ele é tão alegre que quase se crê que encontrou Deus.
— Então para você o riso é sinal de sentimento religioso?
— Nem sempre. Mas é preciso ser alegre em nosso tempo agnóstico. A orquestra do navio tocou até o fim no naufrágio do *Titanic*. Dessa maneira, a gente se defende do desespero.

O excerto de *O processo* que se segue, em tradução de Modesto Carone, exemplifica o sombrio humor kafkiano.

Uma vez que a porta da lei continua como sempre aberta, e o porteiro se põe de lado, o homem se inclina para olhar o interior através da porta. Quando nota isso, o porteiro ri e diz: "Se o atrai tanto, tente entrar apesar da minha proibição. Mas veja bem: eu sou poderoso. E sou apenas o último dos porteiros. De sala para sala, porém, existem porteiros cada um mais poderoso que o outro. Nem mesmo eu posso suportar a visão do terceiro". O homem do campo não esperava tais dificuldades: a lei deve ser acessível a todos e a qualquer hora, pensa ele; agora, no entanto, ao examinar mais de perto o porteiro, com o seu casaco de pele, o grande nariz pontudo e a longa barba tártara, rala e preta, ele decide que é melhor aguardar até receber a permissão de entrada. O porteiro lhe dá um banquinho e deixa-o sentar-se ao lado da porta. Ali fica sentado dias e anos. Ele faz muitas tentativas para ser admitido, e cansa o porteiro com os seus pedidos [...]. Finalmente, sua vista enfraquece e ele não sabe se de fato está escurecendo em volta ou se apenas os olhos o enganam. Contudo, agora reconhece no escuro um brilho que irrompe inextinguível da porta da lei. Mas já não tem mais muito tempo de vida. [...]

■

AMARGA IRONIA
Lion Feuchtwanger (Munique, 1884-Los Angeles, 1958) foi à sua época um popular escritor de romances históricos (entre os quais o magistral *Judeu Suss*, de 1925) e de peças teatrais, tendo inclusive colaborado com Bertolt Brecht. Em 1933 o governo nazista confiscou-lhe os bens, e no ano seguinte a cidadania. Feuchtwanger emigrou primeiro para a França e logo depois para os Estados Unidos, onde veio a falecer.

O escritor LF tinha uma casa, que foi confiscada; e uma cidadania, da qual foi privado. Possuía, quando os nazistas ascenderam ao poder, 10 248 livros, 28 manuscritos, um gato, duas tartarugas etc. Destes, 4212 objetos vários foram apreendidos, destruídos, perdidos, quando os nazis invadiram a casa. [...]

O escritor LF é autor de quatro romances, dos quais foram impressos 527 mil exemplares, todos confiscados quando LF declarou que as 164 mil palavras do livro *Minha luta*, de autoria do sr. Adolf Hitler, representavam 164 mil ofensas contra a gramática e/ou o estilo. A partir de então foram escritos 1584 artigos contra LF e, em 327 pronunciamentos radiofônicos, seus livros foram classificados como veneno.

LF foi perfeitamente feliz dezenove vezes na vida e profundamente infeliz catorze vezes. Em 584 a incrível loucura do mundo em que viveu abalou-o ao ponto da perplexidade. E aí tornou-se imune a ela.

— Acho incrível o temperamento de Van Gogh.
Era tão desesperado que cortou a orelha!
— *Eu fiz* BRIS.

"Se a minha Teoria da Relatividade for comprovada, a Alemanha afirmará que sou alemão, e a França proclamará que sou cidadão do mundo. Mas, se a teoria estiver errada, a França dirá que sou alemão, e a Alemanha declarará que sou judeu." (PRONUNCIAMENTO NA SORBONNE)

"A tentativa de combinar sabedoria e poder só raramente tem tido sucesso — e mesmo assim por pouco tempo." (AFORISMO DA PUBLICAÇÃO EM HOMENAGEM AO 80º ANIVERSÁRIO DE LEO BAECK, 1953)

O HUMOR DE ALBERT EINSTEIN
Albert Einstein (1879-1955) ficou famoso não só por sua Teoria da Relatividade, como também por seus escritos humanísticos (sobre ciência, religião, economia, direitos humanos, judaísmo), aos quais não faltava um toque de humor.

"O homem em geral evita atribuir astúcia a alguém: a menos que seja inimigo." (ID.)

"Para ser membro de um rebanho, a ovelha tem de ser, antes de tudo, uma ovelha." (ID.)

"Quando a estupidez tem a maioria, ela é duradoura. O terror de sua tirania, contudo, é aliviado pela falta de consistência." (ID.)

Em resposta ao protesto de uma organização de mulheres contra sua visita aos Estados Unidos, em 1934:

"Eu nunca tinha sido tão rejeitado por mulheres; não, pelo menos, por tantas mulheres ao mesmo tempo. Mas estão certas, estas vigilantes cidadãs. Por que haveria alguém de abrir suas portas a uma pessoa que devora capitalistas com o mesmo apetite do minotauro devorando donzelas, e que além disso rejeita qualquer guerra, exceto o inevitável conflito com sua própria mulher? Rendamos pois nossa homenagem a essas espertas e patrióticas mulheres, lembrando que o Capitólio da poderosa Roma foi salvo pelo grasnar de seus fiéis gansos." (MEIN WELTBILD. AMSTERDAM, QUERIDO VERLAG, 1934)

"A coisa mais incompreensível acerca do mundo é que ele é compreensível."

"Se A é o sucesso na vida, então A = X + Y + Z, onde X é trabalho, Y é diversão e Z é manter a boca fechada."

∎

O COMEDIANTE MORTO
Romain Gary, nascido na Lituânia, morreu aos 66 anos, em 1980. Escreveu diversos romances, inclusive, sob o pseudônimo de Émile Ajar, *La Danse de Gengis Cohn*, da qual foi extraído o texto a seguir, Conta a história de um comediante judeu morto pelos nazis que se torna um *dibuk* (espírito encarnado) para o oficial que o matou, Schatz, que, na qualidade de delegado policial da cidadezinha de Licht, deve resolver uma série de misteriosos assassinatos: todas as vítimas são homens que morrem com o rosto iluminado por um feliz sorriso.

Lily, esposa do barão Von Pritwitz, é a suspeita número um. Deve ser possivelmente uma ninfômana muito perigosa, à procura de um super-homem. Florian, guarda-florestal de seu marido, mata a todos que não satisfazem plenamente seus desejos.

A cena que segue é o diálogo entre Florian e o narrador.

—Sempre me perguntei o que é exatamente o humor judaico.
— O que você pensa que é?
— É uma maneira de se lamentar.
— Para quê?
— O poder da lamúria é tão grande que chega a quebrantar os rigores impostos ao homem.
[...]
— Sem dúvida, somos uma raça desgraçada. E certamente crucificamos Nosso Senhor Jesus Cristo: suas cinzas que descansem em paz.
— Desculpe! Desculpe-me! Vocês sempre tratam de reclamar tudo para vocês! Nada para os demais... que voracidade! O papa João XXIII declarou que vocês não foram culpados.
— Que não fomos culpados? Então, não foi por nada durante dois mil anos?
— Por nada, por nada. Você só pensa em um pequeno negócio!

∎

Os alunos perguntaram a seu rabino:
— O que é que adoça o café, o açúcar ou o ato de mexê-lo?
— O ato de mexê-lo, obviamente.
— Então para que o açúcar?
— Para sentirmos que devemos mexê-lo.

O humor judaico húngaro está a meio caminho entre a ingenuidade do humor dos judeus alemães e a picardia do humor dos judeus da Europa Oriental.

■

— Rabino: a que se deve o fato de que primeiro vemos o relâmpago e logo depois ouvimos o trovão? — perguntam os alunos.
— É que Deus dispôs assim quando colocou nossos olhos na frente e nossas orelhas atrás!

■

Na sauna, Kohn vê que, sob o chuveiro, Grün ensaboa o pé. Caminhando pé ante pé, dá um tremendo tapa nas nádegas do amigo. O ensaboado se endireita, se volta, e então Kohn descobre que não bateu em Grün, mas no rabino.
— Perdão, não, não sabia que, que era o rabino...
— Não importa — diz o rabino. — Aí onde me bateste, não sou rabino.

■

O jovem Weis visita seu rabino.
— *Rebe*, quero seu conselho: caso com Rochele Blau? Ela pertence a uma respeitável família.
— Então, case-se com ela.
— Mas... ela é surda-muda.
— Bem, então não te cases com ela.
— Acontece que seu pai lhe deu um dote bem importante.
— Então, case-se com ela.
— Acontece que ela é corcunda.
— Bem, não te cases com ela.

— Acontece que herdarei a empresa, a casa, o dinheiro do pai.
— É bom, case-se com ela.
— Mas ela tem um filho ilegítimo.
— Então, não te cases com ela.
— Mas, rabi, diga-me o que seria melhor...
— O melhor seria que te convertesses ao cristianismo, assim enlouquecerias com tuas perguntas o padre, não a mim.

■

Em seu sermão semanal, o rabino consola seus paroquianos, assegurando-lhes que os pobres terão grandes riquezas no Além e adverte os ricos de que lá serão mendigos.

Antes de retirar-se, um homem se aproxima e lhe diz:
— Rabino, sou um mendigo e o senhor um homem rico. Façamos um trato. O senhor me faz um empréstimo de mil moedas de ouro e eu, no Além, quando for rico, lhe devolverei em dobro. Para o senhor será bastante, já que será a sua vez de ser pobre lá.
— Não posso fazê-lo — diz o sábio —, pois com tua habilidade serias capaz de fazer uma grande fortuna, com o que, no Além, tornarias a ser mendigo. Como ficaria meu empréstimo?

■

Durante o sermão, o rabi diz no ouvido do *shames*:
— Escuto um ronco na última fila, por favor, acorde esse judeu.
— Eu não — retruca o *shames*. — O senhor o adormeceu, pois então acorde-o o senhor mesmo.

■

Uma comunidade estava por contratar um novo *chazam*, e dois postulantes ao cargo se apresentaram. Um gostava de bebida e o outro corria atrás de qualquer rabo de saia. Consultaram o rabino para saber qual seria a melhor opção.
— O caçador de saias.

— Mas... rabi — sussurrou um integrante da comitiva. — Beber é uma falta... mas o que o outro faz... é pecado.

— Pense um pouco — diz o rabino. — Beber pode durar a vida toda, enquanto correr atrás de saias é algo que deve cessar a certa idade...

■

—Nosso rabino é levado, todas as noites, por seis anjos à cama de sua consorte — conta Crün. E, acrescentando: — Depois, um só anjo o devolve a seu leito.

— Se um anjo basta para devolvê-lo, por que são necessários seis para levá-lo?

— E ele por acaso quer ir?

■

Altman e sua secretária estavam sentados num café em Berlim em 1935.

— *Herr* Altman — diz a secretária —, vejo que o senhor está lendo o *Der Stürmer*! Não consigo entender por que o senhor anda com esse folhetim de propaganda nazista. Será que o senhor é masoquista ou, Deus o livre, um desses judeus que sofre de auto-ódio?

— Ao contrário, *Frau* Epstein! Quando eu costumava ler os jornais judaicos eu só ficava sabendo de pogroms, tumultos na Palestina e assimilação na América. Agora que leio o *Der Stürmer*, fico sabendo muito mais: que os judeus controlam todos os bancos, que dominamos o mundo das artes e que estamos prestes a conquistar todo o planeta. Sabe, isso faz com que eu me sinta muito melhor!

HUMOR E NAZISMO
No humor sobre o antissemitismo encontra-se, frequentemente, uma combinação única de esperança, ironia e ceticismo. No caso do nazismo, esse humor torna-se dilacerante, devido à tragédia que envolve. No Gueto de Varsóvia contavam-se até piadas sobre Hitler, que recebeu o codinome de Horowitz.

■

Um judeu austríaco, sentindo a iminente ocupação de seu país por Hitler, passa a estudar várias hipóteses de emigração. Vai até um agente de viagens para se aconselhar. O agente pega um enorme globo e começa a relatar as exigências para entrada em vários países. Logo fica claro que muitas das opções são cheias de dificuldades. Um país exige atestado de emprego. Outro não reconhece passaportes austríacos. Um terceiro país exige dos interessados a posse de alta quantia em dinheiro; enquanto um quarto simplesmente não quer mais saber de imigrantes, especialmente judeus. Finalmente, desesperado, o judeu pergunta:
— O senhor não tem aí um outro globo?

■

Um grupo de nazistas cerca um judeu em Berlim:
— Judeu, quem são os culpados pela guerra?
— Os judeus — ele responde. — E os ciclistas.
— Por que os ciclistas? — perguntam os nazistas.
— E por que os judeus?

■

Emil Formstecher estava a caminho do mercado de Munique, levando sob o braço um frango. No meio da rua, um nazista o cerca e pergunta:
— Judeu, aonde é que você vai?
— Vou ao mercado comprar um pouco de ração para o meu frango.
— E o que é que o frango come? — pergunta o nazi.
— Milho — responde Formstecher.
— Milho? Esses judeus caras-duras! Os soldados alemães passam fome enquanto vocês alimentam seus frangos com o nosso puro milho alemão!
Esbofeteou o judeu no rosto e seguiu andando. Um pouco depois, outro nazista parou Formstecher.
— Aonde você vai, porco judeu?
— Ao mercado, comprar ração para o meu frango.

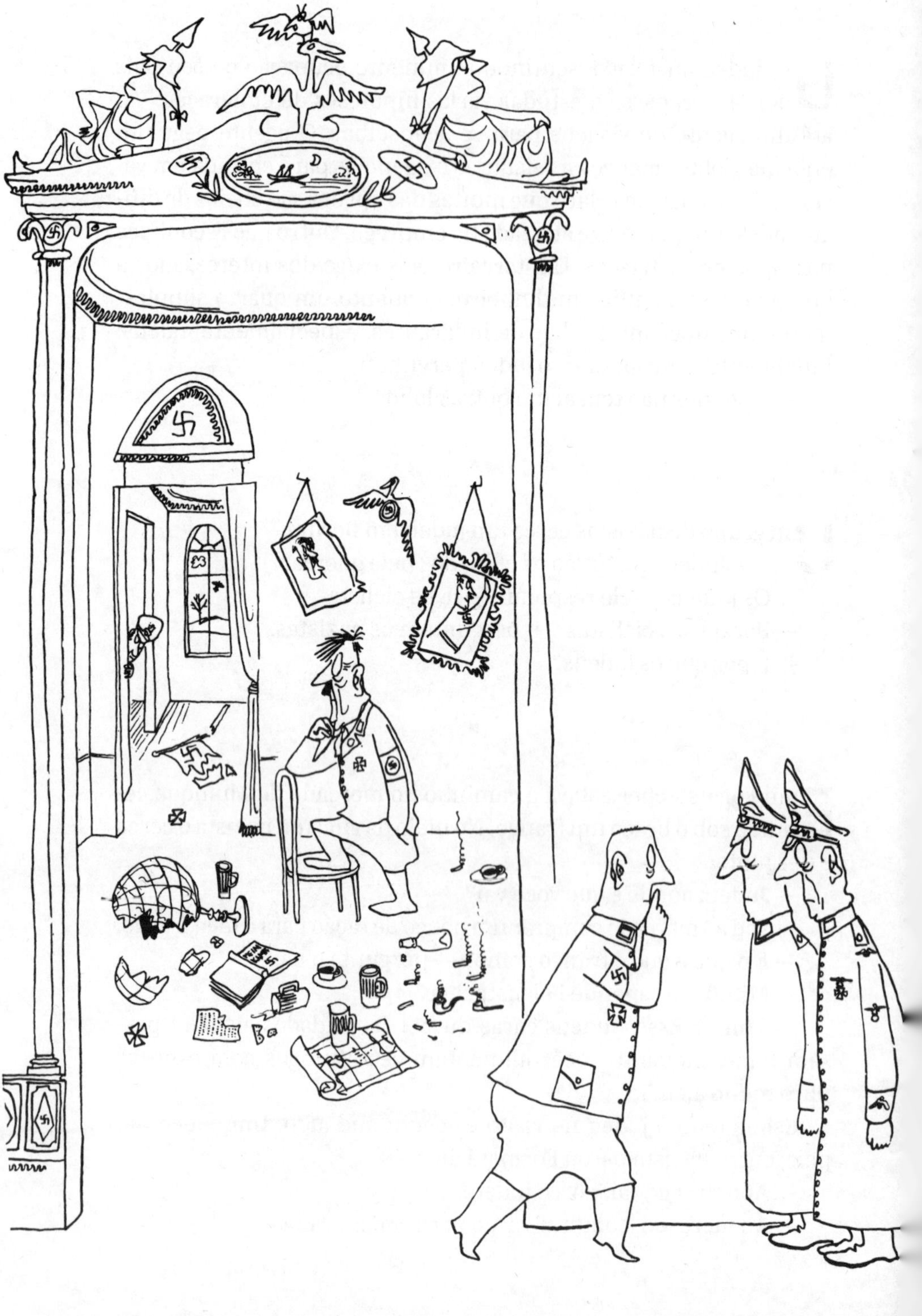

— O que é que ele come?
— Talvez um pouco de trigo.
— Trigo? Justo trigo? Os frangos dos judeus comem trigo, enquanto crianças alemãs têm fome! — E com um soco violento jogou Formstecher ao chão.

Formstecher levantou e continuou sua caminhada quando um terceiro nazi o abordou:
— Aonde é que vai, cretino?
— Ao mercado, comprar ração para meu frango.
— Ração para o seu frango? E o que é que ele come?
— Olha — diz Formstecher —, não tenho a menor ideia. Acho que vou dar ao frango alguns *pfennigs* e deixá-lo comprar o que ele quiser!

■

Goebbels, quando era ministro de propaganda nazista, visitou uma escola secundária alemã antes da expulsão dos judeus. Durante a visita avisou que daria um prêmio ao estudante que lhe sugerisse o melhor slogan para a Alemanha.

Um dos estudantes sugere:
— Alemanha acima de tudo.
— Muito bem — diz Goebbels. — Quem mais quer sugerir outra frase?

Outro estudante se levanta:
— Nosso povo viverá eternamente.
— Excelente! Mereces o prêmio. Como é teu nome?
— Abraham Goldstein.

■

Durante a Segunda Guerra Mundial, depois de esperar três meses em Casablanca, Lowenthal já quase perdeu as esperanças de obter um visto de entrada na América. O consulado americano está sempre abarrotado de refugiados e é praticamente impossível conseguir até mesmo uma entrevista com algum funcionário americano. Finalmente, Lowenthal consegue ser recebido.

— Que chances eu tenho de entrar nos Estados Unidos? — pergunta ele.

— Poucas, eu receio — diz o funcionário. — A cota de seu país está totalmente completa. Sugiro que você volte a nos procurar dentro de dez anos.

— Certo — responde Lowenthal, impassível. — De manhã ou à tarde?

∎

Que diferença existe entre os alemães e o sol?
O sol nasce ao leste e desaparece no oeste, enquanto os alemães apareceram pelo oeste e vão desaparecer pelo leste.

∎

Hitler, um certo dia, querendo conhecer o comportamento de seu povo, chamou um grupo de pessoas representativas da cidade. Todos teceram elogios ao *führer*, com exceção de um sábio rabino que não abriu a boca desde a sua chegada.

— Por que está tão calado? O que é que há? — perguntou Hitler.

— Estava pensando — respondeu calmamente o rabino.

— Pensando em quê? — interrogou o *führer*.

— Bem, excelência. Eu meditava sobre um problema muito interessante. O faraó foi um antissemita terrível. Nós, judeus, fomos expulsos do Egito e, para recordar, passamos a comer *matsá* na nossa Páscoa. Haman foi também um inimigo terrível dos judeus e, para nos lembrarmos, comemos uma torta deliciosa chamada *hamantach*. E, neste momento, estava pensando, excelência, o que vamos comer em sua homenagem?

∎

O *führer* comparece perante um indivíduo chamado Kohn, acusado de colocar em circulação uma quantidade de anedotas sobre os donos do regime.

— Foi você, judeu, que inventou essa história sobre Göring?
— Sim — respondeu Kohn.
— E esta outra sobre Goebbels?
— Sim, fui eu.
— E esta sobre mim?
— Sim, fui eu.
— Você ignora, miserável aborto judeu, que a Alemanha inteira está atrás de tudo isso?
— Essa história, *führer* — responde Kohn —, não fui eu que a criou.

■

Alter Schonbaum, um velho rabino, prepara-se para deixar sua cidadezinha e dirigir-se a Berlim, onde tinha que fazer alguma transação. Antes de partir resolve melhorar seu aspecto; compra um belo *caftan* preto, manda limpar seu chapéu de pele e troca as franjas de seu manto de orações. Ao subir no trem, sua aparência era igual à do retrato de um judeu ortodoxo pintado por Rembrandt.

Duas semanas mais tarde volta para casa sombrio e triste. Preocupado, seu sócio lhe pergunta:

— Que foi que houve, Reb Alter? Aconteceu algo ruim? Deus não o permita!

— Não, graças a Deus tudo foi bem. Porém, na volta, no trem, fiquei muito inquieto ao ouvir como jovens nazistas gozavam nossa gente, nossos costumes. Estavam bebendo, falando frases obscenas e riam às gargalhadas. Fiquei muito perturbado.

— Suponho que não se meteu com eles — disse o sócio de Reb Alter. — Eles podiam tê-lo massacrado.

— Claro que não me meti com eles — responde Reb Alter. — Não disse uma palavra. Fiquei quieto no meu canto e fingi que não era judeu.

■

Entre os judeus que às vésperas da Segunda Guerra esperavam um visto de saída estava um velho rabino que já tinha passado por vários países e a quem um conhecido homem de relações dispôs-se a ajudar. Foi muito difícil; país algum queria dar um visto. Finalmente o amigo conseguiu-o.
— Só há um problema — disse.
— Qual é o problema? — suspirou o rabino.
— O visto é para a Austrália.
— E daí?
— Daí que é longe...
— Longe? — disse o rabino. — Longe de quê?

Do pogrom à perestroika

União Soviética

A relação entre o judaísmo e o socialismo soviético é uma longa história marcada pela incompreensão, pela hostilidade e finalmente pela tragédia. Quando eclodiu a revolução bolchevique, em 1917, muitos judeus aderiram a ela entusiasticamente, convictos de que através de um regime igualitário teriam fim os sofrimentos do povo judeu. Tal não aconteceu; a emancipação judaica nunca chegou a ocorrer na URSS, e, entre os expurgados e eliminados, estava um número suspeito de judeus.

Ao comprovar sua incapacidade de viver conforme suas tradições, ou de abandonar o país, 2 milhões de judeus soviéticos se voltaram precocemente para o humor, como meio de superar as extraordinárias pressões e tensões da existência cotidiana. Nesse sentido, bem podem ser considerados precursores da perestroika.

O humor judaico, por ser essencialmente antiautoritário, desenvolve-se mais onde a censura é maior; vai de boca em boca à velocidade da luz e não pode ser detido por nenhuma KGB. Talvez os judeus não sejam livres, mas a piada judaica certamente o é.

No transcurso de todo o humor posterior a 1917, o herói central da piada judia — o pobre Abraham Rabinovich — se ajeita para enfrentar a vida com infinita reserva de bom senso e otimismo, configurando, talvez, a mais rica tradição oral da União Soviética. Esse mítico e satírico personagem, que enlouquece as autoridades com sua lógica e ironia, é sem nenhuma dúvida uma das figuras que definem o campo de humor judaico na União Soviética.

■

Quatro amigos estão sentados em um restaurante em Moscou. Durante um bom período, ninguém diz nada. Ao final, um homem se queixa: *Oi*.
— *Oi vei* — diz um segundo rapaz.
— *Nu* — diz o terceiro.
Então, um quarto homem se levanta da cadeira e diz:
— Ouçam, rapazes, se não pararem de falar de política, vou embora!

■

Com o objetivo de mostrar ao mundo o autêntico espírito democrático na União Soviética, foi formada em Moscou uma orquestra composta de representantes de diversas nacionalidades soviéticas. Durante uma entrevista coletiva à imprensa, cada um dos integrantes foi apresentado individualmente aos jornalistas estrangeiros pelo diretor da instituição, Sergei Ivanov.
— Este é Fyodorov, o russo — começa. — E este é Murzhenko, o ucraniano; estes são Saroyan, o armênio, e Chikvili, o georgiano. E este aqui é Rabinovich, o violinista.

■

O pesquisador vai à casa de Rabinovich.
— Abraham Rabinovich vive aqui? — pergunta.
— Não — responde Rabinovich.
— Bem, neste caso, camarada, qual é seu nome?
— Abraham Rabinovich.
— Um momento, o senhor não acaba de me dizer que Rabinovich não vive aqui?
— Ahá! — diz Rabinovich. — A isto o senhor chama de vida?

∎

Rabinovich se apresenta como postulante ao Partido Comunista e lhe pedem que responda a algumas perguntas.

— Quem foi Karl Marx?
— Não sei — responde Rabinovich.
— Lênin?
— Desculpe, também não o conheço.
— E Leonid Brezhnev?
— Nunca ouvi falar dele.
— O senhor está me gozando? — pergunta o funcionário.

— Em absoluto — diz Rabinovich. — Você conhece Hershel Salsber?
— Não — diz o funcionário.
— E Yankel Horowitz?
— Nunca ouvi falar dele.
— Nahum Davidovich?
— Não.
— Bem — diz Rabinovich —, percebo o que está acontecendo. Você tem seus amigos e eu tenho os meus.

∎

Rabinovich tinha um papagaio. Certo dia, enquanto estava no serviço, os vizinhos ouviram o louro dizer:
— Estamos fartos deste paraíso socialista. Queremos ir a Israel.

De imediato, os vizinhos chamaram a KGB. Ao chegar em casa, Rabinovich encontra os agentes na sua porta, que o previnem de que, se o louro continuasse proferindo semelhantes observações antissoviéticas, tanto ele como a ave teriam sérias dificuldades. Rabinovich prometeu tomar providências. Na manhã seguinte, os agentes da KGB voltaram e pediram para ver o animal. Quando abriu a porta, o louro, sem vacilar um instante, começou a gritar:

— Abaixo o sionismo! Viva o marxismo-leninismo! Abaixo o sionismo! Viva o marxismo-leninismo!

Os homens da KGB se mostraram satisfeitos e foram embora.

— Como fizeste para educar teu papagaio? — pergunta um vizinho, intrigado.

— Deixei-o uma noite na geladeira — replica Rabinovich. — Assim, teve uma ideia do que é a Sibéria.

Um dia, o louro escapou, então Rabinovich telefonou para a KGB.

— Alô. Estou falando com a KGB? Gostaria de saber se por acaso não apareceu aí no departamento um papagaio — pergunta Rabinovich.

— Não — respondem.

— Bem, se chegar a apresentar-se, quero que saibam desde já que não compartilho de suas opiniões políticas — explica Rabinovich.

■

Abraham Rabinovich em Moscou é acordado no meio da noite com fortes batidas na porta.

— Quem está aí? — pergunta.

— O carteiro — respondem.

O homem levanta da cama, abre a porta e encontra dois agentes da KGB.

— Você é Rabinovich? — pergunta um dos agentes.

— Sim — responde Rabinovich.

— E fez um pedido para ir a Israel?

— Correto.

— Tem comida suficiente aqui?

— Sim, tenho.

— Seus filhos não recebem uma boa educação comunista?

— Sim, é verdade.

— Então por que você quer abandonar a Rússia?

— Porque — responde Rabinovich — não gosto de viver em um país onde entregam a correspondência às três da manhã!

■

Certa ocasião, Abraham Rabinovich foi chamado ao escritório de emigração, para tratar de seu pedido de visto para Israel.

— Por acaso o senhor não está bem aqui, Rabinovich? Não tem

tudo de que precisa? — pergunta o funcionário do Departamento de Emigração.

— Bom — começa Rabinovich —, o cerne da questão é que tenho dois motivos para querer emigrar. O primeiro se deve a meu vizinho. Todas as noites chega completamente embriagado e começa a amaldiçoar os judeus. Sempre diz que tão logo os comunistas sejam derrocados, ele e seus amigos enforcarão todos os judeus.

— Mas, Rabinovich, você sabe que nós, os comunistas, jamais seremos derrocados — afirma orgulhosamente o funcionário.

— Esse — diz Rabinovich — é exatamente o meu segundo motivo.

■

Rabinovich senta-se num café e pede um copo de chá e um exemplar do *Pravda*.

— Vou lhe trazer o chá — diz o garçom —, mas não posso lhe trazer o *Pravda*. O governo soviético foi derrubado e o *Pravda* deixou de ser publicado.

— Tudo bem — diz Rabinovich —, traga-me somente o chá.

No dia seguinte, Rabinovich volta ao mesmo café e pede um copo de chá e um exemplar do *Pravda*. O garçom lhe dá a mesma resposta.

No terceiro dia, Rabinovich aparece de novo e pede um copo de chá e um *Pravda*. Dessa vez, o garçom lhe diz:

— Escute aqui, meu senhor; o senhor parece ser um homem inteligente. Há três dias me pediu um exemplar do *Pravda* e agora pela terceira vez eu tenho de lhe dizer que o regime soviético foi derrubado e que o *Pravda* deixou de ser publicado!

— Eu sei, eu sei — diz Rabinovich. — Mas é tão bom ouvir isso...

■

Rabinovich é chamado a comparecer ao escritório do Departamento de Emigração.

— Ah, Rabinovich! Por que quer deixar-nos, deixar a terra que o nutriu? — pergunta o funcionário.

Rabinovich permanece calado.

— Não tem trabalho? — questiona, começando a numerar com os dedos.

— Tenho — diz Rabinovich.

— Por acaso não tem casa por um aluguel muito baixo? — continua o funcionário.

— Tenho — diz Rabinovich.

— E assistência médica gratuita? — aponta o funcionário.

— Isso também tenho — suspira Rabinovich.

— E escola para seus filhos? — insiste o funcionário, encarando Rabinovich.

— Aham! — concorda o pobre judeu.

— Então, por que quer ir-se daqui? — grita o funcionário. — Você não passa de um judeu sujo!

Ao que Rabinovich sorri.

— Obrigado, camarada, você acaba de me recordar a razão.

■

Em plena era stalinista, Rabinovich se integra às manifestações do Primeiro de Maio, marchando com um cartaz que diz: "Obrigado, camarada Stálin, por minha infância feliz". Ao observar a inscrição, um funcionário do partido se aproxima e diz:

— Você está louco! Rabinovich, você é tão velho que Stálin provavelmente nem era nascido quando você era pequeno.

— Essa é precisamente a razão pela qual estou agradecendo — replicou o judeu.

■

Três presidiários são levados à mesma cela; à falta do que fazer, põem-se a conversar.

— Por que está aqui? — pergunta um recluso.

— Prenderam-me por bater em um velho judeu chamado Rabinovich — responde o homem.

— E você?

— Por ter defendido um velho judeu chamado Rabinovich em

uma briga — respondeu o primeiro. Os dois voltam-se então para o terceiro homem, um velhinho que estava quieto no seu canto.

— E você? Por que te prenderam?

— Porque me chamo Rabinovich — suspira ele.

■

Um visitante norte-americano percorre um povoado ucraniano.

— Por que a sinagoga está fechada? — pergunta, dirigindo-se ao funcionário local. — Será talvez pelas normas antissemitas de seu país?

— Em absoluto — responde o funcionário. — Isso se deve simplesmente à falta de um rabino idôneo.

— Mas como é possível? — pergunta o norte-americano. — Você pretende me convencer de que não existem candidatos para o cargo?

— Na realidade, tivemos três — diz o funcionário. — O primeiro aspirante trouxe um diploma onde constava que era rabino, mas não pertencia ao Partido Comunista. O segundo candidato era membro do partido, mas faltava-lhe o certificado do rabinato. E o terceiro, que reunia ambos os requisitos, tinha uma pequena dificuldade: era judeu.

■

Rabinovich é chamado pelo consulado em Moscou e ao apresentar-se é notificado de que seu pedido de emigração para Israel fora negado.

— Mas por quê? — protesta Rabinovich.

— Porque em seu trabalho você é detentor de segredos de Estado — explica o funcionário do consulado.

— Segredos de Estado? Você deve estar brincando comigo! Em minha especialidade os norte-americanos estão vinte anos à nossa frente, pelo menos! — exclama.

— Este é precisamente o segredo.

■

Finalmente Sara Rabinovich emigra, mas Abraham fica na Rússia. Antes da separação eles combinam um código para sua correspondência.

— Tudo o que eu te escrever em tinta preta é verdade — lhe diz Abraham —, e em tinta vermelha é mentira.

Semanas mais tarde Sara recebe uma carta escrita em tinta preta. "A vida aqui na Rússia está melhorando a cada dia. A moda este ano está muito elegante e com um preço até acessível. A carne é tanta que até fica difícil de resolver que corte se vai escolher no açougue. Agora, imagine só, que o único problema que tenho, que vai te parecer até ridículo, é que em nenhuma parte consigo encontrar tinta vermelha."

∎

Três cidadãos soviéticos, um polonês, um tcheco e um judeu foram acusados de espionagem e condenados à morte. Cada um deles pôde expressar seu último desejo.

— Quero que minhas cinzas sejam esparramadas sobre o túmulo de Piłsudski — disse o polonês.

— Quero que minhas cinzas sejam esparramadas sobre o túmulo de Masaryk — disse o tcheco.

— E eu — disse o judeu —, quero que minhas cinzas sejam esparramadas sobre o túmulo do camarada Kosygin.

— Mas é impossível — disseram os carcereiros. — Kosygin ainda não morreu!

— Bem — diz o judeu —, posso esperar.

∎

Um judeu se candidata a um emprego. Ao preencher a ficha de informações, o funcionário lhe pergunta:

— Profissão do pai?

— Meu pai morreu — é a resposta.

— Sim — diz o funcionário —, mas o que fazia ele?

— Estava doente dos pulmões.

— Não estou perguntando que doença tinha — diz o funcionário, já impaciente. — Estou perguntando como vivia.
— Vivia tossindo, tossindo...
— Mas disso não se pode viver! — explode o homem.
— Pois é, eu não lhe disse que ele morreu?

■

Um homem de idade está sentado em um banco de praça em Moscou, estudando um livro em hebraico. Um agente da KGB passa por ali, olha por cima do ombro e diz:
— O que é essa escrita estranha?
— É hebraico — diz o ancião. — É o idioma de Israel.
— Não seja burro — diz o agente. — Na sua idade, o senhor nunca irá a Israel.
— É possível que não — suspira o ancião. — Mas o hebraico também é o idioma do céu.
O agente contesta:
— Por que está tão seguro de que vai para o céu?
— Talvez não vá — admite o ancião. — Mas já sei russo.

— *Simãozinho, querido, preparei para você levar* gefilte fish e kneidlach mit yoch...

Antigo humor, um novo país

Israel

"O que aconteceu ao famoso sentido judaico do humor? Parece ter se perdido no caminho para Israel", diz George Mikes. Essa visão bastante severa, creditada a um visitante inglês, também é compartilhada por muitos israelenses. Elon escreve: "O tradicional humor judaico — com sua incisiva autoironia — desapareceu entre os israelenses. Seu âmbito restringe-se agora a governo e política".

Inquestionavelmente, existe um humor israelense, e este é um humor judeu, sem dúvida. Enquanto quase todos os trabalhos publicados no mundo acerca do humor judaico se referem às variadas mudanças que vem sofrendo na diáspora, as características particulares do humor judaico israelense nunca receberam a devida atenção. As funções psicológicas que esse humor desempenhou na diáspora diferem das que lhe são reservadas em Israel, onde serve como válvula de escape para as dificuldades enfrentadas pelo pequeno país. Assim, o humor israelense tem muito a ver com a política de Israel e com o modo israelense de ser: brusco, mas não privado de afeto, vivo — já que vivacidade é condição para a sobrevivência —, eficiente e irônico — inclusive com relação a si mesmo.

Um aspecto peculiar do humor israelense é o enorme desenvolvimento que teve o humor gráfico. Desde antes da constituição do Estado, várias gerações de desenhistas do primeiro time dialogam através dos principais jornais do país, dia após dia, com os leitores, criando assim uma nova linguagem no campo do humor judaico.

Uma canção dos pioneiros da colonização judaica na então Palestina dizia: "Viemos à nossa terra para construí-la e para reconstruir-nos nela". A sucessão de conquistas e o enorme esforço implicado tomaram o lugar do riso à custa da própria debilidade. Em troca, um humor que ressalta a superioridade desse "novo judeu", que se propunha a ser israelense, para mudar radicalmente o curso da história judaica.

Do que ria, então, o israelense dos primeiros anos? Ria de suas dificuldades, orgulhoso de ter materializado um Estado a partir de pertinácia e trabalho, mas quase sem meios.

■

Eliezer Kaplan foi o primeiro secretário de Finanças do Estado de Israel. Certa ocasião, teve de assinar um cheque de um milhão de dólares — mas o Tesouro estava vazio, sem um centavo. Kaplan colocou um solidéu sobre a cabeça e assinou o cheque.

Seus ajudantes lhe perguntaram se se tratava de um ato religioso, posto que havia coberto a cabeça.

— Não — respondeu Kaplan —, religioso não sou. Acontece que esta é a única cobertura que tenho para este cheque.

■

Quando foi organizado o primeiro governo israelense e Ben-Gurion se transformou em primeiro-ministro, foi acossado por uma quantidade de candidatos a diferentes postos no gabinete.

— A única pasta disponível — disse Ben-Gurion a um dos solicitantes — é o Ministério da Marinha.

— Mas — ponderou o candidato — não temos Marinha.

— Também não temos dinheiro — respondeu Ben-Gurion — e ainda assim temos um ministro das Finanças.

■

Um jovem entusiasmado com o nascimento do Estado de Israel decidiu oferecer-se como voluntário. Apresentou-se ao Departamento de Recrutamento do Exército, mas lhe disseram que ainda não tinham uniformes. Dirigiu-se então à Marinha. O oficial de recrutamento perguntou:
— Sabe nadar?
— Santo Deus! — exclamou o voluntário. — Nem sequer têm barcos!

■

Em 1948, tão logo foi proclamado o Estado de Israel, o secretário da Marinha informou a Ben-Gurion que possuíam um submarino, mas sem comandante para conduzi-lo. Ben-Gurion lembrou ter se encontrado alguma vez com um jovem membro da riquíssima família Rothschild, que era tenente da Armada Francesa. Telefonou e perguntou se ele estaria disposto a comandar um submarino.
— Sim — respondeu o tenente —, esta é precisamente a minha especialidade.
— Por favor, venha, então, pois o necessitamos com urgência.
Ao chegar, o tenente foi apresentado aos marinheiros que o acompanhariam e deu-lhes diversas indicações. Entre elas, informou que cada torpedo custava vinte e cinco mil dólares e que não deveriam desperdiçá-los.
— Esperem que o barco inimigo se aproxime — disse.
O submarino submergiu e o homem encarregado do periscópio avisou, algum tempo depois, que via um barco inimigo a quinhentas jardas. Dez minutos mais tarde, informou que o via a trezentas jardas.
— Estejam preparados — ordenou o comandante.
O vigia informou que o barco estava a cem jardas.
— Disparem! — gritou o comandante. E nada.
O vigia disse que o barco estava a setenta e cinco jardas.
— Disparem! — e nada.
Cinquenta jardas.
— Disparem! — gritou desesperado o comandante. — Eu pago o torpedo!

■

Antes da decisão das Nações Unidas, em 1947, acerca da partilha da Palestina em dois Estados, um judeu e um árabe, os delegados judeus em Lake Success estavam muito nervosos. Várias propostas foram feitas pelos delegados: talvez o aumento da imigração para a Palestina fosse preferível a um estado político. Um rabino, que integrava a delegação, expressou a seguinte opinião:

— Existem dois caminhos para resolver o problema; um natural e outro sobrenatural. O natural seria a chegada do Messias; o sobrenatural seria uma mudança da atitude britânica com respeito aos judeus na Palestina. Portanto, vamos resolver a coisa nós mesmos.

■

A pluralidade de idiomas em Israel não é, necessariamente, uma maldição, mas um sinal distintivo desta Torre de Babel judaica. Contam que o dono de um restaurante "oriental" nos arredores do porto de Haifa teve certo dia a ideia de colocar no menu, em grandes letras, a seguinte legenda: "Aqui se fala dezessete línguas: inglês, russo, ídiche, francês, italiano, húngaro, polonês, árabe etc.".

Certo dia, no almoço, dois turistas entraram no restaurante, sentaram e se dirigiram em inglês ao proprietário, que havia se aproximado da mesa para atendê-los.

— Desculpe-me, eu não entendo alemão — disse o dono em hebraico.

O turista, assombrado, dirigiu-se então a ele em russo.

— Desculpe-me, não compreendo o húngaro — disse o dono, ensaiando seu melhor sorriso.

O outro turista, supondo que teria melhor sorte com o ídiche, falou ao homem nesse idioma, mas a única resposta foi:

— Lamento! Não entendo. Fale-me em hebraico, por favor.

— Mas diga-me — perguntou em hebraico, desconcertado, o primeiro turista —, o que significa então esta inscrição em seu menu: "Aqui se fala dezessete línguas"?

O proprietário se inclinou em direção aos turistas e lhes respondeu em tom confidencial:

— Eu não falo mais do que o hebraico. São os meus clientes que falam todas essas línguas...

■

Henry Kissinger e a guerra do Yom Kippur.

O *CHIZBAT*

Um dos ingredientes mais pitorescos do humor judaico na Palestina anterior ao nascimento do Estado é o *chizbat*, espécie de piada ou relato breve que contavam uns aos outros os membros de grupos militares clandestinos, como o *Palmach* em seus *kumzits*, isto é, em suas reuniões noturnas informais.

Chizbat é a versão hebraica de uma palavra árabe que significa "mentira"; *Palmach* é a condensação de dois termos hebraicos (*plugat machatz*, unidade de choque) e *kumzits* é a união de duas palavras de língua ídiche (*kum* e *zits*, venha e sente-se). Assim era naquela época o hebraico coloquial, com importante influência do árabe e também do ídiche.

Esses *chizbatim*, com sua ingenuidade e exageros, pintam com matizes completos os limitados recursos com que se vivia naquela época, bem como o humor com que sabiam viver a situação.

Abd conseguia atirar uma granada a oitenta metros. Certa vez, deveria acertar uma granada em uma janela a uma distância de cinquenta metros, pelo que retrocedeu trinta metros antes de atirá-la.

■

Chaimke, o gordo, entrou certa vez em um restaurante de Haifa e pediu comida. A comida era bastante boa, mas o que Chaimke não suportava era a quantidade de moscas que compartilhavam o prato com ele.

Após tentar espantá-las sem sucesso durante algum tempo, chamou o garçom e lhe mostrou o cartaz do Departamento de Saúde afixado contra a parede, que ordenava "Guerra aos insetos".

— É a isto — perguntou — que vocês chamam de "guerra contra os insetos"?

— Posso explicar — justificou o garçom. — Realmente houve uma guerra, mas as moscas ganharam...

■

Havia uma jovem em um dos kibutzim que era escondida cada vez que os ingleses vinham em busca de membros das unidades clandestinas judaicas. Isso porque diziam que, se os britânicos chegassem a detê-la, encontrariam sobre ela as impressões digitais de todo o *Palmach*.

■

Uma das mais populares definições do sionista diz que se trata de um judeu que, com o dinheiro de outro judeu, tenta convencer um terceiro judeu para que vá viver em Israel. E os que não vão têm diferentes modos de responder, de acordo com sua personalidade, à pergunta tão perturbadora para um judeu: E você, por que não vai para Israel?

Tipicamente judeu: E por que haveria de ir?
Sempre tipicamente judeu: Eu já estou em Israel... em meus sentimentos.
Desembaraçado: Quer outro pastelzinho?
Honesto: Eu também me pergunto.
Franco: Porque ganho mais dinheiro aqui.
Ingênuo: Veja você! Eu nunca havia pensado nisso!
Modesto: E para que hei de servir lá?
Pretensioso: Estou esperando que me convidem!
Hipocritamente pretensioso: Sou mais útil para Israel atuando na diáspora.
Otimista: Acho que, mesmo sem mim, eles se ajeitam muito bem!
Pessimista: Não acha que as coisas por lá já estão bastante ruins?
Sartriano: Porque os outros judeus são o inferno.
Prudente: Irei para lá quando houver paz.

■

Os judeus são todos parentes. No entanto, se é verdade que cada judeu tem um parente pobre em Israel, como se explica que tão poucos israelenses tenham parentes ricos na diáspora? Não obstante, muitas obras em Israel nascem graças à generosidade de alguns desses parentes ricos.

■

Um distinto visitante alemão era acompanhado pelo prefeito da cidade de Tel Aviv em um passeio pela cidade. Ao passar em frente a um prédio muito lindo, o prefeito comentou:

— Este é o Auditório Mann, onde se realizam concertos e conferências.

— Sinto-me orgulhoso — disse o alemão — que vocês tenham prestado homenagem a um dos nossos grandes escritores, colocando seu nome nesta instituição.

— Na realidade — esclareceu o prefeito —, este auditório não deve seu nome a Thomas Mann, mas a Frederic Mann.

— Frederic Mann? E o que foi que escreveu esse homem? — perguntou o alemão, surpreendido.

— Um cheque — foi a resposta do prefeito.

■

Um turista americano desembarca no aeroporto Ben-Gurion e toma um táxi.

— Leve-me, deixe-me ver... lá onde os judeus se desfazem em lágrimas e batem no peito.

Sem pensar duas vezes, o chofer de táxi atravessou Jerusalém, diretamente para o Ministério das Finanças...

■

De qualquer forma, no entender de Shlomó Reich, Israel continua sendo "o país com a maior taxa de imortalidade do mundo".

■

Volta a funcionar um singular serviço postal.
O Muro das Lamentações é a agência de posta-restante de Deus.

Enquanto o recém-nascido Estado de Israel era reconhecido pelos Estados Unidos, o presidente Truman convidou o recém-empossado presidente dr. Weizmann para discutir com ele as necessidades do novo Estado.

— Dr. Weizmann — disse o presidente Truman —, cada país é rico em certa matéria, mineral ou espécie. A África do Sul é rica em diamantes; a Noruega é rica em peixes; a Rússia é rica em madeira. Em que Israel é rico?

— Em problemas — respondeu o dr. Weizmann.

> A temática do humor israelense não repousa nos conflitos de identidade que costumavam (e costumam) preocupar o humorista judeu na diáspora, senão em conflitos políticos internos e externos. A relação peculiar de Israel com os Estados Unidos deu lugar a muitíssimas piadas, desde os primeiros anos da criação do Estado.

■

Quando a primeira-ministra Golda Meir visitou o presidente Nixon, a conversa girava, em dado momento, em torno da maravilha que eram os generais israelenses. A Guerra do Vietnã ainda não havia terminado e Nixon declarou:

— Eu adoraria se pudéssemos intercambiar generais.

— Quem é que você desejaria? — perguntou Golda Meir.

— Dayan, Rabin — respondeu Nixon. — E quais de nossos generais você gostaria?

— General Motors e General Electric — respondeu Golda.

■

Golda Meir estava em Washington visitando o presidente Nixon quando este comentou:

— Que fantástico que ambos tenhamos chanceleres judeus; eu com Kissinger e você com Abba Eban.

— Existe uma grande diferença entre eles — assinalou Golda Meir. — O meu fala um inglês muito melhor do que o seu.

■

Uma pesquisa de opinião foi feita na Rússia, nos Estados Unidos e em Israel.

Consistia numa única pergunta: "Desculpe, o que acha da falta de carne?".

A enquete fracassou. Os russos não sabiam o que é "carne"; os americanos não sabiam o que é "falta"; e os israelenses não sabiam o que é "desculpe".

■

Em Israel, para ser realista é preciso acreditar em milagres.
DAVID BEN-GURION

■

O pessimismo é um luxo a que nenhum judeu pode se dar.
GOLDA MEIR

■

O TERCEIRO PARAFUSO
Ephraim Kishon (1924-2005) foi talvez o mais conhecido dos humoristas israelenses. Durante décadas, escreveu colunas para jornais, roteiros, peças, novelas. O fragmento a seguir foi extraído da revista *Raíces*, editada em Buenos Aires, 1965.

Cada país tem seus métodos próprios de produção. Por exemplo, a embalagem engenhosa é a característica dos produtos norte-americanos; as formas angulosas são parte da personalidade britânica; a precisão é a cortesia dos suíços; e os preços baixos anunciam os produtos japoneses. A marca registrada israelense é facilmente identificável pela síndrome do terceiro parafuso.

Em idioma técnico, a idiossincrasia indicada pode ser definida nos seguintes termos: a incapacidade física e espiritual do artesão israelense de utilizar um número de parafusos igual ao número de buracos na manufatura dos produtos locais.

Em linguagem mais popular: desde o nascimento do Estado, nunca aconteceu que o trabalhador israelense encaixasse todos os parafusos requeridos. Em vez de três, coloca dois, ou talvez apenas um. Por quê?

[...]

— Porque é supérfluo — respondeu o carpinteiro Kadmon. — Dois são suficientes.

— Então para que existem três buracos na dobradiça?

— Escute — responde Kadmon. — Vamos trabalhar; depois conversamos, entendido?

Graças ao nosso poder de persuasão, convencemos Kadmon a colocar também o terceiro parafuso. Itzhak Kadmon transpirava copiosamente e seu rosto tinha uma expressão estranha. Todos os carpinteiros do bairro vieram correndo olhar o sacrilégio, com mudo horror. Pude perceber claramente: todos pensavam que eu tinha um parafuso frouxo.

■

Os motoristas israelenses são um tanto imprudentes e temerários: costumam dirigir em alta velocidade, sem levar em consideração as curvas ou os desvios. Conta-se que um rabino e um motorista israelense terminaram suas andanças pela terra e se apresentaram diante do escritório de admissão celeste, encarregado de designar quem vai para onde. Surpreendentemente, o rabino foi mandado para o inferno e o motorista destinado ao céu.

— Não entendo, aqui deve haver um engano — protestou o rabino.

— Eu explico — disse o anjo encarregado da triagem. — Quando você predicava, todo mundo dormia. Em troca, quando ele dirigia, todo mundo rezava.

■

—Khomeini está armando seu próprio governo! Parece que o líder religioso iraniano está se fortalecendo no poder!

— Oh... as coisas poderiam estar piores no Irã.

— "Piores?" Como poderiam estar piores?!

— Poderiam ter um aiatolá asquenaze e um sefardi!

■

O mundo vai sofrer por um novo dilúvio. Dentro de três dias, as águas cobrirão a face da Terra. O líder budista vai à TV e pede que todos se convertam ao budismo, para assim obter a salvação e o acesso ao céu. O papa aparece na TV com mensagem semelhante: "Todavia estão em tempo de aceitar Jesus".

O grão-rabino de Israel, por seu lado, também comparece à TV, trazendo, no entanto, mensagem um tanto diferente: "Judeus, temos três dias para aprender a viver debaixo d'água".

■

– É a primeira vez que visita Israel?
— Não, vou seguidamente. E você?
— Eu nunca estive lá, mas me proponho a escrever um livro sobre o país.
— Que bom! E vai ficar lá muito tempo?
— Três dias.
— Oh! E qual será o título de sua obra?
— *Israel, ontem, hoje e amanhã.*

— Jura que você é kasher?

Moderato
Az di yon -tev - di-ke teg hey-bn zikh on ba - vay- zn,
Ver ikh bay mir a go-dl; Ikh leyg mir a -vek di
sher un ay -zn, Un vu kh'hob nor bay mir a no - dl.
Uf -ge- hert ney- en, ȧr- bet zu-khn, Har -tse-di- ker ta -

Glossário

ASQUENAZE
Judeu oriundo da Europa Oriental.

BAR MITZVÁ (LIT.)
Filho do dever. Cerimônia realizada aos treze anos pelos meninos judeus, significando seu ingresso na maioridade religiosa.

BABE
Avó.

BORSHT
Sopa de beterraba.

BRACHÁ
Oração.

BRIS
Circuncisão.

CAFTAN
Túnica, vestimenta típica dos judeus da Europa Ocidental.

CHANUKÁ
Festa das luzes na qual se acende uma vela por dia, ao longo de oito dias, para comemorar a libertação de Jerusalém do jugo grego.

CHASSIDISMO
Movimento religioso fundado pelo Baal Shem Tov em fins do século XVIII e que perdurou durante os séculos XIX e XX.

CHAZAM
Cantor de cerimônias religiosas.

CHUTSPÁ
Cara de pau.

COSACHOK
Dança típica cossaca.

DINGUEN ZICH
Regatear.

EPES (LIT.)
Algo.

FRAU
Senhora, em alemão (em ídiche se pronuncial "froi").

GABAI
Encarregado principal da sinagoga.

GEFILTE FISH
Comida típica dos judeus da Europa Oriental.

GÓI
Pagão, gentio. Termo usado para designar o não judeu.

GRUSHIM/ GROSHEN
(em hebraico moderno) Centavos.

GUEMARÁ
Nome da segunda parte do Talmud.

GUEVALD
Socorro.

GUT IOMTOV
Bom feriado.

GUT SHABES
Bom sábado.

HOSHANÁ RABÁ
Sétimo dia e final da Festa de Sucót. À época do Templo, realizavam-se sete procissões ao redor do altar, salmodiando os versos de *Hoshana Hossana*, agitando ramos de palmeiras.

ID
Judeu.

IDISHE MAME
Mãe judia.

IEQUE
Termo usado para designar judeus de origem alemã.

IESHIVÁ
Seminário rabínico.

KASHER
Ritual de pureza. Alimentação que obedece ao código dietético judaico.

KIBUTZ
Colônia agrícola coletiva em Israel.

KNEIDLACH
Bolinhos de farinha de *matsá*.

KNESSET
Parlamento de Israel.

KREPLACH
Comida típica — massa recheada com carne moída e cebola.

KUGUEL
Comida típica de sábado.

LITVAK
Lituano.

MAGUID
Predicador.

MATSÁ
Pão sem fermento que se come nos dias da Páscoa.

MIDRASH
Interpretação — comentários homiléticos das Escrituras.

MINCHÁ (LIT.)
Oração vespertina.

MINIAN
Conjunto de dez homens; número mínimo necessário para rezar na comunidade.

MISHNÁ
Estudo da Lei oral.

NOCH A MUL
Outra vez.

NU
Expressão típica em ídiche que se poderia traduzir como "e agora?", "e daí?".

OI A BROCH (EM ÍDICHE)
"Ai, que desgraça!"

OI VEI
Expressão popular em ídiche que se poderia traduzir como "Oh, meu Deus!".

PESSACH
"Travessia". Comemoração da libertação dos judeus no Egito.

PILPUL
Dialética.

POGROM
Distúrbios e massacres contra os judeus, empreendidos pelas turbas na Rússia tsarista.

POPE
Religioso da Igreja ortodoxa russa.

SAMBATION
Rio mitológico além do qual estariam as dez tribos perdidas de Israel. Conforme a lenda, esse rio arrasta pedras numa corrente muito forte durante seis dias da semana e descansa no sábado.

SCHMOK
Idiota.

SCHVARTZE
Negro.

SEDER (LIT.)
Ordem. Reunião familiar nas duas primeiras noites da Páscoa na qual se lê a narração do Êxodo do Egito.

SEFARDI
Termo bíblico que designava a Espanha. São os judeus que abandonaram a península Ibérica e se radicaram na Turquia, Grécia, Bálcãs e Norte da África.

SETZ
Soco, golpe.

SHABAT
Sétimo dia da semana, consagrado ao descanso.

SHADCHAN
Casamenteiro.

SHALOM
Paz.

SHAMES
Guardião da sinagoga.

SHIKSE
Garota não judia.

SHIL
Sinagoga.

SIMCHÁ TORÁ
Festa da Lei, reinício do ciclo anual da leitura da Torá.

SHLEMIEL
Desastrado.

SHLEPER
Vagabundo.

SHLIMAZEL
Azarado.

SHNAPS
Aguardente.

SHNORRER
Pessoa que vive de expediente, mendigo altivo.

SHOICHET
Magarefe. Abatedor de animais segundo as prescrições das leis dietéticas judaicas.

SHTETL
Cidadezinha, aldeia, onde viveram os judeus durante muito tempo na Europa Oriental.

TALIT
Manto de orações.

TALMUD
Compilação de exegeses de diferentes épocas por vários intérpretes da Bíblia e da Lei Oral. A coletânea talmúdica constitui uma verdadeira enciclopédia da legislação, do folclore, das lendas, das disputas teológicas, das doutrinas morais, das tradições históricas da vida judaica, durante sete séculos, entre o término do Velho Testamento e o fim do século V da Era Comum.

TEFILIN
Filactérios usados pelos judeus religiosos em suas orações diárias.

TERRITORIALISMO
Tendência sustentada por eminentes sionistas no sentido de criar uma nação judaica em qualquer país fora da Palestina.

TORÁ (LIT.)
Lei. Antigo Testamento, a Bíblia.

YOCH
Caldo de galinha, conhecido como a penicilina judaica.

ZEIDE
Avô.

Referências bibliográficas

I. HUMOR JUDAICO — GERAL

AUSUBEL, Nathan. *A Treasury of Jewish Folklore*. Nova York: Crown Publishers, 1953.

_____. *A Treasury of Jewish Humor*. Garden City, NY: Doubleday & Company, 1951.

BLOCH, Chajim. *El pueblo judío a través de la anécdota*. Madri: Dédalo, 1931.

BLUMENFELD, Gerry. *Tales from the Bagel Lancers*. Nova York: Paperback Library, 1969.

DAVIDSON, Efraim. *Schok pinu: Hotzar le'humor u le'satira be'sifrut ivrit mereshitá ve'ad iameinu*. Tel Aviv: Matmonim, 1951.

ENBERG, Abraham. *Chistes judíos que me contó mi padre*. Madri: Altalena, 1979.

GEIGER, Raimundo. *Nuevos cuentos judíos*. México: Cía General de Ediciones, 1956.

GROTJHAN, Martin. *Psicología del humorismo*. Madri: Morata, 1961.

HOFFMAN, Paul; FREEDMAN, Matt. *Dictionary, Shmictionary: A Yiddish and Yinglish Dictionary*. Nova York: Quill, 1983.

LEVIN, S. (Org.). *Best Jewish Jokes*. Londres: Wolfe, 1969.

LIACHO, Lázaro (Sel. e pref.). *Anecdotario judío*. Buenos Aires: M. Gleizer Editor, 1945.

NOVAK, William; WALDOKS, Moshe (Orgs.). *The Big Book of Jewish Humor*. Nova York: Harper & Row, 1981.

OSTWALD, Hans. *Frisch, Gesund und Meschugge*. Berlim: Paul Frante, 1928.

RABINOWITZ, Rabbi H. R. *Kosher humor*. Jerusalém: Rubin Mass, 1986.
RAWNITZKI, I. Ch. *Idishe vitzn* [*Chistes judaicos*]. Nova York: Morris Skalarsky, 1950. 2 v.
REIK, Theodor. *El humorismo judío*. Buenos Aires: Candelabro, 1964.
ROSTEN, Leo. *Treasury of Jewish Quotations*. Nova York: Bantam Books, 1977.
SZYK, Arthur. *Le juif qui rit: Nouvelles légendes arrangées par Curnonsky et J. W. Bienstock*. Paris: Albin Michel, 1927.
ZIV, Avner. "Psychosocial Aspects of Jewish Humor in Israel and in the Diaspora". In: _____ (Org.). *Jewish Humor*. Tel Aviv: Papyrus Publishing House at Tel Aviv University, 1986.

II. BÍBLIA E TALMUD

TALMUD de Babilonia, Tratado Baba Metsía. Org. de Abraham J. Weiss. Buenos Aires: Acervo Cultural, 1964.
TANACH. Com exegeses de A. G. Artom e novas exegeses de M. D. Casuto. Tel Aviv: Iavne, 1954.

III. EUROPA ORIENTAL

ENTRE *el cielo y la tierra: Los maravillosos cuentos jasídicos*. Buenos Aires: Alfa Argentina, 1973.
HAKEL, Hermann (Org.). *Von Rothschild, Schnorrern und anderen Leuten*. Freiburg: Hermann Klemm, 1957.
KAFKA, Franz. *O processo*. Trad. de Modesto Carone. São Paulo: Companhia das Letras, 1997.
LANDMANN, Salcia (Org. e trad.). *Jüdische Anekdoten und Sprichwörter*. Munique: Deutschen Taschenbuch, 1972.
OLSVANGER, Immanuel (Org.). *Le Chayim!*. Nova York: Schocken Books, 1949.
_____ (Org.). *Röyte Pomerantsen: or How to Laugh in Yiddish*. Nova York: Schocken Books, 1965.
ROSTEN, Leo. *The Joys of Yiddish*. Nova York: Washington Square Press, 1970.
ROZSHANSKI, Shemuel (Org.). *Gelekhter oyf an emes'*. Buenos Aires: Literatur-gezelshaft baym Yivo in Argentine, 1978. (Musterverk fun der Yidisher Literatur, 77.)
SFORIM, Mendele Mocher. *Viajes de Benjamín III. El Quijote judío*. Buenos Aires: Ateneo de Buenos Aires, 1939.
SHTERN, M. (Org.). *Hershele Ostropoler; un, Motke Habad*. Nova York: Star Hebrew Book Co., [s.d.].

TOKER, Eliahu (Sel. e trad.). *Refranero judío*. Buenos Aires: Pardes, 1986.

IV. ESTADOS UNIDOS

ALLEN, Woody. *Sem plumas*. Trad. de Ruy Castro. Porto Alegre: L&PM, 1980.
BRUCE, Lenny. *The Essential Lenny Bruce*. Nova York: Ballantine Books, 1967.
GREENBURG, Dan. *Cómo ser una idische mame*. Buenos Aires: Hormé, 1969.
LEVIN, S. *Best Jewish Jokes*. Londres: Wolfe, 1969.
MIRSKY, Mark. *Los delirios del rabino Lux*. Buenos Aires: Ediciones de la Flor, 1976.
ROTH, Philip. *O complexo de Portnoy*. Trad. de Paulo Henriques Britto. São Paulo: Companhia das Letras, 2004.

V. AMÉRICA LATINA

GOLDEMBERG, Isaac. *Tiempo al tiempo*. Hanover, EUA: Ediciones del Norte, 1984.
GUINSBURG, Jacó et al. *Entre dois mundos*. São Paulo: Perspectiva, 1967.
HERMAN, León. *99 silencios*. Buenos Aires: Sentir y Pensar, 1967.
SCLIAR, Moacyr. *O exército de um homem só*. Porto Alegre: L&PM, 1973.
STEIMBERG, Alicia. *Músicos y relojeros*. Buenos Aires: Centro Editor de América Latina, 1971.
SZICHMAN, Mario. *A las 20:25 la Señora entró en la inmortalidad*. Hanover, EUA: Ediciones del Norte, 1981.

VI. SEFARDI

CAPLAN, Leslie. *Tales of Goha: Stories based on "Myths and Legends of die Swahili" by Dr. Jan Knappert*. Oxford: Heinemann Educational Books, 1978.
COHEN, Albert. *Os valorosos*. Trad. de Waltensir Dutra. Rio de Janeiro: Nova Fronteira, 1988.
DONNING, Charles; PAPAS, William. *Tales of the Hodja*. Londres: Oxford University Press, 1964.
ELNECAVE, Nissim (Sefa'Tah). *Los hijos de Ibero-franconia: Breviario del mundo sefaradi desde los orígenes hasta nuestros días*. Buenos Aires: La Luz, 1981.

MOLHO, Michael. *Literatura sefardita de Oriente*. Madri: Consejo Superior de Investigaciones Científicas, Instituto Arias Montano, 1960. (Biblioteca Hebraico-Española, VII).

MOSCONA, Isaac. *Sipurei Sefarad*. Tel Aviv: Sifriat Maariv, 1985.

NOY, Dov (Org.). *Setenta y un cuentos populares: Narrados por judíos marroquíes*. Jerusalém: Organización Sionista Mundial, 1965.

VII. UNIÃO SOVIÉTICA

HARRIS, David A.; RABINOVICH, Izrail. *The Jokes of Oppression: The Humor of Soviet Jews*. New Jersey: Jason Aronson, 1988.

VIII. ISRAEL

DAN, Gelbert. *Pnimí Behechlet*. Tel Aviv: Hakibbutz Hameuchad, 1954.

HILLEL, Marc Hillel. *Ô Israël: 30 ans d'humour*. Paris: Stock, 1978.

KATZ, Shemuel. *Jerusalem: Holy Business as Usual*. Ramat Gan, Israel: Spotlight Publications, 1973.

KIRSCHEN, Ya'akov. *Dry Bones: That Comic Strip from Israel*. Jerusalém: The Jerusalem Post, 1979.

KISHON, Ephraim; DOSH (Kariel Gardosh). *So Sorry We Won!*. Tel Aviv: Maariv, 1967.

ORING, Elliott. *Israeli Humor: The Content and Structure of the Chizbat of the Palmach*. Albany: State University of New York Press, 1981.

ZE'EV. *Al Kol Panim*. Bat Yam: Levin-Epstein, 1968.

Agradecimentos

A exploração do ser humano, tão bem descrita por Karl Marx, não costuma se estender aos colaboradores em antologias de humor. Essa lacuna fica agora sanada, graças à preciosa e dedicada colaboração de:

Abraham Platkin; Antonio Cabral; Centro Marc Turkow, Amia, Buenos Aires; Daniel Fresnot; Dov Noy; Elena Moritz; Eliezer Strauch; Francisco Máximo; Héctor Yánover; Hella Moritz; Iaacov Lerman; Isa Mara Lando; Jacó Guinsburg; Jacobo Kovadloff; Jorge Hacker; Jorge Schussheim; Julio Nobre Campos; León Herman; Leopoldo Muller; Leon Poch; Marcio Pitliuk; Maximo Yagupsky; Murilo Felisberto; Norman Erlich; Pedro Roth; Perla Dal Poggetto; Ricardo Galante; Silvio Redinger, Redi; YIWO, Nova York; Ziraldo.3

Créditos das ilustrações

Redi
pp. 3, 8, 12, 17, 23, 72, 95, 107, 114, 126, 142, 147, 152, 153, 167, 172, 181, 201, 213, 222, 223, 236, 237

Leon Poch
pp. 5, 37, 47, 51, 70, 104, 139, 162, 165, 177, 180, 231

Negreiros
pp. 11, 15, 27, 39, 58, 66, 77, 84, 93, 122, 130, 133, 145, 194

© The Saul Steinberg Foundation/ AUTVIS, Brasil
pp. 148, 208

DR
pp. 21, 189

Daniel Azulay
pp. 31, 32, 212, 228

Pedro Roth
pp. 52, 53, 158

Todos os esforços foram feitos para determinar a origem das imagens publicadas neste livro, porém nem sempre foi possível. Teremos prazer em creditar as fontes, caso se manifestem.

TIPOGRAFIA Abril Text
DIAGRAMAÇÃO Elisa von Randow e acomte
PAPEL Pólen Soft, Suzano Papel e Celulose
IMPRESSÃO Lis Gráfica, novembro de 2017

A marca FSC® é a garantia de que a madeira utilizada na fabricação do papel deste livro provém de florestas que foram gerenciadas de maneira ambientalmente correta, socialmente justa e economicamente viável, além de outras fontes de origem controlada.